Gran balan

De la même auteure

L'Esclavage raconté à ma fille, Bibliophane, coll. « Les mots à cœur », 2002 ; Philippe Rey, 2015 ; Points, 2016.

Une campagne de folie : comment j'en suis arrivée là, entretiens avec Elizabeth Drévillon, First, coll. « Documents », 2002.

Rendez-vous avec la République, La Découverte, coll. « Cahiers libres », 2007.

Égalité pour les exclus : le politique face à l'histoire et à la mémoire coloniales, Temps Présent, 2009.

Mes météores : combats politiques au long cours, mémoires, Flammarion, 2012 ; J'ai lu, 2014.

Paroles de liberté, Flammarion, coll. « Café Voltaire », 2014.

Murmures à la jeunesse, Philippe Rey, 2016 ; Pluriel, 2017.

Nous habitons la Terre, Philippe Rey, 2017 ; Points, 2020.

Baroque Sarabande, Philippe Rey, 2018 ; Points, 2019.

Nuit d'épine, Plon, 2019 ; Points, 2020.

Christiane Taubira

Gran balan

Roman

PLON
www.plon.fr

92, avenue de France
75013 Paris
Tél. : 01 44 16 09 00
Fax : 01 44 16 09 01
www.plon.fr
www.lisez.com

Mise en pages : Graphic Hainaut
Dépôt légal : septembre 2020
ISBN : 978-2-259-30501-3

À cette jeunesse dont on obstrue l'horizon.
En indifférence.
Impunément.

« Il y a ma vie prise au lasso de l'existence.
Il y a ma liberté qui me renvoie à moi-même. »

Frantz Fanon,
Peau noire, masques blancs

I

Kerma

C'est grave. Très grave. Et quoi qu'il advienne, c'est tourment pour toujours.

— De quoi vivez-vous ? Vous travaillez ?

— J'ai un emploi. Je gagne mille cent trente-six euros.

— Vous n'aviez donc pas besoin de ces quinze euros pour conduire vos amis malfaiteurs sur les lieux du crime ?

— Non, monsieur le président général, je n'en avais pas besoin.

C'est un avocat général, du parquet. Ces nuances lui échappent. Il a bien compris cependant que ce monsieur en écarlate et hermine, bien pâle donc probablement tout neuf sous notre soleil, ignorant sans doute encore des nécessités et des détours de la débrouille, est général de quelque chose.

— Pourtant, ce n'était pas la première fois que vous faisiez le taxi clandestin !

Ces mots ! Ces mots piochés dans un ailleurs qui n'a ni prise ni emprise ici. Clandestin ! Il rend service. À des voisins. À des passants sur la route. Il n'a pas un cœur de pierre. Il ne circule pas l'esprit tranquille et égoïste en laissant les gens cuire sous une chaleur et une moiteur qui feraient déparler un excommunié. Tout le monde voit bien que le temps où sa grand-mère le conduisait à l'école et l'affublait d'un petit bakwa pour le protéger des ardeurs du soleil, ce temps-là est bien fini, les gens vont tête nue, sans katouri-tête ni parasol, personne n'est plus prévoyant de rien.

— Vous pouvez retourner vous asseoir.

Il regagne sa place sur la chaise qui lui est octroyée, physiquement à l'écart comme s'il était extérieur à ce procès, et d'où il doit vraiment tendre l'oreille pour entendre ce qui se dit. Les voix fluettes ne portent pas, ni celle de la présidente, pourtant installée en hauteur au milieu des jurés, ni celles des témoins. L'avocat général, lui, est également perché, et c'est une autre gorge, il lui suffit de hausser le ton pour être entendu, et il hausse constamment le ton. Même lorsqu'il parle de sujets qu'il n'a manifestement pas compris. Peut-être aussi que ce n'est pas son travail, de comprendre ces sujets-là ? Oui, les choses ont bien changé, Kerma est catégorique. Ce n'est pas sa faute si les horaires de bus sont erratiques, leurs retards épidémiques, les grèves périodiques et bacchanaliques, l'urbanisme anarchique, les nouveaux bâtiments illogiques, la ville bonnement chaotique. Et les projets routiers chimériques. Voilà, pour survivre à l'épreuve, il s'est replongé dans les exercices auxquels il se livre dans sa cellule depuis son incarcération. C'est un effort qui lui donne l'illusion d'une présence, à tout le moins d'une compagnie. Celle de Ti-Momo. Ce ne sont pas les techniques tactiques et machiavéliques comme des tics électriques avant chaque élection, qui règlent les tracas des gens chaque matin. C'est dramatique. Ici, tout est critique et pot-de-chambrique. On parle pendant quinze ans d'une route à deux fois deux voies. Quand elle finit par sortir de la forêt et des routelles – on peut appeler comme ça les ruelles de routes – la population a doublé, le parc automobile a décuplé, le parc immobilier a centuplé et, surprise, plus il y a d'embouteillages plus il y a de gens en rade. Des femmes avec un bébé attaché au dos et un ventre de six mois par-devant. Des traîne-misère avec leurs outils. Même des élégantes matadò parfumées en plein midi. Donc, il dépanne, il rend service, il soulage, il rescousse. Il fait gagner du temps. Et il n'a jamais menacé qui ne peut payer. Parfois c'est deux euros, parfois c'est que zéro. Et si ces mécréants sans scapulaires viennent le chercher chez lui, en dehors des heures de travail et en plein milieu d'un temps pour soi, sans prévenir, quinze euros, ce n'est ni l'Amazone à boire ni la fin du monde. Les fins de mois traînassent de plus en plus. Mille cent trente-six euros. Ce n'est pas le RSA, d'accord, mais il travaille et il a des dépenses. Mille cent trente-six euros. Ce n'est pas non plus la fortune de Jay-Z. Il sait la longueur et la lenteur des jours dès le dix-huit du mois. Alors ? Il fait quoi ? il va jouer du ti-bwa sur la Montagne d'Argent ? Oui, sa situation personnelle est critique et pot-de-chambrique.

Il est envahi par le souffle rauque et sifflant de Ti-Momo, un ancêtre, pas si vieux, à peine soixante-dix ans mais qui lui fait l'effet d'être un survivant de siècle disparu. Ti-Momo est un maître de parole, râleur et chansonnier, toujours à philosopher et se livrer à toutes sortes d'acrobaties avec des sons sonores, en français, en créole et dans cette langue intermédiaire qui vagabonde de l'une à l'autre, où Ti-Momo coupe, hache, écrête, écorne, écaille, il ponce, distord les mots et les sens. La magie, c'est que, n'importe celle des trois langues qu'il utilise ou brocante, chacun de ses sons fait jaillir des images. La première fois que Kerma a entendu Ti-Momo, c'était sur la place des amandiers. L'ancêtre se livrait à une étourdissante voltige de terminaisons qui rendaient ses propos décousus à la fois plus clairs et moins agressifs que n'était son intention. Il pestait contre ces arrivants qu'il traitait de bandes de foutraques persuadés qu'en foulant l'Amazonie il leur suffirait de monter un bivouac sans se soucier ni de la pluie ni du soleil ni des chauves-souris, quitte à se rabattre dans une baraque qu'ils comptaient trouver là toute prête pour eux avec un hamac, et pourquoi pas aussi du kwak trempé dans du cachiri aphrodisiaque préparé par des arawaks pour les rendre patraques sans considération pour leur estomak, tout ça pour les obliger à prendre leurs cliques et leurs claques, un vrai mic mac yé cric yé crac !

C'était de la poésie de quat'jeudis. Pourtant Ti-Momo tenait la dragée haute à un groupe de joyeux septuagénaires qui rivalisaient de rimes besogneuses et douteuses pour accompagner les dominos qu'ils frappaient sur une table en moutouchi vieilli. Depuis que son ciel se limitait à une heure de promenade par jour et que le temps s'écoulait à la fois moins vite et plus implacablement qu'à l'époque de sa vie en liberté, Kerma n'avait pas encore trouvé mieux pour biaiser et tromper le désespoir. Ti-Momo était son parachute. Ça ne l'empêchait pas de retomber dans la réalité, mais ça ralentissait son atterrissage. Aussi, de même qu'il exécutait chaque matin des exercices d'effort physique et d'étirements, s'imposait-il de consacrer deux heures chaque soir à d'abord dénicher des mots qui claquent ensemble, puis les forcer à s'ordonner en phrases non dénuées de sens, fussent-elles entachées d'excès comme celles de Ti-Momo, rimailleur guttural, touilleur de sons, qui se délecte en croquant des vers craquants, et que Kerma s'est choisi pour maître provisoire.

Tout lui paraissait bon pour ruser avec sa détresse et ses regrets afin de détourner l'affolement qui, certains jours, le prenait d'assaut et menaçait d'emporter sa raison. Il s'adonnait ainsi à des tours de mémoire et de logique. Décortiquant la ritournelle des dominos, il s'interrogeait sur deux formules en particulier, celle réservée au domino 4 et celle du domino tout blanc. Pour le 4, tous les joueurs qui l'abattaient en frappant nommaient, en appuyant fortement sur la première syllabe : Catherine de Médicis. Le domino est un jeu de défi, de provocation et de joie. Kerma ne comprenait pas comment Catherine de Médicis pouvait y être mêlée. Tout ce qu'il avait retenu de cette reine, c'était le massacre de la Saint-Barthélemy. Catherine la veuve noire, il se demandait qui de l'araignée ou de la reine avait donné son nom à l'autre. Il n'avait pas vraiment compris ni l'enjeu religieux ni la réalité sanglante des massacres, il avait été frappé, foudroyé par le fait qu'une femme soit déclarée à l'origine d'un tel massacre et d'ailleurs d'un massacre tout court. Il était complètement dépourvu de référence, totalement démuni pour se figurer une femme commettant un crime autrement que par amour, passion, jalousie, aveuglement. Qui plus est, un crime de masse… Son imagination était figée. Il ne pouvait se représenter cette époque, ni le feuilleton de guerres déclenchées et menées sous les prétextes les plus incongrus, succession, religion, rumeur, ni le possible lien entre ces épisodes sanguinaires et cette civilisation que, à commencer par ses maîtresses de l'école primaire jusqu'à ses profs du lycée, on lui a toujours donnée en modèle comme une évidence banale et familière. Son imagination défaille. Qu'est-ce que Catherine de Médicis peut venir faire jusqu'ici dans le jeu de domino ? À part la guerre de Religion, il ne se souvient que très vaguement d'une histoire d'Indiens Topinamba et de perroquets exposés avec hamacs et carbets en feuilles, visités par Henri II et Catherine de Médicis, quelque part entre la Seine et Rouen. Et encore, ça, c'est dans une brochure qu'il l'avait lu, pas dans un livre d'histoire.

Quant au domino tout blanc, séparé en son milieu par un épais trait noir, il avait relevé que, selon le joueur, cette pièce consacrait la victoire des Blancs ou celle des Nègres. Un coup c'était : Blang dèrò nèg pran danbwa, les Blancs patrouillent, les Nègres se réfugient en forêt ; un autre coup c'était : Nèg marron dêrô blang ka fè lafimen, les Nègres marrons déboulent, les maîtres blancs vont vite se cacher.

Les formules pour chaque domino sont bien installées et se transmettent presque dans l'air, y compris chez les non-joueurs, depuis la chanson au swing syncopé de tonton Jo : *ago ago ago a domino mo vini frapé*. La chanson a presque figé les énoncés, elle reprend Catherine de Médicis et transmet les autres : cinq-Saint-Kitts-pays des Nègres anglais ; six-Cisoline ma femme… Et pour le domino tout blanc, comme si une mémoire estropiée qui fut trop longtemps jugulée se cramponnait soudain et s'entêtait à percer, la chanson accentue bien la version où ce sont les Blancs qui vont se cacher.

Dans ces journées égales qu'il passe enfermé depuis quatre ans, où le temps rampe et sue, il avait eu tout loisir de décortiquer les tirades et contorsions verbales de Ti-Momo, de les recomposer, d'en initier des inédites, de s'essayer avec d'honnêtes progrès à des jongleries qui, bien que ne valant ni slam ni rap, dégageaient une sorte de tempo apaisant à défaut d'être harmonieux. Il en avait intégré le mécanisme. Il y noyait sa détresse.

Il secoue la tête, à son insu, comme pour se débarrasser de ce souffle mélancolique, réconfortant mais importun. Il est presque transpercé par cette voix plus proche mais tellement aversive :

— En fait vous profitez de l'infortune des gens, vous rackettez ! Vous n'avez pas besoin de ces quinze euros.

— Non, monsieur, mais est-ce que je peux vous poser une question ?

Monsieur, c'est l'avocat. Qu'il porte une toge ornée d'une épitoge bordée d'une espèce de mousse blanchâtre ne l'intimide pas. Un haut-le-cœur cavale comme une houle, tal como una Ola de stade, depuis l'estrade où trône la cour jusqu'aux derniers rangs du public. La houle cabriole, frôle la baie vitrée qui fait mur au fond de la salle, hésite, se cabre, se crispe puis revient avant d'être heurtée au passage par un grognement indigné provenant de la place surélevée où siège l'écarlate-à-l'hermine. Seule la famille, épouse, maman, enfants, frères de la victime, partie civile regroupée sur la droite, se contente de se raidir, sans émettre le moindre écho, pas un maigre borborygme. La famille est toute tendue, elle guette chaque parole comme si ce verbe-là devait se faire révélation, comme s'il était générateur ou géniteur, comme s'il était chrysalide, comme si de cette parole, de ce verbe devait surgir une vérité nue et brute, assez courtoise et prévenante pour tenir en quelques phrases, cinq, voire deux si possible, et une, allez une seule, ça aiderait tellement ! Juste savoir. Comprendre… mais y-a-t-il quelque chose à comprendre ? Juste savoir…

— Non !!! Ici, ce n'est pas vous qui posez les questions !

Interloqué, le porteur de toge et d'épitoge. Son exaspération est proportionnelle à l'imprécision de ses questions. C'est donc cela, les effets de manche ! Une gestuelle faussement outrée pour déjouer l'agacement de qui trépigne de savoir. Car on piaffe de souffler à la toge des questions plus précises.

— Vous dites, Kerma Nofis, que vous ne saviez pas que ce serait un braquage, et moins encore que ça risquait de mal tourner. Vous avez signé pour un petit trafic : emmener votre ami, monsieur Mimper et ses complices, chez un oncle pour déposer un sac contenant des stupéfiants, contre quinze euros dont vous n'aviez pas besoin, est-ce exact?

— Oui, mais j'ai dit tout de suite à Hébert que je ne connaissais pas ses amis; je lui ai demandé s'ils étaient sûrs...

Le monsieur à toge et épitoge a déjà tourné les talons. Il semble à sec sur le contenu, alors il pallie par le ton. Il interroge à la mitraillette. Il veut du oui ou du non, pas un roman.

Lui, Kerma, a envie d'expliquer : Non, on ne vit pas tout un mois avec mille cent trente-six euros. Dès le dix-huit du mois, oui, on a besoin, et presque chaque jour, de ces quinze euros. L'essence, l'assurance, la nourriture, rester correctement vêtu et chaussé, après avoir payé le loyer l'eau l'électricité la taxe d'habitation la redevance télé les abonnements de sport de portable de streaming, OK ce n'est pas indispensable, mais à vingt et un ans... Maintenant il a vingt-cinq ans, et il est vrai qu'il s'en passe, par la force des choses...

Mais personne ne semble disposé à entendre, moins encore à écouter. Alors, il répond : Non, je n'en ai pas besoin. C'est un mensonge de bonne foi.

Ceux que l'on fait pour ne pas contrarier quelqu'un qu'on aime ou quelqu'un d'important. Et comme on est de bonne foi, on finit par y croire, on le répète à l'envi… Les mensonges sont faits pour vous sauver. Ceux-là, ceux de bonne foi, ce sont les pires. À tous les coups, ils vous coulent.

Il voudrait leur raconter ces choses simples, qu'il ne va au cinéma qu'une fois par mois, oui, il commet la folie d'ajouter à la dépense un paquet de popcorn. Et quelques fois, à la sortie, il glisse dans la salle attenante, il joue à la moto ultra-rapide, on y est mal assis, c'est un siège standard pour les gosses de huit ans, les ados ou les adultes ; ou bien il soulève des haltères électroniques, c'est débile, ça ne fait pas transpirer, ou encore il tente le bowling, un bowling virtuel, c'est nul, la balle percute un écran, ce n'est plus un jeu d'adresse ! Le jeton coûte un euro. Chaque jeu engloutit deux ou trois jetons. En plus, la salle est archi-bruyante, exiguë, trop flashy. C'est vulgaire, il sait. Il n'a plus quinze ans. Mais quels autres loisirs sont disponibles lorsqu'on a vingt ans ? ou juste un peu plus. Les autotamponneuses sur la place des Palmistes ? Déjà on dirait qu'elles sont amovibles, elles apparaissent et disparaissent comme un chapiteau de cirque, elles sont là les week-ends de carnaval, et zip plus rien dès lundi midi ; ou bien on les revoit aux vacances scolaires, ça va un moment, ça, tout le monde n'a pas ses vacances aux mêmes dates que ses enfants, et d'ailleurs tout le monde n'a pas d'enfants, et tout le monde n'a pas de vacances. Du reste, on a beau être bien disposé, impossible de s'amuser vraiment sur ces autos qui ont tout l'air d'être recyclées. Des parents embarquent avec des tout-petits, parfois des bébés ! Vous êtes obligé de faire très attention à ne pas les tchoquer, quand ce ne sont pas des p'tits mioches qui viennent vous cogner n'importe comment, comme des brutes, sans compter l'attente, longue parfois. Le vendeur dans sa guérite, de toute façon il fait ses affaires, il vend à tout le monde, il vend sans calculer et de temps en temps, quand il sent que l'impatience commence à aigrir l'air, il demande aux adultes de languir gentiment : Soyez indulgents, susurre-t-il au micro, l'heure avance, ce sera bientôt fini pour les enfants – une règle qui n'est écrite nulle part – ou alors il suggère à ceux qui ont acheté un lot de billets au forfait de lâcher un peu leur voiture, de ne pas faire leurs dix tours d'affilée, c'est liberté du commerce, liberté d'acheter, pas liberté de jouir. Le mieux, c'est que tout le monde gobe, marine et attend. Parce que le vendeur, il est aussi animateur, il fait des commentaires aimables par-ci par-là, il offre des tickets aux jeunes qui viennent rapporter des balles d'enfants ou des clés de voiture oubliées par des adultes distraits, il est aussi manager, il donne des consignes aux gars qui ramassent les billets dès que la sonnerie déclenche le nouveau départ des autos, et il proclame de temps en temps une maxime, c'est tantôt de la philosophie à la Paulo Coelho, tantôt de l'humour de chansonnier, tantôt de la sagesse créole. C'est un petit chef d'entreprise, il fait tous les métiers, il est comme les autres, au four, au moulin et dans le pétrin. À part les autotamponneuses, que reste-t-il tant qu'on est en ville ? Les courses-tirages en mobylettes trafiquées, avec trois ou quatre morts par an, beaucoup de larmes, des phrases creuses, des promesses fumeuses vociférées par des baratineurs que personne ne prend plus le temps de chicaner et qu'on réélit à chaque saison d'esbrouffe, puis la vie reprend son cours, morne, sans joie et sans surprise. Il n'a pas le temps d'expliquer tout cela, il ne saurait le dire d'une façon qui leur fasse comprendre, à ces gens-là qui ont une autre vie, qui vont à leur bureau à pied, ne savent pas grand-chose des embouteillages du matin, du soir, de midi, de quatorze heures, ceux des activités sportives, ceux des cours de musique, des cours de soutien… à ces gens qui ne connaissent pas le goût de ces pizzas pas chères, au moins ne sont-elles pas trompeuses, plates comme une feuille de papier-sable, où le poulet boucané annoncé n'est qu'un soupçon sur la langue, il faut se concentrer pour en traquer la saveur. Comment leur expliquer, à eux qui ont un logement confortable et lumineux avant même d'avoir atterri, dont la dame de ménage a déjà changé les draps, le jardinier retourné la terre et le cuisinier glissé le rôti dans le four avant qu'ils aient défait leurs valises. Leur expliquer ?

Expliquer ! On peut aussi bien jouer Saint-Saëns sur marimba… Il y en a qui le font. Tant qu'à faire, pourquoi pas aussi des violons pour virguler les envolées au saxo de Fela Anikulapo Kuti.

Sa maman n'est pas venue. C'est une maman créole. Elles sont ainsi. Anxieuses, elles ont toujours une angoisse d'avance sur les dangers qui traquent les jeunes gens comme lui. Ces mamans-là sont des soutireuses, inquiètes, prévenantes, elles tremblent de les voir grandir exposés aux risques du temps et aux mauvais vents du monde. Elles sont souvent prêcheuses. À chaque sursaut que leur infligent leurs affres de cassandres au jour le jour, elles se démènent pour les prévenir, les alerter, les avertir, les préserver de toute imprévoyance ou de toute erreur, comme si on pouvait grandir sans fautes et sans défauts, sans plaies ni bosses. Elles s'acharnent sur leurs fils, les entrailles affolées, elles se lieraient au diable tout en priant tous les saints du purgatoire pour les prémunir contre les scélératesses de la vie. Elles voudraient leur enseigner par la parole toutes les prudences afin de désorienter le malheur, pour que la vie ne ressemble pas à une femme folle dépeignée et nus pieds hurlant d'avoir été piquée par un serpent-grage-à-grands-carreaux. Sa maman est une maman créole. Aussi résignée que ferrailleuse, elle est obsédée par l'idée de l'ériger en adulte exemplaire. Ces femmes-là sont des sanctuaires pour la honte. Elles prennent sur elles tous les péchés des hommes, elles expient le stupre entassé depuis le jardin d'Eden, elles sont la grotte où l'opprobre joue à colin-maillard, plaquant contre la paroi poisseuse de la déveine et de la vindicte populaire ceux qui sont mal nés. Tant pis pour eux. Elles veillent. Elles ont leurs artifices et leurs manœuvres. Parfois c'est une pointe d'aloès édenté glissé dans le bonnet gauche du soutien-gorge. Certaines préfèrent le lys rouge ou le vétiver, qui se mêlent discrètement à leur parfum personnel. Elles subissent pour elles mais ne se résignent pas pour leurs fils. La peur reste cependant plus forte. Et c'est sans cesse que sa maman prend à son compte les croche-pattes de la vie, comme si c'était seulement la malchance qui plaçait toutes les injustices là, juste sur son chemin, que ce n'est ni le mauvais hasard ni la vie mal faite, c'est toujours sa faute si elle n'a pas su égorger toute la poisse qui traînait alentour. Butée, elle refuse de démasquer l'hostilité d'un ordre qui ne l'a pas prévue, voulant croire contre toute évidence que les règles sont équitables. Qu'il suffit de bien se tenir. De rester à sa place. De ne chercher noise à personne.

Elle n'est pas venue. Elle lui a préparé des vêtements pour chaque jour. Ses chemisettes sont repassées, légèrement amidonnées, ses deux pantalons, modestes, de facture classique, tombent impeccables, le pli se cassant sur ses mocassins minces. Ses cheveux sont disciplinés, taillés court, sa coupe habituelle. Une griffe de lion apparue récemment marque son front. Ses épaules sont raides comme celles du guerrier Masaï d'Ousmane Sow. Il est bien mis et, de loin, sous un regard rapide, paraîtrait élégant. C'est l'art des presque pauvres. Il se tient droit à la barre, comme si sa maman était présente ou, sait-on jamais, qu'elle décidait au dernier moment de venir. Mais elle n'est pas là. Elle a honte. Elle ne sait comment dire sa compassion à la maman, à l'épouse, aux enfants de la victime. Alors elle le prive, lui, de sa présence, d'un regard compréhensif, simplement aimant, d'un flux de tendresse lorsqu'il est éperdu.

Du box, il ne sait où poser les yeux. Personne pour lui. Alors, il s'arrondit.

— Monsieur l'expert, vous avez indiqué que…

Le brouhaha est cotonneux. Il relève la tête, il a juste le temps d'apercevoir le visage de Saoena et celui d'Awale. Deux éclats de soleil. Dans un étrange réflexe, il se raidit. Il n'a pas vu Helen et Adéla, plus en retrait : cette salle d'audience est une hérésie architecturale et une absurdité, un large poteau central coupe de biais la trajectoire de tout regard.

Sula est là. Qui porte sur le visage et dans le cœur des tristesses siamoises. Mais il ne la connaît pas.

La voix de l'expert qui s'exprime en visioconférence depuis Toulouse commence en chevrotant avant de se fixer, et chacun a désormais les yeux rivés à l'écran. Il parle depuis la ville rose. Il a expertisé à distance. C'est l'usage et la routine. C'est le sort des périphéries.

II

Hébert

Pas un mot. Pas une parole. Pas une chanson. Juste boumboudouboumboudouboum. Un son sourd. La masse multicolore avance, d'un pas lent, très lent, très très lent, elle s'arrête, exécute une improbable chorégraphie, hésite comme si elle attendait un ordre ou une calamité, reprend sa marche dans un mouvement de houle indécise, boumboudouboudouboum. De temps en temps, un bois ou un cuivre, pas une trompette ni un saxo, ni même une vraie flûte, juste une clarinette ou un clairon ou un pipeau, éructe une note unique en la faisant crisser jusqu'à ce que la bouche du souffleur capitule, abandonnée par ses poumons. Le groupe mettra bien quatre-vingt-dix minutes à parcourir les huit cents mètres de l'avenue où les spectateurs s'agglutinent sur les trottoirs, derrière des barrières métalliques mobiles juxtaposées sans être liées entre elles. Les enfants sont nombreux, parfois collés à leurs parents. Plus souvent, ils jouent à des rondes ou à saute-mouton parmi des cris joyeux, lorsque défilent ces colosses dont la tête et le visage sont camouflés sous des cagoules de gorilles abondamment poilus, le corps recouvert d'une combinaison sombre et râpeuse pourvue d'une longue queue flexible, et dont le plaisir suave consiste à déambuler l'air détaché, marchant tout droit au milieu de la rue, puis bifurquant subitement et, pliés en deux la tête relevée, à foncer sur les pauvres enfants qui, soit s'accrochent en hurlant et en dissimulant leur visage dans les jambes de leurs parents comme s'ils voulaient y entrer, soit se mettent à courir dans le plus total désordre, certains en s'égosillant, d'autres les yeux écarquillés dans un silence sidéré. La plupart des parents s'en amusent, certains font discrètement signe aux gorilles pour qu'ils viennent vers leurs enfants. Ils trouvent la chose légèrement moins drôle lorsqu'ils doivent se mettre eux-mêmes à courir pour rattraper le petit garçon ou la petite fille affolés, en lâchant le cas échéant un autre enfant peut-être lui-même effarouché.

Le groupe multicolore parade. Le mouvement des corps est aussi monotone et saccadé que les boumboudouboumboudouboum. Les costumes sont brillants, soyeux, ils invitent peu à la liberté de mouvement. En tête, un homme porte, calée contre sa hanche, une hampe au bout de laquelle sa démarche de petits pas martelés fait balancer un drapeau portant l'enseigne… d'une marque de chaussures. Ce sont les nouveaux Touloulous. Difficile d'ailleurs de les reconnaître comme tels. Aucun d'entre eux n'est masqué, hommes et femmes vont à visage découvert, leur costume ne porte ni souvenir ni signification, ils ne chantent pas, ni en solo ni en chœur. Ils ne courent pas la ville, ils ne font que remonter l'avenue dédiée, au seul privilège des quelques rares résidents postés sur leurs balcons, les autres spectateurs affluant des autres quartiers de la ville et des communes environnantes.

Il faut dire qu'ils en sont presque tous là, à sillonner en piétinant cette seule avenue, désignée on ne sait trop par qui : un autoproclamé Comité du carnaval ? La télévision publique au temps où elle était chaîne-unique-radio-préfecture puis chaîne-dominante-mais-c'est-pas-pareil ? La mairie calculant le bénéfice qu'elle tire de l'effet de rassemblement ?

Ça a commencé à la fois dans le tapage et à bas bruit. Le tapage d'une confiscation sans légitimité : les groupes de Touloulous s'organisaient librement comme depuis la nuit des temps et décidaient seuls pour eux-mêmes l'heure de sortie, leur point de départ, leur parcours, leur répertoire ; c'est alors qu'un petit groupe de notables et de cultureux bien intentionnés mais passablement aliénés, encouragé par quelques boiteux de l'imagination en quête de recettes touristiques, s'est institué autorité carnavalesque. C'était bien commode : enfin un interlocuteur unique à une époque où justement la télévision voulait retransmettre et commenter le carnaval comme elle avait commencé à le faire pour le football. Les théoriciens du tourisme affirmaient que, structuré, ce carnaval brouillon deviendrait aussi célèbre et attractif que celui de Rio. Le Comité enchérissait en assurant, contre toute rationalité de l'*Homo œconomicus*, que les touristes européens préféreraient s'arrêter ici plutôt que d'aller jusqu'à Rio.

Ils ne précisaient pas si les touristes devraient sauter en parachute sur le trajet, vu qu'il n'existe pas de lignes Europe-Amérique du Sud avec escale en chemin. Ils n'eurent pas l'espièglerie d'évoquer le film *Orfeu Negro* plein de joie et de sensualité sur la musique de Carlos Jobim, ni les deux écoles de samba de Cartola. On ne badine pas, il ne s'agit pas d'amourettes et de mythes, seulement de budgets et de recettes. C'était une affaire sérieuse ! Des experts toutes catégories, érudits divers, spécialistes de l'Histoire, des costumes, de tout l'arroi chansonnier, vinrent à la rescousse étaler, délayer, confronter leurs savoirs. La mairie comptait faire ainsi son entrée dans la modernité culturelle. La télévision se gargarisait d'améliorer son ratio d'émissions locales. Cette affaire avança à bas bruit. Les groupes ne firent pas grand cas de cette bureaucratie embryonnaire et enthousiaste. Ils continuèrent, un an puis deux, puis trois et quatre à courir la ville, ne négligeant aucune rue, de sorte que les personnes âgées et celles qui n'avaient pas de tenues de fête à exhiber chaque dimanche pouvaient néanmoins continuer d'admirer les bandes de Touloulous qui passaient en chantant dansant et cabriolant sous leur balcon, leur fenêtre ou devant leur porte, et se divertir comme les autres.

De son côté et soutenu par ses acolytes, experts désœuvrés sans mauvaise intention pétris d'une vocation de bienfait commun, le Comité non plus n'eut cure de cette indiscipline. Les volontés divergentes n'étant pas explicites, il n'y eut pas d'affrontement. Une caméra de télévision fut postée à l'angle d'un boulevard et d'une avenue. Le journal télévisé du soir montrait les groupes qui y étaient passés. Quelques gros plans balayaient des visages et le nom des bandes était mentionné. Ce fut l'arme atomique. La reddition fut silencieuse. Le mobile ne fut pas que narcissique. Ce fut aussi le refus d'une élimination sociale et symbolique, la riposte cabrée de ceux qui ne consentaient pas à disparaître de l'espace public dès lors qu'une autorité insaisissable éliminait leur visibilité. L'habitude s'installa : tout le monde n'arpenta plus qu'une seule avenue.

Le pire n'était pas dit. Sous ordres ou par goût, qu'importe d'ailleurs, l'œil derrière la caméra avait ses inclinations : puisqu'on visait la concurrence avec Rio, qui ignorait tout de cette rude compétition, il fallait se mettre au diapason. Et puisqu'il y avait le choix, on pouvait choisir. L'œil de la caméra se mit à choisir les jolis costumes. La parole des experts qui s'étaient appliqués à expliquer pédagogiquement l'origine et le sens du carnaval et de ses personnages, certains à grand renfort de références douteuses sur le carnaval de Venise ou de Nice, d'autres, plus fétichistes encore sur la valeur de ce qui est très loin dans le temps et l'espace, remontant aux Grecs et aux Romains, cette parole, laborieusement édifiée sur des invraisemblances, s'est rapidement évaporée. Les images supplantaient toute explication, et la curiosité de l'œil de caméra qui choisissait l'image n'était pas dans le sens des personnages ni dans le message des chansons, elle était dans ce qui s'avérait photogénique, en comparaison des clichés mondialement familiers qui figeaient les célèbres défilés des écoles de samba dans les rues de la capitale économique brésilienne. Ne passaient plus au journal télévisé que les groupes richement et élégamment vêtus, dont les tenues brillantes, soyeuses, coûteuses, sont portées comme un uniforme, celle des hommes par tous les hommes, celle des femmes par toutes les femmes, dans une exhibition de concours de beauté aux standards internationaux. Exactement le contraire de la tradition des Touloulous sales.

La masse multicolore a redémarré. Boumboudouboumboudouboum. Le drapeau ondule comme un étendard flottant sur un bâtiment de négoce. La première rangée contient les suivantes en observant une distance de cinquante centimètres devant et en reproduisant sur place de tout petits pas. L'écart d'avec le groupe précédent doit rester d'environ huit mètres, condition pour que le public se gave d'admiration, que les quelques touristes, souvent des amis ou parents de fonctionnaires affectés sur place, prennent des photos sous tous les angles et toutes les coutures, avec des smartphones ou des appareils plus encombrants. L'espace est sensiblement le même avant le groupe suivant. Entre eux, un homme à la silhouette fine, portant perruque et vêtements féminins, juché sur des échasses, va et vient dans la rue, la traversant et revenant, posant complaisamment aux côtés de personnes qui accourent pour se faire photographier en riant à pleine gorge de ne parvenir qu'au niveau de ses genoux. Il s'incline, cela ne sert à rien, la disproportion demeure. C'est d'ailleurs ce qui fait la drôlerie de son accoutrement.

La distance de huit mètres n'empêche pas le chevauchement des sons. Pourtant les toutes premières minutes de la cacophonie vont surprendre. Couvrant le boumboudouboumboudouboum, une harmonie très distincte se signale. Des tambours, des vrais ! Pas ces tonneaux en polystyrène, retenus par une lanière passant par-dessus l'épaule gauche et dessous l'aisselle droite, et sur lesquels des musiciens du dimanche, pleins de bonne volonté et d'une vigueur parfois heurtée, frappent comme des possédés inlassablement pendant des heures, comme pour donner sens aux mois d'entraînement hebdomadaire auquel ils se soumettent avant le premier dimanche de carnaval, celui d'après l'Épiphanie. Ces batteurs-là escortent les bandes à costumes. Ce qui vient là, ce qu'on entend soudain en contrepoint du boumboudouboumboudouboum, est une eau d'un autre fleuve.

Les tambours qui approchent sont en peau de kayakou et en bois de génipa ou de shawari. Le son est tonique, gambadant, les tanbouyens sont à leur affaire, les voix des chanteuses sont claires, celles des chanteurs sont graves à souhait. La voix de la soliste se détache du chœur avec la grâce d'un colibri saphir à gorge rousse. C'est un béliya :

Evaniz ho
Ou ka lévé ou ka dronmi anba kannon
Anba kannon pa ganyen payas piké

Anba kannon pa ganyen loryé brodé
Evanise ho
Là où tu dors, il n'y a pas de matelas rembourré
Il n'y a pas d'oreillers brodés

Le tambour koupé, qu'on appelle piano-savane, est accompagné d'un tambour foulé et de tibwa, deux bâtons qui volent et virent à faire rendre l'âme au boîtier en bois saint-martin qui leur sert de caisse. Un tambour plombé assure la métrique. Le béliya est une worksong, un chant de travail qui rythme le défrichage d'un abattis. Le tempo collectif est très soutenu, pour porter le mayouri, ce travail agricole solidaire qu'effectuent la brigade d'hommes et de femmes qui offrent leur force de travail. Chacun recevra à tour de rôle la brigade sur son propre abattis. Cette bande rompt avec l'uniformité vestimentaire, elle est composite, figurant des personnages. Des femmes portent la gol, robe bleue de travail en drill, ourlée aux genoux, amarrée à la taille par un kanmza convwé, rectangle de cotonnade chamarrée constitué de multiples retaillons de toutes formes aux couleurs chaudes, astucieusement agencés. Elles ont la tête recouverte d'une coiffe en madras, appelée lachat, chacune la sienne selon ses préférences, ce qui donne lieu à toutes sortes de variations sur des lachat Titane, modèles réservés aux femmes libres. Une autre arbore une extravagante coiffe masò zèbèdè ayant l'envergure, avec ses deux larges ailes de tissu, d'un oiseau caracara à tête jaune. Quelques danseuses délurées ont fait descendre jusqu'à mi-front un foulard noué en payaka, chez l'une il est soigneusement ajusté, chez une autre il est entortillé négligemment à la patabol. Les plus souples accomplissent leurs pas de béliya en jouant des épaules tout en maintenant en équilibre un katouri, chapeau conique à large bord tressé en arouman, posé par-dessus le foulard payaka, et qui tient sans cordon. Ces femmes sont des arcs-en-ciel ondoyants.

Ce groupe d'hommes et de femmes en mayouri, flanqués de tanbouyens à vrais tambours, sacrifie au rituel de l'avenue dédiée puisque c'est là que se rassemble le public, mais aussitôt après il court la ville par toutes ses rues. Une première halte sur la place plantée de rangée de palmiers fait l'occasion d'une liesse effrénée entraînant tout ce qui tient sur jambes dans les alentours, personne ne résistant aux tanbouyens qui, pour le coup, se déchaînent avec autant d'ardeur et de virtuosité que si leur réputation en dépendait. Et elle en dépend. Il est vrai que l'oreille exercée distingue sans difficulté les influences : qui a été formé par Jean-Paul Agarande le virtuose de Lakadémi Tanbou, qui est passé entre les mains de monsieur Cippe, grand-maître tanbouyen devant l'Éternel, qui a été initié par Stéphane Vérin tanbouyen-barde. Le groupe fait le tour de la place avant de la quitter. Son tour ressemble à une revue, comme s'il saluait ce carré magique où les architectures créole et coloniale rivalisent d'esthétiques audacieuses, pas toutes gracieuses. L'ensemble, surplombé par la pagode du mont Cépérou, ne laisse aucun doute sur la rencontre des mondes qui eut lieu en ces lieux. Depuis le fort Cépérou coiffant la colline qui scrute la mer, et d'où le chef kali'na qui lui donna son nom maudit les descendants de Charles Poncet de Brétigny, le regard peut, tout en rebondissant sur les toits en tôle et les poches de verdure, embrasser les rues rectilignes et spacieuses qui s'étirent jusqu'au boulevard qui ceinturait la ville avant son extension vers la moitié du vingtième siècle. Des chansons racontent, à leur fantaisie, le feuilleton du mont, des batailles, du fort, de la pagode. Il y a souvent une chanson pour faire béquille à la mémoire collective. C'est ainsi un chant patrimonial, Sinégalé, qui restitue l'équipée sanglante de février 1946 où les tirailleurs africains, exaspérés d'attendre leur rapatriement promis par les états-majors militaires depuis plus de vingt ans, vont, enragés et armés, se venger de leur hiérarchie en choisissant d'attaquer des civils, d'écumer la ville, d'occire huit personnes et d'en blesser soixante et onze, y compris gravement. Ils compteront également quelques estropiés dans leurs rangs, des valeureux ayant choisi de faire front et de se défendre, malgré l'effet de surprise.

Cette ville est tricontinentale. Elle transpire des patiences amérindiennes qui bouillonnent sous l'effervescence caribéenne, des rémanences africaines qui continuent d'affleurer, des raideurs et des effarements franco-européens qui jouent des coudes. Les bâtiments, monuments et maisons autour de la place incarnent cette relation incertaine et instable, perplexe et résignée. L'ancien hôpital psychiatrique, en interminable réhabilitation depuis une bonne vingtaine d'années ; l'hôtel préfectoral installé dans un couvent jésuite et sa fontaine dépaysée; l'ancienne gendarmerie reproduite à l'identique pour abriter cette fois la maison consulaire du commerce; une ancienne caserne militaire, avec en retrait un arsenal, nommé La Poudrière; l'établissement bancaire et, pour ne pas désespérer, une école aussi, tous ces édifices campent avec superbe autour de la place plantée de palmiers, avec leurs murs massifs et des arcades en devanture et en abondance, figés comme autant de colonnes du pouvoir. On n'y trouve pas, comme à Paramaribo, capitale du pays voisin et ville classée au patrimoine mondial de l'Unesco, le Palais du Président, car ici il n'y a pas de Président. Mais l'ancien Palais du gouverneur fait office et son occupant, désormais un préfet, dispose, comme pour le Président du pays voisin, d'une belle vue sur une place semblablement plantée de palmiers. Avec probablement de part et d'autre un sentiment de souveraineté suscité par la solennité conférée aux lieux non seulement par les palmiers rectilignes, davantage encore, on peut le supputer, par la masse imposante des bâtiments officiels ici regroupés. *A contrario*, et comme pour signifier à la fois qu'elle est du temps d'avant et sera du temps d'après, l'architecture créole s'expose en élégance, en symboles et en respiration : la bibliothèque publique et le musée attenant, l'Institut d'enseignement supérieur sont sertis par de belles demeures ajourées avec leurs balcons en bois tourné ou en fer forgé, leurs agencements de briques et de bois peint, leurs majestueux poteaux apparents, leurs persiennes et leurs caillebotis, leurs portes en arabesques et des persiennes à lames mobiles, les tuiles luisantes et les toits en bardeaux, leurs marches en pierre, qui donnent un cachet de bon goût et de maîtrise de la science des matériaux et du climat, de l'art des combinaisons, des techniques et des formes, comme s'il s'agissait de dire le dernier mot.

La bande a fini son tour, elle s'en va sur un medley de Sylviane Cédia, Lexio's, Joseph Mondésir, Raymond Charlery, et un kasé-kò de Nadine Léo. Les suiveurs, ados, adultes, enfants perchés sur les épaules de pères ou grands-frères, prennent aussitôt le pas et lui font cortège dans un flot cadencé. Elle entretient la tradition des Touloulous sales, qui sont en fait des Touloulous libres, s'habillant à leur guise, transmettant tel quel ou innovant, défilant légers ou portant charges à belle risée. Elle va tourner dans les rues en dessinant un labyrinthe à angles droits, les rues étant toutes parallèles ou perpendiculaires, puis rejoindra le boulevard Mandela pour un barouf du diable avant dislocation. Auparavant, elle aura franchi en aller et retour les ponts qui relient au centre-ville la périphérie sud et ses quartiers populaires. Là, les rues serpentent, et, sans que l'intention en soit claire, c'est une sarabande qui s'improvise avec les enfants qui courent dans tous les sens, en suivant la bande, en la contournant, en fuyant sans jamais se perdre, savants de leur géographie quotidienne, s'éloignant, revenant, sautant avec agilité par-dessus les massigrondés, ces gueules de pierre édentées bâillant à l'angle des trottoirs, béances ricanantes qui menacent d'avaler les enfants toujours tellement prompts à courir sans regarder où ils mettent les pieds. Les chansons sont familières ici, elles sont reprises à tue-tête, dans toutes les variations de voix et de gammes. Les refrains claquent comme des charges de rébellion :

Mo pa gen chagren ankò
Mo péké néyé mo kò
Je n'ai plus de chagrin
Je ne vais plus me noyer

La dislocation a lieu sur la place des Chaînes brisées, au bout du boulevard Mandela, à l'angle de l'anse Nadeau. C'est l'heure de la marée haute. La mer frappe contre les remparts comme si elle prenait part à la fin de la fête. Elle gicle en gerbes d'écume après avoir buté contre la paroi pierreuse qui protège ces rivages nord de la ville de ses débordements passés, lorsque, par des raz-de-marée aussi virulents qu'imprévus, elle venait se répandre dans les rues avoisinantes, charriant ses argiles et son plancton, ses limons et ses petits poissons. Depuis que cette digue a été construite, la mer se contente de menacer. Si discrètement, que la menace échappe à qui n'a ni connu ni entendu parler de cette époque effrayante de raz-de-marée et de requins frôlant les nageurs et leur arrachant un bras ou une jambe d'un seul coup d'aileron, habile et fatal. Le sommet de la digue, qui zigzague pour suivre le tracé naturel de la côte, est tout de losanges et de cercles ; son fond est carrelé de petites découpes de céramique que la mer a patinées et recouvert de vert-de-gris en deux temps trois mouvements, par deux embruns et trois alizés, comme elle a recouvert d'une croûte de rouille fine et irrégulière les énormes anneaux des entraves brisées symbolisant les résistances à l'esclavage. Ce sommet de digue recèle, dans ses losanges et cercles juxtaposés, des flaques d'eau de pluie que personne ne songe à étancher, et qui s'avèrent être de redoutables repaires à moustiques. La place grouille de monde, l'ambiance n'est pas canaille, les membres de la bande et leur public usent du bagage musical dans ce décor particulier, comme autant de signes appelant à une fidélité de mémoire et à une affiliation bien encastrée dans une généalogie d'émancipation. La posture est flagrante. C'est un parti pris implicite dans l'attitude des Touloulous de ce groupe, ainsi que dans le compagnonnage et le compérage social que révèlent les adhésions de son fidèle public. C'est un parti pris explicite à travers le choix des chansons, et d'abord le choix en soi d'une expression chantée. Les nouvelles créations manquent. Il n'y a plus guère ces compositions plus ou moins mal fichues qui racontaient en déraillant à l'excès les faits divers, événements, drames personnels ou collectifs survenus au cours de l'année écoulée. On en connaît dans tous les créoles, trace de mœurs ayant prospéré dans la Caraïbe entière. On en trouve aussi en français, mais pas que… On en connaît en anglais, ce qui ne s'éloigne pas du Plateau des Guyanes. Mais ce n'est pas tout. La pratique a descendu le continent, vraisemblablement par les fleuves impétueux qui relient ces « terres des eaux ». Dans son roman *L'Amour au temps du choléra*, García Márquez rapporte le refrain d'une chanson populaire colombienne, « plus malicieuse que maligne et qui est restée à la mode toute l'année», où l'on moquait un couple de notables car, chaque fois qu'il revenait d'un séjour à Paris, l'épouse était enceinte :

Que fait donc à Paris cette beauté
Pour en revenir toujours cloquée

Ici, depuis de nombreuses années il n'y a plus guère de chants et, lorsqu'il y en a, ils ont des paroles sans histoires. Comme si ce peuple n'avait plus rien à raconter ni à personne ni à lui-même. Faute de nouvelles créations, place est faite aux chansons traditionnelles, celle d'un patrimoine oral précieusement et obstinément transmis, et que l'on trouverait, s'il y en avait en ces lieux l'équivalent, dans un *Great Songbook*. Parfois, de très anciennes chansons reviennent, et lorsqu'elles ne résonnent pas aux souvenirs, les faits évoqués étant trop lointains, elles réactivent la mémoire d'aînés, majoritairement des femmes, qui se délectent à témoigner en exhumant les protagonistes qui auraient, selon toute hypothèse, préféré l'oubli et l'anonymat. L'une des plus célèbres retrace une étrange série féminicide qui s'est étendue sur deux mois d'une année. Trois hommes qui ne se connaissaient nullement. Rongés tous trois par une jalousie meurtrière. Le premier tua sa compagne en lui versant de l'huile chaude dans les oreilles. Elle s'appelait Ella. Un autre échauda le sexe de son épouse à l'eau bouillante, sous le prétexte fallacieux d'un soupçon d'infidélité. Et Mahlya agonisa interminablement. Le troisième assassin martyrisa sa fiancée, Sonia, en lui assénant trente-deux coups de couteau, puis jeta son corps encore tremblant de spasmes dans un caniveau en plein centre-ville. Ce sont les passantes du devant-jour se rendant à mâtines, ou à laudes on ne sait plus avec toutes ces réformes liturgiques, en tout cas ce sont ces femmes, toujours les premières à devancer le soleil, qui trouvèrent le corps dans le caniveau bien avant le passage des hommes en salopette bleue munis de leurs balai-bambous, leurs pinces à déchets et leurs pelles pour nettoyer la ville. Les assassins se livrèrent tous à la Justice, comme si leurs crimes relevaient d'un processus intelligible et séquentiel.

D'autres chansons, impitoyables, divaguaient sur des chagrins d'amour ayant conduit au suicide. Certaines années, ces suicides de jeunes filles, au signalement signalé d'un jeune homme séduisant non séducteur, convoité mais alangui d'amour pour une belle qui l'ignorait, ces suicides avaient lieu en série. Et en torture. Le produit utilisé était de la rubigine, détergent d'une extrême violence, vendu librement, et qui achevait ces pauvres suppliciées dans d'atroces souffrances, avec une terrifiante lenteur. De sorte que le pays tout entier restait suspendu aux nouvelles contradictoires qui meublaient l'attente de la mort, inévitable. Ces chansons opéraient un recentrement local dans une société où tout concourt par ailleurs à l'aliénation, les informations quotidiennes étant systématiquement produites à l'extérieur et tournées vers l'extérieur. Le carnaval leur redonne l'épaisseur de faits humains.

Pendant tout ce temps, sur l'avenue dédiée, les groupes se succèdent, hétéroclites. Une dizaine de corps badigeonnés d'un mélange de poudre de charbon et d'huile de palme, un kalenbé, pièce de tissu rouge nouée au bas du ventre, pour tout vêtement, un bandana dans les cheveux apprêtés pour être hirsutes, la bouche encerclée de rouge, un awara orange entre les dents, avancent en se dispersant, puis se regroupant, puis se dispersant. Ce sont les Nèg marrons. Ils jouent à faire reculer les spectateurs qui, pour éviter d'avoir leurs vêtements tachés, quittent les abords des trottoirs en reculant vers les façades des maisons. À cinq mètres de distance arrive le reste du groupe. Ce sont des Touloulous à costumes délicats, dentelles, mousseline, jabots et capeline, tout simili. D'autres Nèg marrons servent à les protéger sur les côtés. C'est l'ambivalence par excellence. Au détail, on repère parmi eux, à certaines coiffures, cheveux filasse malgré les gels crêpants, à quelques négligences, petites surfaces de peau blême non barbouillées, ce qu'ailleurs on appelle des primo-arrivants. Les Nègres marrons étaient ces anciens esclaves qui avaient fait le choix de la rupture totale. Le marronnage, c'est la remise en question radicale du système esclavagiste, c'est l'affirmation sans atermoiement d'une humanité que le Code noir niait en désignant les esclaves comme étant des « meubles, entrant comme tels dans la propriété de leur maître », qui en les achetant, s'étaient procuré du « bois d'ébène, marchandise ». Le marronnage, c'est la récusation absolue. Les figures de Nègres marrons sont sans ambiguïté : Simon le Vénérable avec ses trois lieutenants et les mille deux cents Marrons, ont affronté sur la rivière Comté les mercenaires, chasseurs d'esclaves, et leur ont infligé des pertes considérables. Cinquante ans durant. Lorsqu'ils finirent par être pris, ils furent exécutés sur place. Adome, Jérome, Siméon, chefs marrons, ont lutté avec une égale vaillance à Tonnégrande. Morts au combat. Pompée dirigea et commanda sa communauté de Marrons pendant vingt-deux ans. Il tomba suite à une trahison. Des enfants et des adolescents nés en marronnage n'avaient jamais vu de maîtres blancs. Un soldat nantais, chasseur d'esclaves, Sincère Hérault, obligé, écrit-il, de « faire le service militaire dans la Garde nationale, à plus de soixante-lieues de la capitale », indique qu'il y avait des Nègres marrons « qui étaient dans les bois depuis plus de quarante ans ». Ils sont nombreux, dont les noms furent ensevelis durant un siècle et demi, et qui ont resurgi du volontarisme militant avant de retrouver vitalité grâce à des travaux d'histoire : Gabriel l'Amérindien, commandant des Marrons amérindiens et noirs sur la rivière Oyak ; Augustin, sur la Montagne Plomb ; Linval, sur la rivière Approuague, que plusieurs bourreaux refusent d'exécuter ; Georges ; Évariste ; Léveillé ; Charlemagne ; André ; Boni sur le fleuve Maroni, pour ne citer que quelques noms de chefs. La rupture du marronnage se faisait au prix de la vie : « Copena, convaincu de marronnage, ayant marronné avec une hache et même un fusil, est condamné à avoir bras, jambes, cuisses et reins rompus sur un échafaud qui sera dressé en la place du Port. Il sera mis ensuite sur une roue, la face tournée vers le ciel pour y finir ses jours et son cadavre sera exposé », dit le procès-verbal. Les femmes n'étaient pas en reste :

«Sa complice Claire [Copena] convaincue de crime de marronnage dans le grand bois et de complicité avec les Nègres marrons, sera pendue et étranglée jusqu'à ce que mort s'ensuive à la potence de la place du Port. Ses deux enfants impubères, Paul et Pascal, appartenant au sieur Coutard, François et Bathilde, deux autres enfants, Martin et Baptiste appartenant à Duvergé, tous accusés de marronnage, sont condamnés à assister au supplice de Copena et de Claire.» Ainsi se conclut le procès-verbal. On se demande ce que faisaient, juste après, ceux qui rédigeaient de telles sentences. Allaient-ils se laver les mains? «Jusqu'à ce que mort s'ensuive...» Le marronnage, au risque de la mort, donc, et d'une mort atroce. Et d'insupportables traumatismes délibérés pour les enfants. Aucun chemin, ni raccourci ni tortueux, ne peut mener à une possible mission de protection de l'élégance, du luxe, du privilège social. C'est le plus perfide des pièges d'un carnaval dépouillé de sa fonction subversive, au profit d'un esprit de fête, sans aspérités ni fidélités.

Mais la bande est déjà passée. Elle a quelques frappeurs de tonneaux, une petite poignée, qui la suit en tapant avec la langueur que suggèrent les tenues de salon bleu électrique, jaune-or, blanc aveuglant, portées par les dames, majoritaires, et quelques dandys. Aucun d'entre eux ne porte de masque.

Et voilà un groupe qui se croit à la mi-carême! Un char richement décoré, aménagé d'un sound system, entouré de femmes à demi nues, joviales, légères, y compris celles dont les formes replètes laisseraient supposer une lourdeur dans la danse : elles ont une souplesse féline, la grâce de corps denses mais insouciants. Comme ces divas amples, sopranos de jazz ou de musique classique, qui glissent sur la scène tandis que leur voix s'envole. Elles chantent. Des mélodies entraînantes et répétitives, reprises par un chœur improbable. Elles avancent à pas circulaires. Elles apportent la bonne humeur têtue qui tient tête au dénuement. Elles offrent leur culture dans leur langue, l'une et l'autre déjà familières du fait du voisinage étayé par la circulation transfrontalière. À leur passage, très ralenti, le public reprend volontiers le refrain, pas difficile à retenir, il se compose d'une courte phrase de trois ou quatre mots et d'onomatopées. Conformément à une habitude badine d'écoles de samba et de fins de concert. L'ambiance est à la mixité, et cette démonstration sans prétention est reçue très chaleureusement, bien qu'elle soit loin du modèle des blocos psychiatriques dans les États du nord du Brésil, où patients et soignants toutes catégories, du professeur au brancardier, chantent et dansent sur les morceaux composés par les patients.

Une escouade de Zonbi-baré-yé s'amène en virevoltant. Ils sont recouverts de pied en cap d'une combinaison blanche, raccourcie par les dimensions démesurées de la cagoule sur laquelle est dessinée une tête de chat. Ils sont reliés les uns aux autres par une corde en chanvre, et se déplacent à la cadence d'un chant très scandé qui se termine par deux syllabes répétées quatre fois : *Ho Zonbi baré yé, mé nou mé nou mé nou mé nou*, «Ho Zombie, barre-leur la route, nous voilà, nous voilà, nous voilà, nous voilà». Le chant est relancé par des sifflements intercalés. C'est une femme qui ouvre la marche et une femme qui la clôt. Ils sont très indisciplinés, montant sur les trottoirs, entourant une femme pour la séparer de son compagnon, encerclant un couple pour l'isoler des autres. Ce sont des zombies de jour, ils ne sont pas malveillants. Ils ne descendent pas du fromager sacré de nuit pour entraîner les vivants au royaume des maléfices. Ils sont juste de sortie en après-midi.

Les habitants d'ascendance sainte-lucienne sont les premiers à être entrés dans le carnaval. Avec un sens imbattable de la dérision, ils ont commencé par des déguisements conformes aux caricatures que leur renvoyait la société. Ils se sont ainsi approprié le qualificatif railleur Anglé bannann, nom donné aux créolophones de la Caraïbe, suggérant qu'ils ont acclimaté la langue anglaise à leurs territoires et la parlent donc comme dans une plantation de bananes. Ils ont défilé en baragouinant la langue de Wilberforce, non comme ils la pratiquent normalement dans une version fécondée par leurs expériences de vie et les ensemencements des langues amérindiennes et créoles, comme cela advient à toutes les langues qui voyagent et s'enrichissent, mais en exagérant manifestement des déformations imaginaires. Voilà bien vingt ans qu'ils n'avaient pas fait de telles démonstrations. Ils ont transmis un flambeau, c'est une nouvelle génération qui renoue avec cette participation singulière. C'est d'autant plus drôle qu'on ne les distingue plus dans la société. Pas sûr d'ailleurs qu'ils connaissent Sainte-Lucie. Et lorsqu'ils y ont conservé des attaches, ils s'y rendent en visite tout en continuant de professer l'enracinement sur le lieu de vie. Mais, fort heureusement, l'art de l'autodérision se transmet. «Man sé an joklimann», proclame avec emphase un jeune homme, «Je suis un gentleman», en paradant avec une canne en bois verni à pommeau plaqué argent. Il porte un costume à trois pièces, en drap gris très chic, des mocassins vernis, la veste est à l'ancienne, une queue-de-pie longuement fendue à l'arrière, tropicalisée en passe-pété, laissant passer les pets. Son couvre-chef est un haut-de-forme, appelé bizbonmm. À distance respectueuse, il est suivi par cinq balayeuses munies de balais à l'ancienne, le manche mal dégrossi, avec des nœuds apparents, la brosse étant faite de feuilles sèches de cocotiers. Elles balaient avec une gaillardise excessive, veillant scrupuleusement à bien salir là où elles passent leurs balais en entraînant la poussière vers les pieds des gens qui ne s'en formalisent pas et en rient sans retenue. Juste après, ce sont des coupeuses et amarreuses de canne à sucre qui avancent en cercle, mimant à gestes amples la récolte de la canne, en manœuvrant à bout de bras des sabres en bois, pour celles qui coupent, tandis que celles qui amarrent miment avec beaucoup de talent les gestes saccadés pour ramasser, assembler et transporter les lots de tiges coupantes, rendant évidente la pénibilité de la tâche.

Juste derrière, presque immédiatement, une douzaine de guerriers Zulu. Quelle idée ! se déguiser en guerriers Zulu ! Ça doit faire grimacer l'Histoire, Chaka, la reine Nandi, Nolywé la fiancée gracieuse et peut-être posthumément le chef Dingiswayo !

Ceux qui suivent sont annoncés par le son caverneux et poignant d'une conque de lambi. L'usage de ce coquillage comme instrument de musique vient des îles Caraïbes. Il a servi par le passé à relayer les alertes et les informations cruciales entre groupes de Marrons, dans ces territoires exigus et montagneux où la liberté qu'ils avaient reprise était constamment menacée par les troupes qui les pourchassaient, accompagnées de molosses. La conque, dont la lèvre épanouie est rose nacré tandis que l'embouchure adhère aux lèvres du souffleur autant qu'elle les prolonge, est pointée vers le ciel témoin de la bravoure des Marrons. Elle est passée dans la postérité comme symbole de l'appel de la liberté et de l'appel à la liberté. Cet après-midi, elle est ponctuée par les incursions lugubres d'un tambour ka, entrecoupées d'habiles stridulations d'une flûte traversière. Les voix sont chiches, mais présentes. Les refrains sont parfois des bribes de poèmes de Sony Rupaire, de Monchoachi ou de Derek Walcott.

Et comme pour un traitement de choc, le groupe qui suit, après avoir bien pris son temps, accélère tout d'un coup. Il est disparate au possible : des hommes travestis avec une telle exagération et un tel mauvais goût que, par contraste, la lumière paraît plus douce dans les yeux de ceux qui, avec soin, effectuent une espèce de coming out à la fois ostensible et discret, en s'habillant au féminin à visage découvert, ce qui, selon toute vraisemblance, leur apporte une paix intérieure. Ceux-là n'affrontent pas la société, ils lui disent calmement qui ils sont, sans tricher. Par leurs corps ainsi exposés, ils reprennent de l'espace et prennent du pouvoir, presque provocants contre le voyeurisme, contre les voyeurs, les persifleurs, les goguenards, comme les filles qui occupent l'espace public attifées comme il leur plaît, ne narguant personne, même pas les violeurs. Le message est cousin : voilà comment on s'habille, au vu de tous, c'est tout. Les travestis de l'excès quant à eux, affublés de perruques emmêlées et posées de guingois, chantent, sur un ton désespérément monotone : « La guerre en Syrie est une guerre mondiale. » C'est insolite, avec le mérite d'être sagace. Quelques filles sinuent entre eux. En chantant et dansant. Deux d'entre elles ont les fesses partiellement dénudées, extraordinairement pulpeuses ; hardies et jolies sous des shorts ric rac, l'une est de dos, la deuxième de trois quarts, elles bougent, se tournent et se retournent, rient en jouant de la plasticité de leurs corps. Une vieille dame commente : « Non mais elle pourrait se couvrir ! Regarde-moi ça ! En plus ça doit être faux, ça, y a du botox. » À quoi réplique une autre septuagénaire : « Moi, je trouve qu'elles ont raison. Ça ne va pas durer. Botox ou pas, le botox, c'est pas donné à tout le monde, faut avoir les moyens, botox ou authentique, ça se dégonfle tellement vite, et ça tombe avant que tu comprennes, elles font bien de montrer pendant que c'est aussi joli ! » En occupant l'espace public, tous ces corps exposés prennent du pouvoir. Et l'affichent.

Maintenant, ce ne sont plus ni des tonneaux ni les tambours, c'est un orchestre. Avec de vrais cuivres. Et un duo, une chanteuse un chanteur. Le camion est immense. Décoré à la diable. Il y a des cuivres, ou des instruments à vent, diraient certains, les gens se disputent pour un rien de vocabulaire. Le batteur se prend pour Tony Williams. Il n'en a pas le talent, mais il a sensiblement l'âge qu'avait Tony Williams lorsque Miles Davis l'a engagé et il joue avec une ferveur comparable. Il tente d'imiter Williams en mobilisant ses quatre membres de façon indépendante. Il a l'air d'être transporté par *Joy of Flying*. Le saxophoniste gonfle et dégonfle ses bajoues. Il n'atteint pas les volumes de Satchmo et ce qu'il souffle, ses notes cascadant comme des milliers de grainestonnerre dégringolant de la montagne Gabriel, est à mille lieues de la contrition d'Armstrong qui se souciait tant d'être prêt à répondre à tous moments si son Lord l'appelait. Difficile de penser à ce standard de Satchmo sans évoquer le poème de Prévert «*Notre Père qui êtes aux cieux restez-y/Et nous, nous resterons sur la Terre qui est parfois si jolie*». Le trompettiste s'emballe. Il met plus d'énergie dans les torsions de son corps que dans l'embouchure de l'instrument. Les Touloulous sont minoritaires dans la foule autour, devant et derrière le camion. Les personnes non déguisées non masquées sont dix fois plus nombreuses. Des parents tenant des enfants parfois en bas âge paraissent bien téméraires. Les suiveurs reprennent les refrains, couvrant les voix du duo, malgré de puissants micros. Le répertoire se déroule comme s'il avait été distribué : il ne s'écoule pas deux secondes avant que les gens identifient l'air entamé et le reprennent, avec une énergie de stade olympique, dans une clameur qui déplace les branches des amandiers et en chassent les hirondelles fardées. Tout y passe, ils entrelacent les registres, celui du carnaval et celui d'artistes qui n'ont rien à y voir, et ont écrit ou composé les fleurons de la chanson populaire. *Savanes Guyane* de Jean-Roland Verderosa, *Oyapock* de Josy Mass, *Malmanoury* d'Alex Coupra, *La Guyane to ké lévé* de Daniel Sinaï, *Guyane aimée* d'Yvan Rollus, un grajé d'Élisabeth Clet, *Mo la, mo san poto*, «J'ai perdu tous mes appuis». Le public connaît toutes toutes toutes les chansons. Et voilà que, soudain, le trombone part en vrille. La foule déjà surexcitée ondoie, piétine puis, tout d'un coup, à l'unisson, voltige, voltige, voltige. Elle saute, saute, de plus en plus haut, de plus en plus vite, chacun retombant à sa place, aucune bousculade, aucun débordement, malgré la compacité.

Pourtant, aussi animé soit-il, ce vidé d'après-midi ne vaut pas celui du dimanche matin. C'est un camion un tant soit peu moins encombrant qui raccompagne le dimanche matin, avant six heures, les Touloulous chez eux. Ils viennent de passer la nuit dans le dancing où se tient le bal paré-masqué. Les femmes, recouvertes jusqu'à la dernière parcelle de leur corps, pas une mèche ne dépasse de leur coiffe, portent mitaines et masque souriant. Ce sont elles qui décident. Elles prennent le pouvoir. Du moins l'ont-elles pris par le passé. Du temps où la stratification sociale était hiérarchisée à gros traits, reléguant au bas de l'échelle les femmes, et d'abord les femmes pauvres, celles surtout qui assuraient seules la subsistance et l'éducation de leur marmaille à plusieurs pères. Ce sont ces femmes, souvent soumises aux abus d'autorité, au harcèlement, aux violences à une époque et dans des endroits où l'on considérait toutes ces choses comme allant de soi, ce sont elles qui décident. Elles décident qui danse et qui fait tapisserie toute la nuit. Elles décident avec qui elles dansent. Comment elles dansent. Lascivement ou prudement. Voluptueusement ou sagement. Le cavalier choisi ne peut que trébucher dans l'embuscade. Elles l'appâtent à leur guise, le séduisent ou simplement l'embrasent. Elles conquièrent ou aguichent. Elles sont reines. Elles envoûtent. Elles sont sorcières. Elles leur damnent l'âme. Elles peuvent faire mijoter un homme toute la nuit, en alternant une danse pour lui, une autre à l'autre bout de la piste avec un autre, avec d'autres. Ce sont elles qui réservent la dernière danse. Et la suite. Si, et seulement si, elles veulent qu'il y en ait une. Les plus gracieuses portent un loup noir, ou blanc ou doré ou vermeil leur dissimulant le haut du visage, le reste étant recouvert de très belle dentelle noire extrêmement serrée, ou de satin jaune impérial, vert perroquet, rose bonbon, il s'en trouve, c'est plus rare, de cette couleur entre rouge et bordeaux qu'est la pomme d'amour. Elles soupèsent les cœurs et sondent les reins, elles statuent par le langage des corps. La séduction peut être sensuelle, tout en effleurements, voluptueuse, érotique, libertine, elle peut être lubrique et, dans ce cas, la voix est flûtée. Combien de directeurs, chefs de service, hauts fonctionnaires, hommes de pouvoir et de privilèges furent ainsi harponnés, parfois durablement. Combien d'enfants que l'on disait alors naturels sont nés en étant le portrait craché de leur père, notable vertical portant chapeau et tenant canne, prompt à distribuer des leçons de morale, consommateur assidu d'hostie, ainsi confondu aux yeux de tous, comme si elles avaient modelé de leurs mains le fruit de ces amours illicites et indociles. Certaines contraignaient le géniteur à une pension alimentaire, sous peine de scandale. Les épouses bafouées réagissaient en fonction de leur tempérament et de leur entourage. Il se pouvait que ces enfants adultérins soient accueillis au domicile conjugal pour recevoir quelques bonbons le jour de l'an, ou qu'ils soient invités à y séjourner deux semaines aux vacances estivales, surtout lorsqu'il y avait une résidence secondaire. Parfois, il en résultait une bigamie, voire une polygamie de fait, publiquement connue et socialement ignorée. Des situations subalternes professionnelles, injustes souvent, s'en trouvaient miraculeusement corrigées. Cette sphère de pouvoir des femmes était tolérée parce qu'elle ne durait que deux mois dans l'année. Et parce que les apparences du pouvoir réel, civil, économique, politique, militaire, demeuraient inchangées. Les femmes continuaient à servir et à être mineures de droit, à faire tenir la société par les métiers de soin, d'enseignement, de nettoyage, les services aux personnes reléguées ou abandonnées, à tisser les destinées prestigieuses des hommes, plus visiblement dans le domaine politique. Combien de notables ou de magnats furent délestés d'une part de leur fortune ou de leur patrimoine. Pour autant, les femmes ne gagnaient pas à tous les coups. Il est arrivé que ce soit elles qui tombent passionnément amoureuses et qu'elles soient abusées et abandonnées. Ou larguées, après avoir été exhibées comme catins installées dans un appartement cossu, puis le temps de la lassitude venu, arrachées à leur écrin factice. Elles n'ont cessé cependant d'envahir des espaces et de saisir des prérogatives. L'Église fut la première à se réveiller. Les prêches fustigeaient la mécréance du vidé du dimanche matin, à l'heure où se déroulait la première messe, et alors que l'Angelus sonné le matin par les belles cloches de bronze ne parvenait pas à couvrir cette musique distillée pourtant à l'extrémité de la ville, quand la cathédrale se trouve en centre-ville. Le dévergondage des femmes les vouait aux feux de l'enfer, l'évidence s'impose. Les femmes rendaient coup pour coup, en divulguant, par allusion, des indications sur les enfants cachés de prêtres et d'évêques, parmi les plus pieux. L'Église perdit son bras de fer. Le vidé du dimanche matin, après avoir disparu quelques années, est revenu. Les messes du matin, durant ces deux mois, faisaient de moins en moins le plein, au point que le clergé décida une messe du soir durant cette période. La plus sérieuse capitulation concerne le mercredi des cendres. Premier jour du carême, ce matin-là, les fidèles étaient nombreux à se présenter à genoux, l'air compassé en grande humilité, pour recevoir sur le front imposition des mains et tracé d'une croix dessinée à la cendre. Par un prêtre ordinaire, puis ce fut par le curé, puis le vicaire, puis par l'évêque en personne. Les sermons du dimanche suivant avaient beau dénoncer et menacer celles et ceux qui prennent la cendre sacrée le matin et vont s'encanailler dès l'après-midi jusqu'à minuit dans ce dernier jour de réjouissances qui, faut-il le rappeler, n'est pas conforme au calendrier chrétien, le mercredi des cendres est resté la dernière journée de carnaval. C'est la journée des diablesses de plus en plus nombreuses dans les rues, vêtues des couleurs de deuil, noir et blanc, traînant au bout d'une cordelette attachée à leur taille, soi-disant par désarroi tant leur douleur est profonde, des casseroles, pots de chambre ou toutes sortes d'ustensiles métalliques qu'elles font retentir contre le macadam de la rue dans un charivari crissant, en chantant et en dansant avec fougue et allégresse, avant d'aller jouer les pleureuses dévastées le jour fini, pour rehausser l'immolation du général Vaval sur la place aux palmiers. Les pleurs se noyant dans les chants :

Adieu cher carnaval
Jusqu'à l'année prochaine
Si Bon Dieu nous garde
Nous nous amuserons

La virulence des condamnations cléricales eut d'abord pour effet de réduire sensiblement puis considérablement l'affluence des fidèles. Dans cette bataille picrocholine entre le spirituel et le temporel, la multitude a regagné son camp sans état d'âme. Au bout de quelques années, le clergé a lâché du lest et organisé une messe de cendres le mercredi en fin d'après-midi. Il avait perdu trop de temps, et sans doute que les fidèles, lucides, ont considéré que, matin ou après-midi, le péché restait le même. Dernière défaite. Il s'écoula encore quelques années de constat d'impuissance, puis l'Église a déplacé l'imposition des cendres au vendredi suivant le mercredi des cendres. On peut parier, Dieu doit trouver ça plus sage. Il en est resté une trace immuable : une chanson de carnaval, qui a accédé à la postérité en passant dans le patrimoine de la chanson traditionnelle. Une chanson impitoyable :

Mouché labé di
Pé tanbou a
Ah doux Jésus de Nazareth
Sauvez le clergé
Miyò dansé pasé mouri
Monsieur l'abbé a dit
De faire taire le tambour
Ah doux Jésus de Nazareth
Sauvez le clergé
Il vaut mieux danser
Plutôt que risquer de mourir

Cette chanson s'accompagne d'une explication de texte : l'abbé qui se serait obstiné à envoyer des émissaires demander que cesse le vidé du dimanche matin aurait tout perdu : ses premiers émissaires étaient des enfants de chœur, en aube, dépêchés juste avant le début de la messe pour faire taire le tambour. Ces enfants de chœur ont commencé par dire la phrase des deux premiers vers : monsieur l'abbé a dit de faire taire le tambour. À cause du vacarme, ils ont dû la répéter, ce qui leur a vite donné une cadence ajustée au son du tambour, les entraînant dans la danse. Ils ont ainsi omis de revenir servir la messe. À bout de patience, l'abbé a célébré la messe sans eux puis, à la fin, après l'*Ite misa est, allez dans la paix du Christ*, il a délégué deux religieuses pour ladite mission. Elles sont arrivées, en robes de nonne avec chapelet, cordelière et cornette. Elles ont transmis le message : monsieur l'abbé a dit de faire taire le tambour. Plus aguerries que les enfants de chœur, elles ont pu répéter l'injonction sans sombrer sous le charme ensorcelant du tambour. Elles en étaient à la troisième répétition de l'injonction et tenaient bon, lorsqu'un homme de bel âge, sec de sueur contrairement à la foule des personnes qui suivaient le vidé, auréolé d'une autorité naturelle, s'approcha d'elles à un pas cadencé au rythme du tambour et ponctué par une canne à bout pointu, sculptée et parcourue sur le flanc de fils de fer remontant jusqu'au pommeau et entourant les pierres brillantes qui y sont incrustées. Il leur intima de répéter leur propos, ce qu'elles firent bien volontiers. Faisant mine d'écouter dans un premier temps, et comme prêt à obtempérer, il leur intima très vite de cesser de perturber le vidé et de danser comme tout le monde, sinon elles goûteraient de sa canne. Joignant le geste à la parole, il commença à les picoter avec la pointe et le flanc irritant de la canne. Elles se mirent alors à virevolter en chantant les trois derniers vers de la chanson : *Ah doux Jésus de Nazareth/Sauvez le clergé/Miyò dansé pasé mouri*, « Il vaut mieux danser que risquer la mort ». Et comme le tambour s'endiablait et que le porteur de canne faisait des moulinets, les deux religieuses n'avaient pas d'autre choix que de suivre la cadence et pirouetter et pivoter et tourbillonner, au point que leur bas de robe volait jusqu'aux genoux, puis jusqu'à mi-cuisse, laissant voir leurs pantys en dentelle grise. C'est sur ces entrefaites que l'abbé, qui s'inquiétait de ne pas les voir revenir, arriva sur les lieux. Il en perdit la parole, la connaissance aussi, on dit qu'il tomba aussitôt dèkdèk, embrouillé par les pantys. Il fit un AVC sur-le-champ. On raconte que c'est le premier cas connu d'accident cardio-vasculaire, appelé dèkdèk ici, et qu'il y en eut d'autres. Ces histoires sont transmises par Kono, l'une des éminentes gardiennes de notre mémoire orale, avec une irrévérence souriante et cordiale envers le clergé, comme le commande une tradition culturelle et coutumière bien installée, chacun ayant le droit de les accommoder comme il l'entend, toujours selon la tradition.

Notre illustre poète Léon-Gontran Damas s'en est gaussé, lui aussi :

Parce qu'elle avait eu pour père
Le Sacristain
prétendent les uns
le Bedeau
affirment les autres
ou les deux seul Dieu sait

Toutouni qui s'entendait appeler parfois
Mantouni
sans se demander jamais pourquoi
avait eu de naissance
la parole infaillible
et l'ouïe à ce point fine
qu'elle pouvait aux alentours dire
et l'âge et le sexe
et la race et le rang
et le teint et le clan
du dernier chrétien mort
pour qui sonnait le glas
dans le soir crépusculaire

Encore, là, c'est un adversaire à visage découvert. À armes inégales, mais que l'on peut vaincre cependant. Et puis, il y en a d'autres. Ceux qui débarquent en position de pouvoir. Sûrs d'eux. N'ont pas besoin qu'on leur explique quoi que ce soit : il n'y a point de mystère dont le secret ne leur eût sauté aux yeux. Ceux-là, fonctionnaires détachés, bien confortablement logés sur leur position matérielle et sociale avantagée, ont décidé d'inverser l'inversion. Ils ont inventé le Tololo. Ce sont des soirées-dancing, les hommes sont déguisés, masqués et choisissent leur cavalière au visage nu. Le pouvoir revient au pouvoir. Passé la curiosité, la chose est apparue, sinon comme un retour de l'ordre mâle, du moins comme un exercice sans poésie ni saveur séditieuse. Ils ont découvert quelque temps après que, par une de ces entourloupes dont se distraient toutes les langues, ce mot arraché avec impudence au phénomène social qu'ils ont choisi de contrarier, avait un sens : en deux mots, *to lolo* signifie ton pénis. Comme prise de court puis démasquée, la vulgarité de la manœuvre se révélait dans son nom. Quant au Comité du tourisme, apparemment consolé de la défaillance des milliers de touristes attendus à leur insu, il organise sur le parvis de son siège des cours de danse-frottée. Aliénation et trivialité.

Ce vidé d'après-midi s'achève. C'est une liesse païenne exécutée avec la ferveur d'une action de grâces. Il reste encore deux dimanches de carnaval. Au lieu de s'épuiser, les forces se renouvellent. Les derniers jours, sous deux semaines, seront pratiquement ininterrompus. Lundi gras est réservé aux mariages burlesques. Il s'en célèbre dans toute la ville. La mariée est un homme avec robe à traîne et voile à visière, portant un bouquet de ronces ; l'époux, débraillé, une femme cintrée dans un costume masculin laissant apparaître une chemise mal boutonnée relevée d'une cravate nouée à la six-quatre-deux ; le prêtre, un ivrogne dans une soutane copieusement rapiécée ; la Bible, un faux livre portant en couverture des signes cabalistiques. Ce jour-là, le clergé encore en prend pour ses grades et réputation. Il est vrai qu'il a beaucoup à se faire pardonner. Si les papotages délaient à loisir l'abondance de biens fonciers et immobiliers hérités de fidèles aristocrates soucieux de leur salut dans l'au-delà, la mémoire collective plus silencieuse mais aussi plus rétive a conservé, sans toujours savoir précisément à quels actes ils correspondent, les noms de prêtres qui furent très entreprenants dans la capture de Nègres marrons : le père Fauque, l'abbé Farjon, l'abbé Jacquemin, parmi d'autres. Elle a également repéré, comme se doutant qu'elle doit les en blâmer, les prêtres qui maniaient la férule dans les Homes indiens. Père Barbotin était de ceux qui en faisaient doctrine. Quant aux présumés enfants de prêtres, ils sont connus de tous et font l'objet de commentaires de ressemblance dénués de toute malveillance.

Mardi gras est le jour des diables rouges. Bardés de miroirs sur leurs combinaisons rouge hibiscus, deux cornes bien boudinées sur la tête, les diables brandissent une fourche dont les dents sont également recouvertes de taffetas rouge. Habituellement ils sont dans des bandes bien étoffées. Ils déboulent dans une vive allégresse, comme pour une invasion folâtre de la Terre, pour le plus doux plaisir des yeux. Il arrive de plus en plus que Lanmò, la Mort, les accompagne. Elles sont ainsi deux ou trois, pas davantage, silhouettes graciles dans des combinaisons taillées dans de la percale noire extrêmement légère, presque aérienne, sur le devant de laquelle est dessiné, plus ou moins stylisé mais conforme à l'anatomie, avec un pigment d'un blanc éclatant, un squelette. C'est la Mort qui se mêle à la cohorte mutine de diables. Elle peut se faufiler où et comme elle veut, on se garde bien de la contrarier, en dépit de ses airs avenants. Son visage est recouvert d'un masque figurant un crâne de macchabée. Moins directe et plus suggestive, moins stylée et moins accommodante par le passé, Lanmò déployait, par-dessus une chemise et un pantalon blancs, un drap immaculé de l'envergure de ses bras, repérait les hommes qui prenaient des airs matamores, les enveloppait de son drap en faisant mine de les asphyxier. Superstition admise et respectée pour ne pas avoir à répondre d'un malheur qui serait assez félon pour frapper avant l'heure et émouvoir la compagnie, en l'accusant d'avoir attiré la mort de vrai. Aussi s'attaquait-elle exclusivement aux hommes, n'abordant ni les femmes ni les ados ni les enfants. Les Lanmò de nos jours sont pleines de grâce.

Ce sera dans quinze jours. Pour l'instant, les musiciens font cadeau à la foule des suiveurs d'un dernier pot-pourri, enchaînant les morceaux par fragments rapides se succédant toutes les vingt secondes, comme pour désorienter les chanteurs et danseurs. Un harmoniciste s'est mêlé à l'orchestre. Tout le monde sait que c'est le signal de la fin proche, et chacun redouble d'ardeur, les voix sont éraillées, les corps luisent de moiteur. La dislocation prendra bien trois quarts d'heure.

Remontant une avenue centrale, une bande fait son baroud. Elle est régulièrement la dernière à rentrer. C'est un rituel établi depuis une bonne dizaine d'années. Elle est populeuse, avec six fois plus de suiveurs que de Touloulous. Des adolescents, beaucoup de garçons, torse nu. Le rythme est furieux, frénétique, déferlant, torrentueux. Les uns et les autres sautent, tourbillonnent, pirouettent, vrillent et atterrissent sur leurs pointes, le corps cassé en trois comme un nika de kasé-kò, cette feinte prisée en danse de lutte. La musique se surprend, tout éberluée, à devoir essayer de rattraper une cadence impulsée par les danseurs-chanteurs peu soucieux des batteurs pléthoriques et increvables. Les jeunes se regroupent, se gourmandent, miment des étreintes de close-combat plus esthétiques que pratiques, se provoquent des yeux, se menacent de l'index, se heurtent du torse, miment des postures de joutes verbales et de luttes au corps à corps. C'est une célébration de corps lisses et luisants, un essaim de bras volants et de jambes désarticulées, une chorégraphie aussi tonique et désordonnée que stupéfiante, un festival de bourrades, d'épaulées et de bousculades. Ils s'en donnent à cœur-joie. Celui-ci s'étant élancé et ayant esquivé une épaule mal placée se retrouve djokoti, accroupi sur ses talons, touchant presque cet autre qui l'évite dans un chalvirement spectaculaire, agile comme un baboune lorgné par un ayra, chat-tigre que les pédants appellent ocelot. Bligidip, dans une pirouette digne d'un grajé-valse, il est à nouveau sans pesanteur, haut dans l'air, le bras gauche faisant tournoyer une cavalière imaginaire. Il revient au sol avec force, propulsé sur le même élan au-dessus des autres qui aussitôt se regroupent en trempoline pour le recevoir. Ce léger mouvement d'ensemble va aussitôt provoquer l'ébranlement d'une dizaine de policiers et gendarmes qui suivent le groupe de si près, y collent tant qu'ils y sont presque intégrés. Il y a là trois corps de métier : des policiers, des gendarmes, des policiers municipaux. Pas moins. Le balancier est invariable : un mouvement des jeunes, un ébranlement des policiers. Dans les débuts, c'était une danse improvisée. Elle était dupliquée avec des variantes selon le goût et la souplesse de chacun. C'est devenu un jeu, depuis qu'il y a du monde pour s'y laisser prendre. Et de fait, chaque fois que les jeunes s'agglutinent, bougent ensemble, font semblant de se battre, les policiers et gendarmes, tous équipés de gilets pare-balles et certains d'armes, se précipitent comme une houle poussée par la levée soudaine d'un alizé incongru. Quelques-uns affichent des mines paisibles, d'autres des airs ahuris, les plus nombreux sont sur leurs gardes. Ils sont arrivés en mission de trois mois, pour faire un peu de contrôle de circulation en semaine et suivre le carnaval de rue le dimanche. Depuis trois ans que ce dispositif a été mis en place, les commentaires vont bon train. Peut-on éloigner des gens de leurs familles pour venir faire le jacques en bleu marine à suivre des jeunes qui ne demandent que cette nouvelle attraction pour jouer aux bad boys ? De fait, mis à part des bagarres simulées, il se passe assez peu d'incidents, eu égard au nombre de fausses alertes qui sont en fait des mises en scène. Évidemment, tous ces jeunes repèrent les gardes mobiles mieux que ces derniers ne peuvent mémoriser leurs visages. D'autant que, dans l'anonymat de la ville, ils peuvent revoir ces gardes mobiles effectuant des rondes, par petits groupes de trois, armés. Il est vrai qu'il existe des destinations beaucoup moins agréables et moins tranquilles que cette ville.

— Vous, Mimper, on vous a à l'œil.

— C'est moi seul que tu vois, capitaine ?

C'est un échange subit entre l'un des jeunes qui longe le trottoir en suivant la bande, et le chef probable de cet escadron déroutant de policiers-gendarmes. Ce chef-là est un sédentaire, il a intégré à ses équipes ce renfort déconcertant, qu'il rêve peut-être d'assigner à d'autres tâches.

— Je préfère vous prévenir, répond le capitaine sur un ton égal.

— Je bouge pas, j'ai rien dans les mains, je saute même pas avec les autres, mais tu m'as à l'œil !

— La dernière fois qu'on vous a emmené au poste, vous étiez, paraît-il, pris par hasard dans la bagarre ! Cette fois, j'essaie de vous épargner d'être pris par hasard.

— Y a même pas de bagarre, capitaine ! Les comme moi, on est toujours coupables, avant même de faire quelque chose, avant de respirer ou de roter, on est coupables. Si je voulais faire une faute pénale, c'est pas ici à vot' nez et vot' barbe que je vais le faire, vous croyez pas !

— On ne sait jamais, vous vous échauffez la tête puis vous ne contrôlez plus rien.

— Parfois tes gars, ils nous cherchent ! Qu'est-ce qu'y font dans le carnaval ? C'est pas nous qu'on l'a voulu !

— Vous parlez de plus en plus mal, Mimper ! Vous feriez honte à votre sœur aînée qui réussit bien ses études.

— C'est tes gars qui parlent comme ça ! Mercredi, on a demandé à trois qui drivaient en traversant la pelouse devant l'école Ti-collège si y z'étaient contents d'être ici, et pourquoi ils surveillent le carnaval, y a un qu'a répondu : C'est pas nous qu'on l'a d'mandé !

— Ils ne drivaient pas, Mimper, ils patrouillaient ! Quand des policiers circulent, ce n'est jamais en promenade.

— N'empêche qu'y en a qui parlent comme moi.

— Ce n'est pas une excuse. Vous savez bien que c'est ce que vous dirait votre grande sœur.

— N'empêche que c'est plus facile de nous zyeuter que courir derrière les dealers de crack qui font la loi près des palétuviers, sans compter ceux qu'ont placé leur kujé près du canal Laussat.

— Vous savez parfaitement que ce ne sont pas les mêmes brigades.

— C'est pas les mêmes non plus qui s'occupent des braquages et des cambriolages. Pourtant y a du boulot, là ! Faut dire que les bandits qui braquent et qui cambriolent, eux y rigolent pas, uniformes ou pas uniformes, ils tirent. C'est qui qui leur donne toutes ces armes gros calibres, plus gros calibres que vos mini kalach ? N'importe quel zotobwé a une vingt-deux à canon scié. Le préfet et le commissaire, y font la sieste ?

— En attendant, Mimper, je vous conseille de vous tenir à l'écart de tout ça. Ce n'est plus le temps où tous les policiers vous connaissaient, connaissaient vos parents et vous secouaient pour vous ramener dans le droit chemin. On n'a plus le temps de vous empêcher de tomber, tout va vite, on vous chope quand vous êtes déjà tombés.

— Bon, capitaine, sauf vot' respect si vous avez fini je peux rejoindre la bande ?

— C'est un progrès, le vouvoiement !

La bande fait du surplace. Elle a commencé à se dissoudre, la nuit se répand sans aucune clémence. Les adultes se détachent, ceux qui ont des enfants sur leurs épaules ou les tiennent à la main rebroussent déjà chemin. Il restera les indécrottables, qui vont continuer à danser sans musiciens, par petits groupes de sept ou huit, se livrant à des hakas de pantomime et se plaisant à se courir après dans des rondes folles en slalomant autour du palmier bifide, avant de se rejoindre à nouveau pour rivaliser de cris et de cabrioles.

Dans un bruyant battement d'ailes surgissent deux escadrilles de chauves-souris, composées chacune de six oiseaux. Sont-elles d'ailleurs oiseaux, bien que volant mais sans plumage, ne sont-elles pas souris, malgré ces ailes? Opportunistes, elles sont l'une et l'autre devant les belettes selon Jean de La Fontaine.

La moitié des jeunes du groupe se figent. Toute désinvolture ravalée, toute frivolité évaporée.

La nuit leur appartient. Le malheur aussi, pense Mimper, qui n'a jamais pu les voir sans déglutir une espèce de bile prémonitoire.

III

Pol-Alex

L'appontement surgit d'un coup, après un coude du fleuve. Le takariman, posté à la proue du canot et chargé de guider le motoriste qui manœuvre à l'arrière, fait des signes vers la gauche puis tempère pour commander une approche en douceur. Le moteur se tait, le canot glisse et déjà deux hommes se détachent à la pointe du ponton, saisissent les cordages et amarrent le canot. À vingt mètres à peine, un groupe d'adolescents, figés quelques secondes, se disloque au ralenti, trois d'entre eux avancent avec assurance, les autres reculant de quelques pas pour s'adosser au mur en béton râpé du premier bâtiment. On aperçoit déjà le grand carbet avec cette longue table au plateau rugueux qui le partage en deux demi-cercles. Le sol est en terre battue, cabossée par endroits de petits blocs rocheux affleurants et de racines aériennes courant sur quelques centimètres. Au sommet du carbet, un espace entre le toit en feuilles de wasay et la pointe du pilier central en bois wapa taillé pour arrêter la pluie laisse passer la lumière. Un kopo ajouré, triangle décoratif en bois de kajou, orné de formes géométriques circulaires, anguleuses, de demi-lunes et de rosaces caractéristiques de l'art tembe des Bushinengue, les habitants de la vallée du Maroni, surplombe la porte d'entrée.

— Ah, ça débarque ! persifle une voix féminine.

— Quès vous venez fout' ici ? enchérit une voix plus grave encore en mue et pleine de rage.

— Eh ben ! ils viennent vous voir, tente un jeune presque aussi jeune mais ayant lui déjà mué, un animateur probablement.

— C'est pas un zoo ici, crache la voix en mue.

On ne peut pas dire qu'ils sachent se faire aimer ! pense par-devers lui l'éducateur Pol-Alex Hossi, initiateur de ce séminaire mixte de deux jours. Selon les usages quotidiens, les activités de filles et de garçons sont séparées dans ce centre éducatif fermé, dont la particularité comme chacun sait est d'être ouvert. Sauf que, aux temps des pionniers de l'éducation surveillée, bénévoles pour la plupart ou fonctionnaires à vocation, la suppression des grilles n'était pas une perfide tentation pour tester les élans de liberté des jeunes placés par l'Assistance publique ou par un juge des enfants. La suppression de grilles, grillages et barreaux participait alors d'un dispositif de confiance et de responsabilisation. Les simples portails d'aujourd'hui relèvent davantage – la sanction de la fugue ou de l'évasion étant la prison quel que soit l'objet du placement – de la mise à l'épreuve. Et accessoirement de logiques budgétaires. La localisation géographique y concourt. Ces CEF sont plantés au milieu de nulle part. Si loin de tout qu'ils le sont aussi de services adjuvants essentiels, tels que cabinets de psychologues ou services hospitaliers psychothérapeutiques. Quant à ce centre-là, il n'y aurait que la nage pour s'en évader.

L'éducateur Pol-Alex Hossi aide à amarrer le canot, sans savoir-faire mais par règle de conduite. Il traîne une contrariété. Il n'a pas aimé ces deux chauves-souris qui, en plein jour, les ont escortés sur un bon kilomètre. Il voyait bien que leur présence contrariait aussi le takariman. Ces bêtes sont des oiseaux de malheur, pire que les chouettes, elles trimballent soit la déveine soit des microbes, parfois des virus. Ce n'est pas pour rien qu'elles ont toujours un rôle de personnage encombrant, antipathique, retors et malodorant, allant jusqu'à oser provoquer Dieu tout-puissant, dans les contes guyanais et caribéens. Mais personne n'a fait mine ni de les voir ni de les chasser. Hossi est cordialement accueilli par le responsable du centre, le directeur général de l'association qui en assure la gestion ayant fait le déplacement, depuis la veille, pour le recevoir et le remercier de cette initiative. Pol-Alex Hossi s'avance vers les jeunes, main tendue, sourire aux lèvres, n'excluant pas de buter sur un refus. Qui n'advient pas. L'ordre du jour qu'il a proposé commence par une rencontre avec les éducateurs, moniteurs et animateurs, personnels féminins et masculins, auxquels il a souhaité qu'on puisse adjoindre quatre délégués, deux filles et deux garçons, représentant les jeunes. Avec un égal accès à la parole. Il sait, de principe et d'expérience, qu'ouvrir la parole n'affaiblit pas le pouvoir, au contraire. Et il veut ouvrir le séminaire par un geste

« cartes sur table ». Il sait l'exaspération qui pèse sur l'association. Il faut dire que c'est un mastodonte, arrivé ici comme il s'est établi auparavant ailleurs, écrasant de sa grosse patte d'éléphant tous les acteurs qui se démenaient sur le terrain. Ces acteurs, c'étaient pour la plupart des associations montées et tenues par des femmes qui, lasses de l'indifférence des pouvoirs publics, qu'il s'agisse de l'État ou des collectivités territoriales, ont pris à bras-le-corps divers besoins sociaux en créant des services pour le handicap, le polyhandicap, l'enfance maltraitée, les personnes âgées, l'insertion… Elles les ont portés à bout de bras, et ont ainsi initié puis installé une culture de la prise en charge. C'est sur ces terres qui n'étaient plus en friche, ayant été labourées, sapijées, binées, ensemencées par ces femmes volontaires et têtues, qu'est arrivé le mastodonte. Et dans ce secteur des maisons judiciaires et de l'insertion comme dans d'autres, il remporte tous les appels à projet, que la puissance publique lui octroie sans le moindre égard pour les associations qui jusque-là assuraient, avec des bouts de chandelle, ces missions de service public. Ces dames n'ont pas d'entregent. Tant pis pour elles ! et pour leurs usagers ! Le mastodonte n'est pas sans mérite, il est sans loyauté. Sa réputation souffre par ailleurs d'incidents, parfois graves, survenus dans ses structures et qui n'ont pas l'air d'altérer ses performances à rafler les marchés publics. Hossi ne veut pas se laisser affecter par ces considérations. Il pense qu'elles contribuent à désadapter les réponses apportées aux écarts, aux fautes, aux méfaits et forfaits de ces gamines et gamins parfois enragés comme des dogues encagés, en mal de positionnement ou de consentement social. Mais le mastodonte ne force pas les choses. Elles sont là, obéissant à un esprit de connivence sur un modèle de paresse et de lâcheté d'État. Le mastodonte s'en gave, c'est tout.

Cette première rencontre se tient dans un tukusipan, petit carbet de facture amérindienne, recouvert d'une toiture à double pan prolongée par deux houppes, avec au plafond, taillé dans du grignon franc, un maluwana, ciel de case aux couleurs chaudes et aux motifs arrondis ou en spirale, ouvragé selon les arts graphiques wayana. C'est aussi de ce bois, le grignon franc, que sont fabriqués les sanpula, tambour kali'na essentiel aux grandes cérémonies. À l'intérieur, suspendu aux deux poutres transversales, un kalawasi, panier à claire-voie en arouman soutenu par un court bâton, fait face à une couleuvre, longue vannerie tubulaire dans laquelle on place la pâte de manioc râpé pour laisser exsuder toute une nuit l'acide cyanhydrique toxique que contient le manioc. Ce face-à-face entre un instrument de musique funéraire et un ustensile de cuisine démasque totalement la dimension superficielle et artificielle de cette exhibition plus ethnographique que culturelle. S'il en était besoin, la décoration intérieure du grand carbet, de facture bushinengue, avec son très beau kopo en façade, présente également un affichage hétéroclite, dénué de sens : à chacun des six poteaux est accroché un objet travaillé en bois : une magnifique pagaie enjolivée de dessins colorés, courte, de celles qu'utilisent les femmes qui rament assises ; un peigne à huit dents joliment sculpté ; un kwi, demi-calebasse creusée, séchée, ornée de motifs colorés ; un kodja, battoir à linge également décoré ; une grande cuiller à riz, à la poignée ajourée ; un grand pilon, tati paw, sans son mortier. Enfin, retenu par une cordelette et se balançant au-dessus de la table centrale : l'inévitable tatou en bois, avec sa carapace striée, inerte comme un dinosaure déniché dans la glace de l'Antarctique. Tous ces objets détachés de leur lignée, de leur environnement, de leur usage, déniés dans leur fonction symbolique, crient au sacrilège. C'est comme si, pour résumer la peinture européenne du milieu du dix-septième siècle, on collait au mur d'une usine un petit carré autour du nombril de *L'Origine du monde* de Courbet, ou pour le siècle d'or néerlandais, l'œil gauche de la *Jeune fille à la perle* de Wermeer.

Admettons néanmoins qu'il y ait de la bonne volonté… les voies de l'enfer, sait-on depuis longtemps, sont pavées de bonnes intentions.

Mario, jeune animateur, celui qui a tenté de poncer la rugosité de l'accueil en précisant presque naïvement : « Ils viennent vous voir », est préposé à la conduite du déroulé du séminaire, lieux et horaires.

En une heure, les échanges étaient pliés. Ce ne fut pourtant pas un travail négligé. Les meilleures contributions ont peut-être été celles des déléguées qui ont proposé plusieurs aménagements d'organisation, tout à fait judicieux, comme des activités collectives ou individuelles de vingt heures trente à vingt-deux heures, au lieu de contraindre tout le monde à gagner les dortoirs, alors que personne ne s'endort avant au moins vingt-trois heures trente. Il suffirait de mettre à disposition le carbet amérindien, quelques jeux de société, pourquoi pas quelques livres, BD comprises, et un sound system, dub de préférence. Sinon, raillèrent-elles, laissez-nous nos portables.

Personne n'a bronché. Le directeur du centre a lancé un regard de biais vers le directeur général de l'association, qui a pris un air inspiré pour hocher la tête. Sans plus. Aussi, lui Hossi a approuvé, plus nettement, en secouant la tête plus longtemps qu'il ne fallait et en prenant visiblement note. Il comprend bien, et sans doute comme lui les quatre délégués, que ce ne sera pas de sitôt. Mais le sujet est posé. La solution aussi. Un de ces jours, pour leurs successeurs...

La séquence suivante est consacrée à un troc de souvenirs, agréables ou désagréables, ayant modifié soit leur mode de raisonnement, soit leur regard sur les autres, soit leur rapport à eux-mêmes. Il les prévient que la façon de se remémorer les choses peut ne pas être exactement telle qu'elles se sont déroulées, ce qui explique que des personnes ayant vécu ensemble des événements puissent les raconter de façon parfois bien différente, sans que personne puisse être accusé de mensonge. En dehors des sarcasmes d'un adolescent sur les « mensonges-vrais » et les ricanements soulignés de coups de coude de son voisin, les autres, garçons et filles, ont écouté, impassibles, ou affiché un air perplexe, ou encore échangé entre eux des regards d'indécision.

— T'aurais dû êt' là pour expliquer au juge aigri que le panzou que j'ai blessé avait compris à sa façon qu'il pouvait me voler mon casque Bose sans que je lui pète les côtes, a hoqueté la même voix que celle des « mensonges-vrais ».

Ils étaient assis en demi-cercle. Pol-Alex Hossi, qui a choisi de ne pas procéder à la méthode classique qui consiste à faire un tour de présentation ou à infliger à chacun de décliner son identité et autre chose, s'est contenté de proposer :

— Alors, on commence par le bout à droite, ou celui à gauche, ou bien on tire au sort, à la courte paille ou à pile ou face ?

— Aux dés, monsieur !

C'était une voix légère et qui, étonnamment, n'était pas moqueuse.

Avant toute décision, un doigt s'était levé :

— Moi, je veux bien commencer. Par une question. Comment vous pouvez être éducateur et nous dire qu'on peut trafiquer la vérité ?

C'était la déléguée qui, un peu plus tôt, avait fait la proposition de réorganisation des soirées.

— Il ne s'agit pas de trafiquer la vérité. Il s'agit de comprendre qu'une situation peut être perçue différemment, selon la position ou parfois simplement selon les règles qu'on s'est données dans la vie.

— Facile, quand même. Ya plus de raison, y a plus de tort.

C'est une autre fille qui venait à la rescousse.

— Vous le prenez pour une facilité, asséna Hossi, ce n'est pas une facilité, c'est au contraire une difficulté. Cela remet d'abord en question vos propres vérités. Cela vous oblige à entendre que quelqu'un d'autre, que ce soit un adversaire ou un simple observateur, quelqu'un d'autre peut voir une situation autrement que vous. C'est justement cette possibilité d'un autre point de vue sur la même chose qui fait que la vie sociale est possible, que la confrontation n'empêche pas la relation.

— Dans ce cas, on ne tranche jamais, tout le monde a raison ou ses raisons, insista la première déléguée.

— Tout le monde peut avoir un avis, mais tout le monde ne peut avoir raison, rectifia l'éducateur.

— Bon courage, messieurs les juges ! ironisa une troisième fille.

Elles étaient plus actives sur la discussion.

— À quoi bon la justice alors ? ajouta une quatrième.

— La bonne foi n'est pas le droit, précisa l'éducateur. Et c'est justement là que la justice fait la différence.

— Quelle différence, monsieur ? Je vais vous dire. J'ai une amie qu'est tombée comme mule. C'est un vrai exemple, c'est pas moi, vous pouvez vérifier facilement puisque on suppose que vous avez nos dossiers. Donc, cette amie, elle a fait mule et ils l'ont prise. C'est pas par vice. Y avait des problèmes chez elle, avec son beau-père. La maison était trop petite pour eux tous. Sa mater voulait bien la garder, au moins pour s'occuper des plus petits. Mais c'était une vie pas possible. Comment elle fait ? Elle est prête à quitter le lycée, sacrifier son avenir. Mais pour quel boulot ? Personne lui donne un boulot.

Personne pour la soulager, ne serait-ce que pour quelque temps. Vous savez, les services sociaux, ils sont pas là quand il faut. Les grands adorateurs de la jeunesse, ils sont pas là pour faire, seulement pour faire croire. Par contre, les revendeurs de drogue, les recruteurs, ils sont partout. Menm si vous croyez pas à leur bluff, vous marchez. Vous pensez : Un coup, un seul, juste pour tenir et voir venir. Et pourquoi le contrôle, c'est sur moi qu'il peut tomber. Voilà, premier coup, premier coup de filet. Garde à vue, jugement pressé, trois ans ferme. En attendant, les revendeurs qui paradent au coin des rues, tout le monde les voit, mais ils sont tranquilles. C'est plus facile de courir après les filles qui sont dans ces coins de rue, pas par plaisir. Alors monsieur, c'est quoi ta différence de point de vue ? Trois ans ferme !

Sans s'alourdir, l'ambiance était devenue plus appliquée. On sentait qu'ils se concentraient sur le sujet, curieux des reparties à venir, les persifleurs n'étant pas moins intéressés malgré leurs attitudes faussement dégagées.

Pol-Alex Hossi sent la force de l'attaque. Une vraie charge. Au galop ! Il perçoit l'attente. Il se sait attendu au tournant de la cohérence et de l'argumentation.

— Le problème des jeunes qui transportent la drogue, au péril de leur vie, et que moi, je refuse d'appeler mules…

— Ça, c'est des phrases ! fuse un cri exaspéré dans son dos.

Il avait déjà remarqué celui-ci qui, par évidente provocation, ne s'était pas assis parmi les autres. Il s'était dit que, dès qu'il prendrait la parole, il lui ferait observer qu'il ne peut se prévaloir de droits comme les autres s'il s'exonère des contraintes consenties par les autres.

— C'est vrai, monsieur, conforte une autre voix de garçon, plus tempérée.

Ce renfort fit apparaître toute observation sur une éthique du comportement comme inopportune. Hossi ravala donc la remarque qu'il s'apprêtait à formuler. Il fit descendre l'air jusque dans son ventre, le retint puis l'expulsa en filet, sans faire de bruit.

— Je comprends tout à fait que…

— Comprendre ne guérit pas les bosses, fustige la voix des mensonges-vrais.

Hossi admet par-devers lui que leur impatience est fondée. Un peu leur rage aussi. Il se l'avoue, avec l'espoir secret qu'ils ne s'en rendent pas trop compte. Se redressant comme pour rétablir une autorité, il essaie :

— Sur le chapitre des excuses, on ne peut pas les accepter en entier, sinon, que vaut la résistance des filles et des garçons qui ne se laissent pas tenter ? Je parle évidemment des autres jeunes qui sont confrontés à des difficultés semblables, qui sont dans les mêmes galères, comme vous diriez…

Ce raisonnement qui dégage un fumet d'empathie les prend un peu de court. Ce qui lui laisse le temps de poursuivre :

— Les raisons de sombrer sont multiples. Le faible attrait du milieu scolaire, l'échec des structures d'insertion professionnelle, le chômage, le manque de loisirs, l'ennui. C'est franchement dur, injuste et démoralisant de vivre sa jeunesse en Guyane.

Il a envie d'ajouter : « C'est le ressort principal de mon engagement. » Mais il sent qu'il serait indécent de se mettre en avant, de se situer, même par mégarde, au centre de son propos. Cela contredirait totalement l'énoncé même de ce qu'il dirait. Il s'en abstient donc mais surtout réalise, plus utilement, que son vocabulaire et son style sont incongrus. Profitant de leur étonnement et de leur attention, il reprend :

— Il faut reconnaître qu'on laisse trop les tentations traîner près des collèges et des lycées, et même au sein de l'université. Alors qu'en même temps on n'offre pas beaucoup d'opportunités ni d'espoir aux jeunes.

Il se sent incorrigible. Comment dire simplement, pratiquement, concrètement, sincèrement que les choix mis à portée de ces gosses sont terrifiants. Partir, loin, on a beau faire comme si c'était la porte à côté, ça fait dix mille kilomètres, même si partir est devenu bien plus banal qu'aux temps du BUMIDOM actif. Rester, vouloir sans raison, essayer sans illusion, trimer sans projet, vieillir sans le voir, et regarder avec envie ceux qui reviennent en vacances, l'air d'avoir maté le monde, et avec sympathie ceux qui osent déclarer leurs difficultés et leur déception, avec agacement ceux qui sont notoirement en dérade mais jouent les oro yo-ici-ou-là-bas-c'est-kif-kif-bourricot. Une jeunesse encerclée par les risques, les abandons, les à-quoi-bon. À qui on vole l'énergie des écarts, des intrépidités, des singularités. Celles-là qui justement tonifient le tissu social. Car les autres intrépidités, les seules qu'il leur reste lorsqu'ils quittent la route…

— Et on aime trop facilement punir les jeunes, prolonge une fille.

Il sursaute. Combien de temps s'est écoulée sa pensée en suspens ?

Celle qui a présenté le cas de son amie en profite :

— Tout ça ne nous dit pas à quoi aurait servi cette soi-disant différence de point de vue.

Un garçon pontifie :

— La police et le préfet ont besoin de faire du chiffre. C'est là que c'est le plus facile ! Ces chiffres-là, ils tombent comme les mangues persinettes en pleine saison !

Hossi se ressaisit. Plus pour eux que pour défendre les institutions. Il sait comme les institutions vivent par les hommes et comme ceux-là connaissent mal et les gens et les jeunes et les mœurs dans ce territoire éloigné et si différent qu'ils croient identique parce qu'on y fait tout pareil à première vue, la langue qu'on parle, les voitures qu'on roule, les entrées de villes qui se ressemblent, aussi laides. Mais que récolterait-on à consommer la rupture entre la population en général, les jeunes en particulier, et les services publics ? À prendre appui sur les malentendus, les négligences, les erreurs, le mépris, la condescendance, l'impuissance, qui font le quotidien des rapports et de la désaffection des uns envers les autres ? Que gagneraient-ils à se figer dans ce qu'ils sont : victimes d'une similarité aberrante. Sous des apparences trompeuses, les administrations, les règles, les codes, le langage, les délais, jusqu'à l'accueil, tout est profondément inadapté. Au point de paraître hostile. Ces questions sont vieilles. De grands commis de l'État les ont posées par le passé. Félix Éboué, Compagnon de la Libération, gouverneur en Guadeloupe et gouverneur général du Tchad, premier soutien de De Gaulle à l'appel du 18 juin 1940. René Maran, administrateur en Oubangui-Chari, prix Goncourt pour *Batouala* en 1921. C'était aux temps des colonies, c'est vrai. Ça ne s'est pas arrangé : Albert Béville, haut fonctionnaire dans les années cinquante et soixante, après la départementalisation et les indépendances, dénonce les mêmes travers. Les mêmes crimes, disent certains. Tous ont écrit et essayé d'agir sur le hiatus entre les administrations et les sociétés d'accueil. Depuis, on a oublié la stature d'Éboué, Maran fut insulté et traité de macaque, Béville fut banni de chez lui avant de périr dans un étrange accident d'avion. Et voilà l'travail ! Y pensant, Hossi se dit : Quant à moi, petit fonctionnaire, très petit pouvoir et petite culture, ce que je peux… ? Juste ne pas capituler, tout en sachant que souvent les fonctionnaires se trompent d'État qui, lui, se trompe de mission. Il repart donc au front :

— La différence de points de vue permet justement de ne pas rester sur l'acte seul et d'en exposer le contexte.

— Et après ? C'est ce qu'a fait l'avocate. Ça n'a pas empêché trois ans ferme. Au tribunal, la différence de point de vue, connaissent pas !

— Si, ils connaissent ! Et c'est à ça que servent les droits de la défense. Simplement la justice ne peut pas effacer une faute au motif des carences de la société.

— C'est ça, c'est la faute à personne. On essaie de faire l'appel ? malchanceux et malfoutus ? présents !

déveinards? présents! largués? présents! société? société? Là, monsieur, y a jamais personne pour lever le doigt. La commune tout près d'ici, sa devise c'est «le plus roué rouera toujours les autres». Apparemment, c'est aussi la devise de votre justice.

— Je ne crois pas que personne ici serait d'accord si on ne punissait pas quelqu'un qui lui a fait du tort au prétexte que…

Un triple tchip retentissant lui a cassé la parole. Les filles n'avaient pourtant pas pu se concerter. La discussion est close. Elle a culminé avec ce face-à-face entre lui et la jeune fille dont l'amie est «tombée comme mule» pour finir par rester en rade. Là. Sur ce triple tchip. Hossi comprend qu'il a échoué. C'est pire qu'une retraite, c'est le retrait de l'adversaire. Un message d'insignifiance. Son jeune public, déjà échaudé…

Il est d'autant plus vaincu, absolument vaincu, qu'un tchip lui fait toujours cet effet : ça le tétanise. Cette onomatopée, variable dans ses octaves et sa durée, est une dague féminine. Une exécution sans appel. Insolence suprême lorsqu'il est proféré par les jeunes filles, de la part des femmes, c'est une expulsion hors signifiance. Elles s'en servent de façon d'autant plus provocatrice et impitoyable qu'elles portent, consciemment ou à leur insu, la mémoire de la répression contre le tchip aux temps de l'esclavage. Selon l'article 58 de l'odieux Code noir punissant l'injure contre le maître, le tchip étant interprété comme faisant partie des injures, est sévèrement sanctionné. La tradition orale a retenu le quantum de peine pour un tchip : six coups de fouet. Les affranchis y étaient soumis par la loi, comme les esclaves. Hossi a toujours eu l'impression que la vigueur claquante et définitive contenue dans le tchip des femmes constitue une réplique à échos à travers le temps. Elles le réservent toujours à un interlocuteur plus puissant, quel que soit la forme de pouvoir qu'il détienne. Ce triple tchip l'a dépouillé.

Le jour s'achève. Ils ont dîné. À quelques commentaires, l'éducateur Pol-Alex Hossi comprend que c'est mieux que l'ordinaire, mais pas tant que ça. Il n'a délibérément pas prévu de séquence réservée à la vie dans le centre. Il sait par l'habitude que, tôt ou tard, si les jeunes en ressentent la nécessité, eux ou le hasard en ouvriront l'occasion. Et la courte scène sur le sound system n'a fait que conforter le bien-jugé de ce choix. Il vaut mieux que cela survienne au moment où ils en ont envie ou en éprouvent le besoin. Les langues se délient à ces instants plus facilement, sans que gênent forcément les inévitables hâbleurs, les prudents, les jaugeurs, les taiseux, les modérateurs, les réprobateurs et damnateurs publics.

Depuis le milieu de matinée, il a fixé les prénoms et commence à faire le tour des caractères. Les filles, elles sont cinq, font corps. Manifestement, elles ont choisi de remiser leurs désaccords et les probables incompatibilités de leurs humeurs pour traverser soudées cet exercice insolite, dont elles ne sont pas sûres qu'il leur sera bénéfique. Linda s'impose avec aisance. Elle a tout de la cheffe de bande. Pourtant,

Hossi perçoit bien qu'elles ne constituent pas une bande. Elles coexistent parce qu'elles sont sur place. Selon toute vraisemblance, elles s'égailleront sans plus s'inquiéter les unes des autres dès qu'elles auront retrouvé une vie autonome. Elles ont, ici, la sagesse de la survie. Pas de sauve-qui-peut qui marche. Jeanine est une inquiète, elle a toujours l'air de vérifier si elle n'est pas suivie, et s'assied dos au mur. C'est son amie qui est « tombée comme mule ». Orla est vive, gaie, l'air roublard sans méchanceté, comme si le sel de la vie se trouvait dans le regard ou le cri de surprise d'une personne à qui elle a fait un sale coup. Elle vient tout aussi volontiers à la rescousse. Sur un ton tranché, comme elle l'a fait dans la discussion sur les points de vue : y a plus de raison, y a plus de tort. Élaine chantonne en permanence. À l'exception des situations où le silence s'impose, elle a un chant sur ses lèvres qu'elle mordille au bout de chaque couplet. Elle circule avec facilité et une grande sensualité d'un kanmougwé *Jozéfinoéé mo ka zengué atò* à une rengaine de Saïna Manotte *Ki moun mo sa*, puis à une douceur de chagrin sur Bach de Marijosé Alie avec *Eva*, avant d'essayer sans complexe de se hisser vers les hauteurs vocales et harmoniques de Régine Lapassion. Dans ses parages, le vent transporte toujours une mélodie ou un murmure ou un désir. Josée, quant à elle, prend des airs rêveurs. Comme pour faire savoir que tout cela l'exaspère plus que ça ne l'impressionne. Ce qui ne l'a pas empêchée de frémir et de proférer l'un des trois tchips. Sur des modes différents, très personnels, elles sont toutes sur leurs gardes.

Les garçons sont plus nombreux, neuf. Quatre d'entre eux se distinguent, ostensiblement. Il a très vite identifié la voix de « C'est pas un zoo ici » : Carlo, méfiant à l'excès, forçant son aversion, entretenant avec obstination un air bougon, tout en scrutant, mine de rien, toutes les réactions de l'éducateur-visiteur-intrus. C'est aussi lui, les sarcasmes sur les « mensonges-vrais ». Plus malheureux qu'antipathique. James paraît plus pondéré. En tout cas, il en donne l'impression. Celle de porter avec circonspection des positions radicales. C'est lui qui est venu en renfort de la rude accusation : « Ça, c'est des phrases. » Il change le ton de l'accusation et en rend le fond d'autant plus redoutable. Jobim provoque et éructe. Lui teste la discipline, ne s'assied pas dans les rangs et condamne : « Ça, c'est des phrases. » Quant à Sim, il pontifie. Sur les chiffres et sur le préfet. Et puis il y a celui-ci qui se fait appeler Sang-nom, en insistant sur l'orthographe. Il est très présent, sans jamais dire un mot. Il ne quitte pas ses oreillettes reliées à un walkman à MP3, gris et noir, seul appareil autorisé, aussi moche qu'une caricature de soucoupe volante ; il claque parfois des doigts au rythme de sa musique qu'il est seul à entendre. Et qu'il partage d'une certaine manière, lorsqu'il scande Yeah Buju Banton ou Fa-na-tic-band ! ou encore Atunyah One love. Carlo le taquine par moments : Oh, tu n'as pas Admiral T ? Et Djamatik ? Djamatik, le plus du plus c'est *Rue Case-Nègres*. Si t'as pas ça, t'as rien, que du toc ! Sang-nom joue plus les dédaigneux que les froissés, il réplique sur Cotton T, suscitant chez Carlo une moue faussement apitoyée. Les autres garçons jouent aux indifférents, froids et insensibles, aux blasés revenus de tout, aux méchants de pacotille avec toute la prudence utile pour ne pas aggraver inutilement et stupidement leur situation au centre. Ils sont douze, garçons et filles, censés quitter le centre la semaine prochaine.

Ils ont eu deux heures de relâche. Puis, c'est par un vote très majoritaire que la soirée est dédiée à une veillée culturelle. L'éducateur Pol-Alex Hossi ne peut s'empêcher de jeter un œil sur Sang-nom. Tout, dans sa personne et son attitude, incite à la perplexité. Un mélange de défi et de vulnérabilité. Une espèce de mal-être urticant. Qui se déplace sans rien remuer autour de lui, surgissant comme l'ont fait les deux chauves-souris qui ont escorté le canot ce matin. Il inspire presque le même malaise. Autant qu'une étrange compassion.

Plutôt que de s'entasser dans un des carbets, ils choisissent de veiller en plein air, sous le clair de lune, au bord du fleuve. Un alizé sympathique les fait frissonner. Josée propose d'allumer un feu. « On n'est pas chez les scouts ici », ronchonne Sim dans son menton, révoquant, en six mots que personne n'ose contester, et le feu et sa chaleur et sa symbolique. L'ahurissement est tel que l'éducateur se presse de recréer un climat d'enthousiasme. Peine perdue. C'est Élaine qui réussira à réveiller des élans. Elle lance, *a capella*, *À sa ki sa la vi danbwa*, une chanson charnelle de Joseph Mondésir. Toutes les filles et plus de la moitié des garçons se mettent à cadencer le chant, soit avec des han han de gorge, parfois accompagnés de mouvements de tête et d'épaules, de martèlements de talons, soit à l'instrumental, Sang-nom étonnamment actif ayant transformé deux tiges de moutouchi en ti-bwa, il frappe harmonieusement sur les contreforts d'un yayamadou dont la cime s'incline vers l'eau. Le concert dure un bon quart d'heure, rythmé, joyeux, paradoxalement apaisant. Il est vrai qu'Élaine en délivrait une version légèrement reggae, récemment arrangée par Lilly Mae. Question de génération sans doute, l'éducateur est, lui, plus habitué à la version originale, celle de tonton Jo qu'il estime indépassable. Il se garde bien de le faire savoir.

Au bout de la dernière note, comme s'il craignait de dissiper les vapeurs du chant qui s'esquivait dans des hum hum de bout de lèvres, et de chasser les effluves de sueur et de moiteur fluviale qui témoignaient de la parenthèse de grâce, Pol-Alex Hossi resta raide comme un sphynx, laissant aux particules dans l'air le temps de se poser au sol. Tel que les choses avaient commencé, et s'agissant d'une activité récréative, il préférait céder aux jeunes l'initiative du tempo de la soirée.

C'est Orla qui posa la première question, disons, méthodologique :

— Bon, qu'est-ce qu'on fait ? C'est une veillée avec yé krik yé krak yé mistikrik yé mistikrak, ou bien c'est une veillée mortuaire ?

On ne peut pas dire que c'était le meilleur jingle pour relancer la soirée. Néanmoins, bons convives, quelques garçons ont applaudi et l'un d'eux a proposé de désigner le premier conteur par astragram pic et pic et kolégram. Hilarité générale. Et c'est encore Sim qui brocarde :

— Ah ce coup-ci, on est carrément en maternelle ! Peut-être CP ?

Il a décidément l'art de refroidir l'atmosphère. L'éducateur sent qu'il ne peut continuer à être passif. Il propose, l'air de n'avoir rien entendu :

— On n'imagine pas tout le temps le nombre de façons de désigner quelqu'un au sort : ordre alphabétique, pièce de monnaie, lancement de dés, tirage d'une carte noire ou rouge, comptine... Par bonheur, le hasard intervient moins souvent dans la vie.

Câlin raté. Quatre mots percutent :

— On est pas débiles !

Tir raté. C'était la voix de Carlo. Les filles le désavouent :

— On va en effet choisir comment on désigne qui fait le commencement.

Ça, c'est Linda, avec sa présence tranquille et catégorique.

Imperceptiblement, ils se mettent en place.

— On commence par la gauche, propose Linda, c'est toi qui lances, James.

Pris de court, ce dernier n'a pas d'argument pour se défausser. Il est en effet assis à gauche. Le temps de s'en rendre compte, il est trop tard pour une repartie de protestation, elle tomberait à plat. Il fait bonne figure :

— OK. Bon, moi, je ne sais pas si c'est le niveau CP ou CM1, mais je suis comme Compère Macaque, je connais la longueur de ma queue, donc je sais quels arbres je grimpe, et je ne cherche pas à enjamber le feu. Donc, moi, je vous disais, ce que je sais ce sont les charades : mon premier est une note de musique, mon deuxième est une lettre de l'alphabet, mon troisième est une syllabe du roi de Babylone, mon tout est une commune de Guyane.

— Babylone ? Quelle Babylone, Babylone rasta ? demande Sang-nom, sans qu'on sache s'il interroge ou s'il se moque.

— Une commune du littoral ? questionne un garçon.

— Tu veux pas la réponse direct aussi ?

— Mon premier, une note de musique, bon y en a pas des masses, mais les cours de solfège de madame Félix sont loin loin menm…

— Alors ? tout ça c'est du bavardage, personne ne trouve ni mon premier, ni mon deuxième, ni mon troisième ?

— Toute façon, y a pas des masses de communes qu'ont trois syllabes !

— Déjà y a pas des masses de communes ici, vingt-deux ou vingt-quatre, à peu près, je crois.

— Y a une chanson d'ailleurs, c'est comment encore… mwen ja pasé trantdé komin'.

— C'est du créole martiniquais, donc ça doit être le nombre de communes en Martinique, malin, pas ici !

— Ah, je me souviens, nous, c'est vingt-deux.

— Ouais, bon, vingt-deux c'est rien, et quand t'enlèves en plus Maripasoula, cinq syllabes, Papaïchton, quatre, Sinnamary, quatre, Saint-George, deux, et si tu dis Saint-George de l'Oyapock, ça fait six d'un coup.

— Et Montsinéry-Tonnégrande, c'est sept ou huit.

— Mais Mana, c'est que deux.

— Et y a Kaw avec une seule.

— Awala-Yalimapo, c'est sept ! Elles rigolent pas nos communes !

— Oh là ! c'est quoi, c'est un cours de géographie ou c'est une charade ? Je parie qu'un élève de CM2 aurait déjà trouvé !

— Oh, ça va, la blague est rassis.

— Rassise !

— Rassise ? Rassise, c'est une fille qui revient s'asseoir.

— Alors, finalement cette commune ? Il ne reste pas beaucoup de choix par élimination.

— Donc nous disions avant les déblatérations, mon premier, une note de musique, c'est vrai, y en a pas des masses, do ré mi, Rémire-Montjoly, non trop long. Régina !

C'est le retour des voix féminines ; celle-ci appartient à Jeanine.

— Ah ouais, et c'est qui le roi de Babylone ?

— Nabuchodonosor ! t'as entendu parler, quand menm ?

James est très agacé par la tournure des choses, cela se voit aux plis de son front et s'entend au sifflement qui escorte ses mots.

— Bon, c'est qui le suivant ? On va à droite ou bien on continue avec ton voisin ?

Ni à droite ni à gauche, presque au milieu du groupe, un doigt se lève tandis que son propriétaire enchaîne :

— Et si on commençait un conte que chacun complète par trois phrases ?

Silence perplexe.

— Ça peut être très rigolo, faut répondre vite, donc on dit ce qu'on veut et puis on voit le résultat après.

— Qui commence ? Toi, Arsène, c'est toi qui proposes.

— OK. Compère Tigre…

— Ah non, ah non ! on n'a pas l'âge ! ça ce sont des contes pour les petits ou pour les vieux !

— Ah ah !… Conte c'est conte ! Tu connais des contes sans animaux, toi ?

— Bon, une veillée, ce sont des chants aussi.

— Pour l'instant, celle-ci c'est beaucoup de parlotte !

— Moi, je propose de lever cette veillée qui ne prend pas.

Ainsi, la veillée tourne court. C'est Linda qui propose de lever. Elle semble avoir patienté. Avant de lâcher le couperet. C'est elle qui, ce matin, en réunion, avait plaidé en tant que déléguée pour des activités autorisées jusqu'à vingt-deux heures. Il est vingt-deux heures pile ! Plus cohérent que ça… Ils sont armés pour l'avenir. Quel crime que celui qui les désarme en bouchant leur destin !

L'éducateur Pol-Alex Hossi a plutôt mal dormi. Contrarié, mais pas seulement. L'humidité nocturne en bord de fleuve est impitoyable. Il a l'habitude de la dure, justement il aurait préféré un hamac.

Un bâtiment en dur, des fenêtres sans moustiquaires, ce qui empêche de les laisser ouvertes, un lit avec un méchant sommier forcément rouillé, en pleine forêt et en bord de fleuve, c'est une aberration. Il a vaguement entendu une chouette, mais pas de baboun. Tendant l'oreille, il croit avoir repéré un jacana, et il est pratiquement sûr d'avoir distingué le chant du moréyo et peu après un chant de condor qui eut pour effet d'amener un long silence. Mais le cri qui l'obsède, c'est celui de la chouette, alors que la nuit n'avait pas atteint sa pleine épaisseur. Il ne l'aime pas plus que la chauve-souris, et les deux en vingt-quatre heures, il trouve que ça fait beaucoup. Il s'attendait à ce qu'il faille réveiller les jeunes et les houspiller pour qu'ils commencent les activités obligatoires de bon matin. Il est surpris de les voir tous, filles et garçons, déjà toniques, vaquant à leurs premières obligations d'entretien et de préparation.

Après le petit déjeuner pris dans le grand carbet, ils se préparent au module qui traitera des expériences sociales, tous formats au choix : en famille, avec des copains ou copines, en promotions scolaires, ce qu'ils veulent.

Échaudé par l'épisode de la veille, il se prépare à être le moins interventionniste possible. Il relève mentalement qu'ils se sont disposés comme s'ils avaient voulu effacer l'ordonnancement de la veille, se dispersant comme on mélange les cartes, les dominos ou les cailloux avec lesquels on joue aux osselets.

Il fallut cependant, malgré ses résolutions, s'impliquer dans l'organisation du module. Faisant le choix de la rigueur aux fins de donner un peu plus de chance à l'efficacité, il proposa que, dans l'ordre qui leur conviendrait, chacune, chacun présente son expérience et la conclue soit par l'enseignement qu'il en a tiré, soit en interrogeant l'assistance sur ce qu'elle en tire, à partir d'un point précis. Certains l'ont regardé avec de grands yeux éberlués. Pourtant lorsque les prises de parole ont démarré, c'est lui qui en fut ébahi. Les exposés étaient brefs mais clairs, les conclusions plutôt drôles et perspicaces pour la plupart. Il en déduisit qu'en fait, ils font les marioles quand ils veulent.

C'est avec un retard à l'allumage qu'Orla décide de revenir sur la conclusion d'Arsène, alors que trois autres personnes se sont exprimées depuis. Elle lui fait observer qu'il a commencé avec un nombre de personnes qui a changé le temps qu'il arrive à la fin de son histoire et que par ailleurs, le lieu où se déroulent les faits n'est pas clair, ajoutant :

— C'est pas un conte à la gomme comme hier soir, là, on t'a demandé une vraie expérience !

L'éducateur se sent obligé de tempérer, tout en reconnaissant les anomalies. Arsène est trop content de cette intervention qui lui permet d'ignorer Orla et ses provocations :

— Attends, monsieur, j'ai risqué ma vie et c'était pas la première fois ; une fois je peux te dire c'étaient des requins et des marsouins, on allait avec un copain sur le rocher de la pointe Buzaré.

— Ah ! tu racontes des darloz là ! insiste Orla.

— Le Guyanais est affabulateur… enchérit Sim en riant à gorge déployée.

— Ah ouais, bravo les clichés, c'est comme le Guyanais est pyromane, tance James.

— Ça, c'était avant ! Maintenant tu ne peux même pas allumer une boucane dans ta cour, ni pour chasser les moustiques, ni pour brûler tes vieilles herbes ; deux p'tits filets de fumée et t'as déjà un voisin qu'appelle les pompiers.

— Ça, c'est vrai. Ces gens qui ont toujours habité les HLM et qui maintenant ont des voisins qu'ils peuvent voir, déjà ils peuvent pas les voir, et on dirait qu'ils veulent se faire voir.

— C'est pas seulement pour avoir de l'importance, c'est la jalousie aussi. Faudrait les envoyer bouler.

— Tu parles ! Les pompiers arrivent illico et te disent de tuer ton feu.

— Ouais, mais t'as des pompiers qui connaissent les mœurs d'ici et qui te disent qu'ils sont obligés de venir, malgré que c'est un dérangement abusif, en plus ils sont obligés de te dire de tuer le feu.

— Cette histoire d'être obligés de venir parce qu'un couillon téléphone, c'est pas normal ni logique.

— Ouais, c'est vrai, moi non plus j'aime pas les mouchards. Mais imagine qu'ils ne viennent pas et qu'un vrai feu prend, par exemple un incendie monfi !

— Je suis ni ton fils ni ton blada, et si on appelle pour un incendie, on appelle pour un incendie ! Ça c'est maquréler, et tu viens de dire que tu n'aimes pas les mouchards.

— Je confirme, je n'aime pas les mouchards. Et toi non plus, tu n'es pas mon blada, frère. Mais il y a mouchards et mouchards.

— Quand on commence ce genre de distingo, même les traîtres ont raison.

— Woyyy ! Traître pour un p'tit coup d'fil !

— C'est pas des choses qui se découpent ! Ma grand-mère dit : Dénoncer, c'est dénoncer. Nous, on prend des gifles palavirées si on dénonce quelqu'un, même si on a raison. Dénoncer, c'est dénoncer.

— J'admets que dénoncer pour un oui pour un non, c'est pas digne.

— Y en a qui sont encore plus graves : ils appellent la police pour dire que leur voisin fait des travaux chez lui. Ou que le coq de quelqu'un chante tous les matins, comme si les coqs ça chante à midi !

— Pour ça, c'est sûr, y a pas d'excuses !

— Ils sont pas mêlés, des fois même, c'est pour dire que d'après eux le boug qui donne un coup de main au voisin, c'est un étranger, que peut-être il a pas de papiers. Là tu comprends que dénoncer, c'est dénoncer, parse quand ça commence, Lucifer seulement sait où ça s'arrête.

— Tout ça devient philosophique, mais on sait toujours pas comment t'as risqué ta vie ?

— Ah ouais, mais c'est vous qui emmenez la conversation sur des chemins crochus. Donc, c'était en ramant. On était deux sur un petit canot pneumatique, avec un copain, on était devenus amis depuis qu'on avait fait ensemble notre première communion. On ramait avec nos bras, en cadence, un après l'autre. D'un seul coup, on a vu un aileron filer zip, suivi tout de suite par un autre, trois fois plus grand : un marsoin qui poursuivait un requin. Le marsoin était aussi gros que Moby Dick…

— Arsèèèèèèène !!!

— Quoi, monsieur ?

— Il faut quand même que l'histoire reste vraisemblable !

— C'est ça, ajoute James, tu peux ralentir un petizing sur l'exagération ! Faut nous aider un peu à te croire.

— D'abord Moby Dick n'existe pas.

— Comment, Moby Dick n'existe pas !

— Moby Dick, c'est une baleine inventée pour un livre et un film ou une BD, je me rappelle plus.

— Bref, de toute façon, c'était pour comparer, le sujet, c'est pas Moby Dick.

— C'est vrai ! Le sujet, c'était ton histoire de ramer à la main et de combattre un marsoin.

— J'ai jamais dit qu'on l'a combattu.

— Ah bon, le marsoin et le requin vous ont dit coucou et ils sont partis, sans vous lécher sans vous goûter ?

— Not' chance, c'est qu'ils se battaient entre eux. Quand le premier aileron est passé près du canot, on a sursauté et tout de suite la queue du marsoin a fouetté le requin, on s'est mis à ramer avec nos bras pour arriver sur le gros rocher au large de Buzaré.

— Et vous êtes arrivés sur le rocher, grâce à vos bras de Nubret-la-panthère-noire ?

— On n'a pas eu le temps, on a décidé de revenir sur la plage.

— Et d'abord qu'est-ce que vous faisiez sur ce canot ? Un entraînement pour le concours Rames Guyane-Dakar ?

— Tu peux rigoler ! Y a un Guyanais qu'a réussi à se fourrer dans cette histoire, et il est pas arrivé dernier.

— N'empêche, ces machins-là, c'est pas pour nous.

— Et pourquoi ça ne serait pas pour vous ? se redresse l'éducateur Pol-Alex Hossi, passablement ahuri par la tournure des échanges, et qui en a oublié qu'il voulait éviter de s'en mêler.

— Quand même, monsieur ! Tu sais bien que c'est comme la Route du Rhum : quand ils voient que leurs mers sont trop courtes, ils viennent faire ces grandes courses chez nous. C'est pour eux, pas pour nous.

— Bon, on va jamais connaître la fin de cette histoire, relance James.

— C'est vrai, l'heure tourne. Il vous faut rejoindre le réfectoire.

— Oui, monsieur.

— T'as le temps de nous dire vite fait comment ça s'est fini ?! Et d'abord ce que vous êtes allés chercher là, raille Élaine.

— Là, manmzèl, c'est tout simplement le paradis des croupias ; on était allés pêcher. Chaque fois, on ramenait un grand croupia nous chaque, on le nettoyait sur la plage, les écailles, les tripes, les nageoires, et pour la grillade, moi c'était ma sœur, mon copain c'était sa mère. C'était pas un concours, mais je peux te dire les deux plats, c'était tu-suces-tes-doigts-quand-t'as-fini-de-manger-la-dernière-goutte-de-poisson.

— Si tu demandes aux croupias leur avis, c'est peut-être pas le paradis, pour eux c'est peut-être l'enfer.

— Ça y est, toi aussi t'es dedans, tu avales leurs bobards sur les espèces en menace de disparition ; c'est comme ça qu'ils font la loi ici, ils cassent toutes nos mœurs et nos habitudes, c'est grâce à vous si ça marche, vous mangez leurs boniments avant même que le boniment a fini de pousser.

— Boniment, boniment, les pêcheurs eux-mêmes te disent qu'il y a moins de poisson.

— Les pauvres pêcheurs, ils peuvent plus dire grand-chose, ils ont menm plus le droit de poser un tramail.

— Oh, n'exagère pas !

— C'est pas une blague ! C'est vrai de vrai ! C'est interdit ! Et t'as des p'tits morveux qui débarquent avec leur ordi portable et leur déguisement fluo, connaissent même pas la marée sauf dans les livres, et les amendes pleuvent sur les Nègres.

— Wohhhhh, Arsène ! morveux ! Ça, c'est du vocabulaire !

— C'est ma grand-mère qui les appelle comme et je trouve que ça leur va comme un gant, si tu veux entendre parler français.

— Ah ! je dois reconnaître que c'est du grand français de France ! persiste Élaine, mais tu ne vas pas nous faire croire qu'on ne peut plus pêcher.

— Pourtant c'est toute la vérité. Les pauvres bougres qui avaient l'habitude de nourrir leur famille, ils n'ont qu'à tirer le diable par la queue. C'est ma grand-mère aussi qui le dit.

— Allez allez, ça vient de sonner, tout le monde se lève, on y va, la ponctualité c'est le premier respect de soi, professe l'éducateur Pol-Alex Hossi.

— De toute façon, paradis ou pas paradis, avec la vase qui y a en ce moment, et dure comme elle est, les croupias ils sont réfugiés quelque part ailleurs, s'ils ont laissé des œufs, c'est tout.

— Allez, on se presse, insiste l'éducateur, qui tente sans conviction de reprendre la main.

— Ton histoire, là, moi je l'avale pas.

— C'est ton problème, blèdè, moi je raconte, tu veux tu prends, tu veux pas tu passes.

— C'est vrai, la vase en ce moment, elle est dure ; même quand la marée est haute, tu n'as pas assez d'eau pour ramer, ni avec pagaie ni avec les bras.

— Ouais, cette vase-là, c'est une vase de palétuviers, d'ailleurs regarde comment les aigrettes viennent en bande chercher les larves.

— Tu causes, les palétuviers étaient là y a à peine cinq ans, ils ne vont pas revenir aussi vite.

— Ah c'est toi qui dis à la nature ce qu'elle doit faire ! Tu lui donnes rendez-vous ?

— Eh eh non non non, tous au lavabo avant de vous asseoir.

— Oui, monsieueueur.

À table, un début de conflit sourd entre deux petits groupes de garçons. L'éducateur n'a pas compris d'où est partie la querelle. Mais il en entend assez pour comprendre que c'est un début de pourriture. Les autres éducateurs et animateurs qui, soucieux d'offrir au séminaire les meilleures conditions s'étaient tenus jusque-là très en discrétion, s'approchent avec vivacité, comme si certains signes les alertaient d'un risque majeur. Les insultes voltigent en sourdine : « Nous, on ne se salit pas avec les judiciaires », attaque aussitôt suivie d'une riposte cinglante : « Nous, on ne s'abaisse pas avec les traîne-misère de l'ASE ». Pol-Alex Hossi sait, comme les autres éducateurs, qu'il faut illico éteindre. C'est une vieille guerre suicidaire de la fureur et de la détresse. Chaque génération a ses chiens perdus sans collier. Sans susciter de remous, les adultes séparent les garçons et les canalisent vers des tables éloignées aux deux bouts du réfectoire.

Le module d'après-midi, le dernier, est consacré aux initiatives entièrement conçues et mises en œuvre par les jeunes. Leur fierté explose dès qu'ils parlent du verger et du potager. Avec une autorité naturelle, Linda prend la direction de la visite. Les premières tiges que l'on aperçoit balayant l'air sont les citronniers en fleurs. Tout autour, les pommes-cannelles affichent déjà le vert tendre de la maturité. Un bananier solitaire exhibe un régime de bacoves encore chétif bien calé à l'abri sous la longue feuille supérieure. Deux papayers, un mâle et une femelle, se penchent légèrement à leur sommet pour se faire flatter par le soleil tout en entrelaçant leurs feuilles en éventail. Un cerisier croule sous des fruits d'un rouge vif, le sol en est tapissé. On comprend pourquoi en y goûtant : le fruit est sur. C'est une contre-saison. « On en fait des confitures », souffle Linda. Des maracudjas commencent à jaunir le long de barres de treille bricolée en tiges de maripa; ils expliquent avoir coupé les tiges à proximité, juste après la clairière forestière qui jouxte, à l'est, un bassin creusé recouvert de moucou-moucou et de nénuphars à la limite du terrain qui entoure les bâtiments. Il n'y a pas de clôture, à quoi servirait-elle, les animaux vont et viennent. À l'approche d'un manguier qui campe pratiquement au mitan de la parcelle, ses branches éployées sans vergogne comme aiment à le faire les manguiers, on assiste tout d'un coup à une débandade d'oiseaux bleu-gris, vert, garance, ponctuée de piaillements qui bousculent l'air et en accélèrent le souffle. Ils détalent à tire-d'aile, dans des chants mal accordés comme s'ils avaient vu un serpent-liane, en se dispersant dans une telle pagaille qu'on comprend que l'exercice leur est peu habituel, qu'ils y sont peu entraînés. Il y a parmi eux un manakin à tête d'or, un dacnis bleu au bec liseré de noir, un manakin à gorge blanche qui ne peut s'empêcher, réputation oblige, de déguerpir en faisant des loopings, une amazone poudrée et un païpayo gris. Une drôle de compagnie, en somme. Un saphir à gorge rousse qui s'est envolé en même temps que les autres se contente de se poser juste à côté, sur des hibiscus qui se laissent vivre à l'ombre du manguier. Chassant ces idées mornes qui l'assaillent comme des piqûres depuis hier, Hossi se réjouit de cette soi-disant débâcle d'oiseaux qui décampent pour se poster juste quelques mètres plus loin, le temps que dégagent les importuns. Il se doute qu'ils regagneront rapidement leur territoire. Il se souvient d'avoir appris lorsqu'il était au collège, lointain souvenir, que les oiseaux avaient déserté Athènes lors de l'épidémie de peste, il y a longtemps, c'était avant Jésus-Christ. Tant que les oiseaux restent, volent, chantent… Un pommier de Cythère nain, ridicule, comme on n'en trouve plus que de cette variété, rabougri, malingre, portant des fruits ratatinés tout juste bons à cracher un jus âcre, trône comme un vizir infirme. Il est vrai qu'il a détrôné le majestueux pommier de Cythère, variété effrontée et dominatrice qui prenait le temps de surplomber de ses branches toute la végétation autour, avant de se mettre à fructifier et, ayant pris son temps, d'offrir des fruits bien replets et fermes, vert-kaki virant au jaune-safran puis au jaune-soufre moucheté, signalant une pulpe juteuse maillée de fils sinueux qui prennent plaisir à se coincer entre les dents. Mais on ne trouve plus de ces arbres majestueux. Partout désormais, en guise de pommes de Cythère, ce ne sont que ces fruits saugrenus pendouillant de ces arbustes grotesques, presque des bonsaïs. Comme s'il fallait obstinément domestiquer la nature, la réduire, la contraindre, l'enlaidir. Comme si l'astuce qui consiste à déguiser la violence contre un végétal en œuvre d'art avait forcément vocation à se transformer en progrès universel. C'est très agaçant. Si on veut parler d'œuvre d'art, on parle d'ikebana. Bref… En pénétrant plus avant par des layons zigzaguant, ils sont happés par le parfum des goyaves, un peu écœurés par l'arôme batailleur du gaïac, gros arbre qui semble marquer la lisière du verger. Le gaïac est flanqué à gauche d'un avocatier encore souple dont la moitié des feuilles arborent des taches ocre, probablement malades, et à droite d'un quenettier qui porte au tronc une affichette indiquant une date prochaine pour son abattage. Il ne faut pas se fier à ce tronc maigrichon et à ce faisceau de branches fluettes, ça donnera sournoisement un gros arbre, exubérant en racines souterraines et aériennes et, comme l'amandier et le moubin, vorace en espace, courant après le dessous des fondations et soulevant tout ce que l'on s'aventure à construire à moins de cent mètres. Le bâtiment-dortoir s'en trouve donc menacé. Ces précisions sont fournies, avec ses mots mais sur ce ton, par Orla qui, avec un pédantisme étudié, ajoute que le quenettier est l'équivalent du canopi brésilien, de l'anoncillo cubain, et surtout du mauco colombien. Les filles ont compris que leur savoir participe de leur mise à distance, donc de leur protection. Le verger est contigu à leur bâtiment et profite, en ce milieu d'après-midi, de l'ombre projetée de la bâtisse.

Trépignant, Mario déclare :

— La nuit va tomber ! Et vous avez votre départ derrière.

— C'est vrai, répond, accommodant, l'éducateur Pol-Alex Hossi, dépêchons-nous pour ne pas bâcler la visite du potager.

Les filles traînent les pieds. Linda tente un dernier stratagème. Poussant une exclamation exagérée, elle se souvient qu'il y a la pépinière, d'accord, elle n'en est qu'à ses débuts, mais c'est un carré bien délimité, il y a déjà des semences qui ont pris, et même des boutures ont commencé à fleurir, et le clou à voir, c'est quand même la greffe de conana sur le lilas du

Japon, pour améliorer l'huile à savon de chacune de ces plantes, surtout que…

L'éducateur Pol-Alex Hossi coupe court. Il admet la ruse fondée, on ne met pas vraiment en valeur de tels efforts en les sillonnant au pas de charge, même en étant attentif et respectueux. Il n'a guère commenté mais elles ont bien dû voir combien il était impressionné. Plus encore par leur savoir sur les mœurs des arbres, les saisons des fruits, les vertus des feuilles, que par la belle allure du verger. Il faudra trouver un autre moment, créer une autre occasion sous peu, revenir. Il admet la ruse, mais il ne veut pas ajouter à une négligence envers les filles une injustice à l'encontre des garçons. Les jours ici ne sont jamais longs. Exactement aussi courts que les nuits sont longues, lorsqu'on prend à la nuit la brume du devant-jour, et qu'on ôte au jour le serein hésitant. On compte dans les deux sens, c'est égal. Ça commence à six heures ça finit à dix-huit heures. L'un des jeunes aurait dit fifty-fifty. Comme quoi, l'égalité n'est pas toujours égalitaire.

Hermann, celui qui guide la visite du potager, avait été quasiment silencieux jusque-là. On sentait bien sa présence physique, son attention mais une réserve un peu suspicieuse. Sang-nom s'est collé à son côté et fredonne *Redemption Song*. Sans rapport.

Le potager est situé à l'opposé, tourné pareillement plein sud, ce qui l'abrite des ardeurs du soleil de sieste. Une pleine allée de citronnelles le scinde de part en part. À gauche, vers l'ouest, les tomates suivent les plants de girofle et de poivre. Très vite, Hermann croit devoir se justifier :

— Nous avons fait ce potager parce que les filles avaient déjà commencé un verger. Il paraît que ce sont les premières admises au centre qui ont eu cette idée.

— On utilise plus souvent les produits du potager, assène l'éducateur Pol-Alex Hossi, qui croit devoir le rassurer.

Et comme réalisant soudain que cette rivalité n'a pas lieu d'être et qu'il était en train de commettre une déloyauté à l'encontre des filles, il se retourna brusquement. Soulagé, il vit que les filles suivaient, mais à bonne distance en papotant, les oreilles hors de portée de ses propos. Il respira sur sa petite lâcheté.

Hermann s'attarde un peu sur la citronnelle, rappelant qu'elle chasse les moustiques, en plus de servir à des tisanes digestives, d'où leur abondance :

— Vous avez remarqué, monsieur, on n'a pas beaucoup de moustiques, ni le soir ni la nuit. Grâce à nous, sinon, sans moustiquaire…

Deux rangées d'ananas mènent à un cotonnier en fleurs. Un rocouyer tient la même place que le manguier au milieu du verger, ayant pareillement précédé les cultures. Sim s'invite aux explications :

— Vous savez, monsieur, c'est parce que les Amérindiens badigeonnaient tout leur corps de roucou pour se protéger des moustiques que ces illettrés de navigateurs les ont appelés Peaux-Rouges ? Vous en mettez une cuillérée dans une pimentade, je peux vous dire que vous mangez avec les yeux avant d'avoir goûté. En plus, au Brésil, en Polynésie, des femmes l'utilisent comme rouge à lèvres. C'est comme les Africaines avec le henné. Enfin, tout ça se passait avant que les grandes pharmacies viennent voler toutes nos richesses.

Hermann reprend la main :

— Bon, ici on a des racines : dachine, ignames, tayove, mais du coup on a aussi des agoutis. Vous voyez, là, on a été obligés d'encercler la salade laitue, le basilic, l'ail et le calou. On a utilisé des lianes de manioc pour fabriquer cette petite clôture. Mais les fourmis passent à travers, ajoute-t-il, avec une nuance plus marquée d'admiration que de regret. Normalement, les tiges sont amères, on ne sait pas, on n'a pas mâché pour vérifier, on sait qu'il y a de l'acide mortel dans le manioc, c'est pour ça que pour fabriquer le kwak, la kassav, le sispa, on l'égoutte à la couleuvre en arouman suspendue. Vous avez vu, on a une couleuvre sur un poteau au carbet.

Hermann a repris la main, mais on sent bien qu'ils croient tous devoir justifier de s'occuper de quelque chose d'aussi peu viril qu'un potager. Et d'y prendre plaisir. Car leur fierté est palpable. Et comme pour insister sur leurs talents inattendus, il ajoute :

— Maintenant, vous allez voir, vous serez surpris, explique-t-il en pressant subitement le pas, vous n'en avez jamais vu des comme ça !

Ils arrivent tout au bout du verger. Autour d'un sapotiller, des tiges s'enroulent, sensuellement, et des racines s'agrippent à l'écorce : des orchidées, mauves, blanches, pourpres et pulpeuses. De toute beauté. Hossi reste bouche bée, les regarde, regarde les orchidées, les regarde. Il ne remarque même pas le barbacou à croupion blanc, perché à la cime du sapotiller, fidèle à sa réputation de voilier de canopée. Hossi admire en oubliant de respirer. C'est le plus bel hommage que les garçons aient jamais reçu.

— Là, désolé, monsieur, maintenant il faut vraiment se dépêcher un peu.

C'est le pauvre Mario qui remonte à l'assaut du temps, le visage cramoisi d'une personne gênée par le sentiment d'être impolie.

— Les canotiers ont déjà avancé la barque. Ils disent que vous avez une heure et demie de route et qu'il faut vraiment partir.

L'éducateur Pol-Alex Hossi se raidit, un éclair d'épouvante traverse son regard. Les deux jours se sont écoulés. Si vite ! L'instant et les choses s'embrouillent dans sa tête, il ne sait plus quels étaient ses objectifs, il ne comprend plus la logique d'un séjour qui revient presque à sauter au milieu d'une marelle puis à en sortir en se faisant hélitroyer. Il se ressaisit. Ces jeunes sont sur le cours de leur vie. Leurs faux-pas ne sont pas rédhibitoires. Et ils ont tellement de ressources. Si seulement, autour… si seulement après… Combien d'entre eux vont basculer pour de bon… Il réalise soudain que les garçons et les filles se sont alignés et l'attendent. Il s'avance. Les idées se bousculent dans sa tête. Il voudrait avoir un mot pour chacun. Il croit avoir perçu la singularité de chaque caractère, du moins chez celles et ceux qui ont accepté de se découvrir, de livrer un peu de leur en-dedans. Il s'approche, promène son regard, entrouvre la bouche... Dans un ensemble très disparate et désaccordé, les voix féminines et masculines se mêlent pour dire : « Merci, monsieur, rentrez bien chez vous. »

Le bruit du moteur qui ronfle donne à leur chorale sans harmonie mais tellement émouvante une résonance un peu hallucinée.

La nuit s'étale. Selon ses mœurs. Mario l'accompagne jusqu'à l'appontement. L'éducateur Pol-Alex Hossi lui serre vigoureusement la main, la gorge serrée, et cette fois, c'est lui qui dit :

— Merci, merci, Mario, vous avez été parfait. Et votre présence ici est irremplaçable, vous avez l'âge de leurs grands frères.

Puis après un léger temps d'arrêt, il demande :

— Et vous, ça va? surpris lui-même de la déraison de la question.

La splendeur de la proue du canot, boto ede, lui saute à la figure avec plus d'intensité que jamais. La pointe en érection, au bord incurvé, semble solliciter le ciel et, comme en hommage ou en humilité, elle offre ses formes arrondies qui s'entrelacent aux triangles et aux équerres dans des couleurs chaudes : jaune rougeâtre extrait des cabosses de rocou, bleu de l'indigotier, jaune safran plus doux, vert tiré du jus de citron ajouté à un mélange de rocou et de graines de masousa. Leur brillance, renforcée par la couche de vernis végétal et la série de kopo sipiki, les clous de tapissier plantés sur les deux bandes métalliques latérales, transperce l'obscurité naissante.

Il s'en veut. Une fois de plus, pour cette deuxième famille, ces jeunes qu'il suit en centres ou à domicile, souvent des familles monoparentales, il a quitté son épouse et ses enfants. Il les a encore privés de sa présence et de ses attentions. Un week-end de plus. Il s'en veut de ne pas avoir plus d'élan pour s'en aller, rentrer à la maison. Il se reproche de n'être guère plus présent auprès des siens que ne le sont les pères de certains de ces jeunes. Heureusement, son épouse…

Il enjambe la coque, s'installe sur un banc vers le milieu du canot, enfile son gilet de sauvetage. Le takariman, arc-bouté à l'avant, sonde le fond en piquant sa pagaie par petits gestes saccadés, et ayant trouvé un fond ferme pousse doucement le canot loin des berges, tandis que le conducteur à l'arrière, jouant de la poignée du moteur hors-bord, manœuvre habilement pour quitter la rive et atteindre les eaux profondes du milieu du fleuve. Bientôt, il bifurque pour rejoindre la berge en face et parvient à sa vitesse de croisière en la longeant. Juste avant, Hossi pivote pour saluer de la main. La silhouette qui se détache le plus nettement est celle de Sang-nom, hochant la tête. Sans doute à la cadence du morceau qu'il a à l'oreille.

Ils naviguent depuis quarante minutes. Ils seront sous peu à l'entrée du Saut Lucifer. C'est la mi-saison, les eaux ont commencé à descendre et les roches, certaines pointues, d'autres rondes et larges affleurant à la surface comme des tables de pierre que les

Amérindiens appellent takulu palapi, sont disséminées en travers du fleuve, sur près de trois cents mètres. Le takariman lance de grands gestes de modération, le motoriste ralentit, revenant à une vitesse d'à peine six puis cinq, puis deux nœuds. Il estime qu'à trois dans le canot, sans guère de bagages, ils devraient glisser, lentement, prudemment, entre les roches, sans naufrage. L'eau se rue d'une pierre à l'autre, elle écume comme si elle s'apprêtait à tout engloutir, le bois, la ferraille, la chair humaine. Le takariman s'accroupit à l'avant, il a rabattu sa pagaie, laissant pleine main au motoriste sur la direction du canot. Celui-ci accomplit d'amples cercles pour éviter les rochers qui n'émergent pas encore et qui sont les plus dangereux, capables de fendre la coque par le dessous. Il prend son temps. C'est la condition pour ne pas chavirer ou devoir regarder, impuissants, le canot se fracasser sur l'un des rochers qui composent le saut. Quelques roches ont des crêtes en arêtes, parcourues de polissoirs décorés de pétroglyphes précolombiens. Le silence est de mise, tous muscles contractés, tous sens en éveil. Il faut franchir.

Ils ont quitté Saut Lucifer, le takariman a retrouvé sa place et sa fonction, la proue se redresse à la verticale de l'eau, le canot a repris de l'allure. En se retournant, Hossi sursaute : deux chauves-souris suivent en remontant le sillage bouillonnant. Elles volent en lignes superposées.

Il n'aime vraiment pas ça.

IV

Dora

La flotte approche. L'image panoramique rappellerait les gravures stylisées d'époque, aux temps où les caravelles, toutes voiles battantes, surgissaient à l'horizon d'abord contours informes puis mâts arrogants perçant le ciel, et débarquaient aux Amériques pour le plus grand malheur des peuples. Cette flotte-ci est hétéroclite : canots amérindiens, canots créoles et canots bushinengue, de factures reconnaissables à la forme, la hauteur et la décoration de la proue. En arrière-plan, un radeau. Moins encombré que celui de Géricault. Enfin, un voilier à passager unique. Les embarcations avancent à vitesses décalées. On aperçoit, leur faisant cortège, intensifiant le mouvement indiscipliné qu'insufflent les vagues et accentuant l'effet inopiné de ce ballet nautique, une demi-douzaine de lamantins bien gris bien ronds, remarquables par leurs têtes sans oreilles, leurs petits yeux à peine visibles, leurs queues larges, plates et horizontales, leurs nageoires en palettes au bout arrondi, sautant, bondissant, plongeant comme s'ils se pourléchaient déjà, végétariens résolus, des brassées de phytoplancton que cette agitation ramènera avec le reflux.

Les premiers canots commencent à s'éloigner les uns des autres. Ils progressent en éventail. Ils sont enfin à destination. Ils vont se répandre sur la longue plage de plus de cinq kilomètres entre l'embouchure du fleuve Maroni et celle du Mana. Les passagers arrivent d'Albina au Surinam, où ils ont séjourné un jour et demi. Ils avaient commencé ce périple en partant du sud, au plus près des monts Tumuc Humac juste au-dessus du point de trijonction où se rejoignent et se séparent la Guyane, le Surinam et le Brésil, dans une zone qui fait encore l'objet d'une dispute de souveraineté, comme une relique précieusement conservée et régulièrement dépoussiérée en souvenir des avidités coloniales de la France en Guyane, des Pays-Bas au Surinam et du Portugal au Brésil. Sur ces histoires de conflits frontaliers, l'Espagne et l'Angleterre n'étaient pas en reste : Venezuela et Guyana gardent bien au chaud, pour le réveiller à l'occasion, un contesté frontalier reçu en héritage sur le fleuve Essequibo, au beau milieu du Guyana. Le différend se ravive chaque fois que les ressources minières attisent la convoitise d'une multinationale. Ainsi, de temps à autre, du dehors et du fait d'un opérateur venu de loin avec de solides appétits, les tensions entre les deux pays se raniment. La dernière fois, ce fut pour le gisement aurifère d'Omaï, visé et exploité par des sociétés canadiennes. L'une d'entre elles pollua le fleuve au cyanure.

Ils s'étaient posés un moment en aval du village d'Antecume Pata, à hauteur de la rivière Malani. Un petit groupe de quatre avait continué vers le sud, par la rivière Alitani, ils avaient passé la Roche Kouto pour se rendre sur le site du mont Mitaraka, au sud-ouest extrême, afin de se recueillir sur les vestiges d'un cimetière récemment retrouvé. Depuis la berge, ils avaient essayé d'apercevoir le mont Amana.

— On a le territoire de l'Amana au nord-ouest et ce mont Amana au sud-ouest, j'aime bien les mystères, mais j'aimerais plus encore savoir si ça signifie quelque chose, avait murmuré Kerma.

Outre les vestiges du cimetière, ils ont vu les traces évidentes d'un ancien village, et par un chemin partiellement embroussaillé d'herbes hautes entre lesquelles brillaient de-ci de-là des tessons de céramique, ils ont atteint une crique. C'est l'absurdité de ces interdits de circulation : partout des traces attestent une vie humaine et sociale, y compris là où les frénésies de protection prétendent préserver la forêt vierge et primaire. La seule permanence dans la gestion de ce territoire réside dans son quadrillage administratif pour en rendre la majeure partie inaccessible. Avec pour seules variantes les formules institutionnelles, du décret-loi jusqu'à l'arrêté préfectoral. C'est ce qui donne une portée symbolique à leur périple. Ils ont remonté le fleuve depuis le Litani, s'arrêtant pour des salutations à Antecume Pata puis à Twenke, villages amérindiens. Ils ont aperçu quelques vestiges de Grigel, village créole très actif aux temps du premier cycle aurifère artisanal, où vivaient, aux côtés d'anciens Nègres marrons et des affranchis, des immigrants caribéens en provenance de Sainte-Lucie, Barbade et la Dominique, principalement. Après le Litani et une pause à Maripasoula et à Benzdorp, puis à Cottica – haut lieu de marronnage où eurent lieu des affrontements récurrents entre chasseurs de Marrons et les troupes de Boni, chef des Alukus – ils ont repris la route par le fleuve qui, à partir de là, porte un autre nom, Tapanahoni. Ils ont déjeuné à Stoelmaneiland. Puis, c'est à Apatou, juste au-dessus de Langatabiki où le fleuve de six cents kilomètres s'appelle Maroni depuis quelques miles, qu'ils se sont réapprovisionnés en nourriture et carburant. C'est là que les a rejoints le radeau étroit, d'abord brinquebalant, un pangui, pagne masculin large et usé en guise de voile, fixé à une perche en bois de goupi. Le plancher est fait d'un amas de rondins taillés dans des troncs de mouamba, amarrés ensemble à l'aide de tiges de wadé-wadé. Le capitaine sans équipage, impavide, guide sans souci de la maîtriser son improbable chaloupe.

La veille donc, une fois parvenus à Albina, ville-frontière en face de Saint-Laurent du Maroni, ils ont été accueillis par un groupe d'une vingtaine de filles et garçons comme eux, qui les ont aussitôt conduits au camp d'accueil en lisière de forêt, où ils ont pu monter leurs tentes aux côtés de celles de leurs hôtes, sur le sable blanc. Ils connaissent bien cet écosystème un peu particulier, quoiqu'il y en ait beaucoup moins en Guyane qu'au Surinam. Dans le Nord-Ouest, là où ils se rendront le lendemain, il y a cette forêt sur sable blanc peuplée d'angélique, essence utilisée dans la construction de navires de guerre et prisée pour sa résistance supérieure à celle du chêne selon Eugène Bassières si l'on en croit son *Inventaire de la Guyane*, établi pour l'Exposition universelle de 1900. Y pousse également du balata, bois d'œuvre recherché pour sa gutta-percha et considérée par Bassières toujours comme trois fois supérieure au chêne et au teck de premier choix. C'est aussi le territoire d'une faune aviaire qui se promène allègrement des rizières à la lisière de la forêt : grandes aigrettes, busards de Buffon, buses roussâtres, spatules rosées, jabirus, espèces endémiques ou de passage. Le groupe des arrivants s'active avec les sacs. Quelques-uns, trois filles, dont Adéla et quatre garçons y compris Kerma, ont préféré attacher leurs hamacs à des arbres, pour passer la nuit à la belle étoile. Leurs hôtes les ont désaltérés à l'eau de source et à la limonade locale, avant de les conduire pour le premier rassemblement sous un chapiteau où les deux leaders Kwakoe pour le groupe qui reçoit, Éloi pour celui qui visite, ont, au nom des deux rives d'un même fleuve à trois noms, ouvert les échanges. La présidence côté Surinam est double, Saoena assure une coprésidence avec Kwakoe. Au bout de deux heures et demie, cette première séquence avait abouti. Ils se sont vite égaillés. La petite ville était en fête pour Holi Phagwa, Festival of Colours. Durant cette journée, par le jeu des poudres de couleurs lancées sur les participants, chacun sera presque dépouillé de son apparence ethnoculturelle pour exhiber toutes les couleurs d'un pays dont les dirigeants proclamaient à l'indépendance, en 1975, Five People One Nation, incluant Amérindiens, Bushinengue, Créoles, Asiatiques, Européens et autres. Aujourd'hui encore, ce pays reconnaît près d'une dizaine de groupes ethnoculturels et une douzaine de langues régionales. Holi Phagwa, qui commémore l'arrivée dans l'ancienne colonie néerlandaise des premiers Hindoustanis, monothéistes ou animistes, est devenue une fête nationale. Transversale, donc. Nos adolescents ne se privent pas de participer à l'euphorie. Ils se chahutent une bonne heure et commencent, chacun à peine identifiable, plus coloré qu'au carnaval, leur première réunion.

Il s'agit de mettre au point leur rencontre plus formelle qui aura lieu dans quatre mois, à l'occasion de Keti Koti Day, jour célébrant la fin de l'esclavage dans ce pays où, comme sur le reste du Plateau des Guyanes, le marronnage ponctué d'incursions récurrentes sur les plantations avait abouti à la signature de Traités entre les autorités néerlandaises représentant les intérêts des colons et les chefs de Nègres marrons. L'an dernier, ces deux groupes de jeunes de part et d'autre s'étaient retrouvés lors du Rainforest Art Festival, rendez-vous annuel autour des enjeux environnementaux considérés sous l'angle de la vie et des modes de vie, des connaissances et des usages empiriques, de la pharmacopée, de la gastronomie, des artisanats sur fibres végétales. Lors de ce séjour, ils avaient visité le barrage hydroélectrique de Brokopondo-Afobaka et avaient été impressionnés. Ils fustigeaient le barrage hydroélectrique de Petit-Saut sur la commune de Sinnamary, terre de Jorland, de Floriette, de Lexio's et du Castor-taureau, barrage pour lequel EDF avait inondé 35 000 hectares de forêt. Ils découvraient au pays voisin un ouvrage quatre fois plus large, d'une superficie supérieure à pratiquement toutes les îles de la Caraïbe, comme si on avait submergé l'entier pays des Martiniquais, ce que n'a pas osé le plus enragé des cyclones. L'ouvrage surinamien, cerné par un mur de deux kilomètres haut de cinquante-quatre mètres, arrive jusqu'à l'orée du Parc national de Brownsberg. Ils avaient été choqués et attristés, comme pour Petit-Saut, par ces têtes d'arbres qui refusaient de mourir ou de s'incliner, coiffées de feuilles chiches qui s'obstinaient à témoigner dans leurs teintes vert-orange ou rouille du crime commis par l'inondation forcenée de cette immense étendue soustraite à la forêt amazonienne. Ces feuilles résistaient, elles se maintenaient comme preuve des conséquences démesurées de ces ouvrages humains, comme si elles voulaient rappeler les liens qui tiennent entre eux les écosystèmes et propagent les effets des agressions hors normes. Ils avaient suffoqué à l'odeur fétide dégagée par cette masse d'eau dénaturée. Ils avaient également aperçu les sites aurifères, la mine de Rosebel évidemment, et perçu à l'œil nu la dévastation des cours d'eau dont la surface était brouillée par la turbidité. Ils avaient compati au sort des Saamakas habitant le village de Kununu situé à proximité, et dont les lieux ancestraux de résidence, de culture, de vie, de mort, lieux profanes et lieux sacrés, furent enterrés sans rituel ni rémission. Dora, qui, depuis leur première sortie, s'est préposée au photoreportage et à la compilation d'archives sur ces déplacements, a fait le plein de photos sur le site, y compris les vestiges de la plantation d'awara denndé qui était destinée à alimenter l'usine de fabrication d'huile de palme, et avait vite périclité lorsqu'un parasite avait ravagé les nouveaux plants. Dora en a profité pour interroger un vieil Obiaman, riche de la mémoire de quatre générations, qui lui a raconté comment les Saamakas avaient été dupés par les autorités néerlandaises. On leur avait assuré une prospérité imminente grâce à la culture d'awara denndé, en faisant miroiter un marché international très avide d'huile de palme. Après l'échec de cette activité, les hommes du village se sont reconvertis dans l'orpaillage. L'Obiaman, très au fait des sujets qui préoccupent ces jeunes et particulièrement lucide, expliqua comment en restreignant leur emprise sur leurs terres ancestrales par des décrets inopinés sous prétexte d'intérêt industriel, en les faisant reculer toujours un peu plus au motif d'implantation d'usines, de construction du barrage, et pour la délimitation d'un parc de protection à géométrie variable, les administrations appliquant les politiques gouvernementales les ont, à la longue, contraints à détruire ce qu'ils avaient préservé jusque-là : un mode de vie sans prédation ni destruction, avec des prélèvements mesurés et différenciés sur les ressources animales.

— C'est ce qu'il dit? demanda Dora, un peu déconcertée.

— Pas exactement, mais c'est ce que ça veut dire, répondit Kwakoe qui assurait la traduction du sranan tongo à l'anglais.

— Tu ne peux pas me dire exactement ses mots ? Personne ne va croire que c'est une vraie interview si ça parle comme ça !

— Sauf que si je cherche exactement ses mots en anglais, on va louper la moitié de la conversation.

Kwakoe est le leader du groupe des jeunes Surinamiens. Plus tard, dans la soirée, appelant Dora en aparté, il est revenu sur sa traduction approximative, proposant de prendre le temps d'une traduction plus littérale des propos de l'Obiaman. Restituant les images évoquées, il précisa que, dans le langage de l'Obiaman, la longue tirade qui avait fait œuvre de conclusion ouvrait une belle part à l'influence des esprits dans l'infortune de son peuple, les esprits étant inquiets de la déperdition des connaissances et pratiques traditionnelles : « Tu vois, si tu coupes les branches de l'arbre, elles vont repousser, plus vaillantes, mais si tu déracines l'arbre pour le replanter plus loin, il faut du temps pour qu'il reconnaisse la terre et que la terre le reconnaisse ; en attendant il maigrit, il voit sortir des taches sur ses côtes, parmi ses branches y en a qui se tordent, ses fruits deviennent surs un temps, car quand tu n'es pas fort, tu es faible ; alors il faut changer ses habitudes, arrêter de courir après les fantômes des whiteys, les Blancs, et après leurs maladies, l'argent, l'or, la bauxite ; il faut se reprendre et attendre le moment où Dieu Masa Gadu va juger que tes repentirs sont sincères et suffisants et va décider de ramener la victoire chez toi. » Dora était ravie de ce complément, substantiellement plus conforme à ce qu'elle imaginait comme tonalité et contenu de message. Elle voyait déjà comment elle mettrait en valeur cet entretien, qui faisait pendant à celui qu'elle avait obtenu, lors du précédent séjour, d'un Edeman, capitaine d'un village ndjuka, descendant selon ses dires du Gaanman Arabi, celui qui a signé en 1760 le traité de paix avec les commissaires néerlandais représentant les intérêts des esclavagistes.

Dora est toujours très excitée par les entretiens qu'elle ramène dans son téléphone. Dora est une jeune fille qui allie étrangement la douceur et la pugnacité. Elle a un sourire désarmant, corsé par une fossette au milieu de la joue gauche. Elle a le bras droit atrophié, une main minuscule recroquevillée et immobile au bout d'un avant-bras rétréci. Personne ne sait la cause de cette infirmité. Il est arrivé que l'un ou l'autre émette des hypothèses, sur un accident de naissance ou une poliomyélite contractée dans son enfance, on ne sait plus dans quel pays, son père étant militaire, elle a passé ses premières années à parcourir le monde. Mais personne n'est sûr de rien et nul ne s'en soucie vraiment. Dora écrit de la main gauche avec des pleins et des déliés comme on ne les enseigne plus. Elle est d'un tempérament jovial mais, allergique aux injustices, elle a des indignations qui brûlent comme un carreau de glace posé sur une plaie à vif. Chacun se remémore, parce que l'incident filmé avait beaucoup circulé et fait la joie de tous les ronchonneurs, accessoirement des opposants, une altercation froide et impitoyable qu'elle avait eue avec un président populaire de collectivité qui, au cours d'une réunion publique à sa gloire, se gargarisait de ses prouesses pour faire acheminer par canots et conduire à l'école les enfants résidant dans des villages le long du Maroni.

— Vous utilisez beaucoup le pronom personnel je je je, lui avait-elle lancé. Pourtant, c'est de l'argent public. Et s'il y avait une école partout où il y a des enfants, vous n'auriez pas besoin de leur faire prendre un canot, tôt le matin, à l'heure où d'autres enfants dorment encore. En plus, tous les canots n'ont pas autant de gilets de sauvetage qu'ils embarquent d'enfants. Vous direz quoi aux parents, si malheur arrive un jour, vous direz aussi je je je ?

Le président, manifestement désarçonné, esquissa un sourire crispé et bafouilla :

— À votre âge, j'étais impatient comme vous. Si je dis je, c'est parce que c'est une responsabilité d'État, et que j'ai pris sur moi de surpasser les compétences de la collectivité que je préside. Nous travaillons d'ailleurs avec les assurances pour couvrir les transporteurs, car comme vous le savez, nos deux fleuves frontaliers ne sont, officiellement, pas navigables.

— Ah ! Quand vous passez au collectif, votre souci, ce sont les patrons de transport et les assureurs, pas les enfants, leur sécurité, leur accès à l'éducation ! Et s'il y avait un futur prix Nobel parmi eux, parmi les petites filles par exemple, quelles seraient leurs chances ?

Un grommellement rampa dans la salle ; sans ambiguïté, il s'agissait de supporters du président, moins amènes que lui, grognant comme cerbères prêts à ruer pour protéger leur… leur maître ? président ? camarade ? C'était une réaction d'instinct, dictée par un esprit de corps, bien connu dans ce parti politique dominant. Le président choisit de ne pas jeter de l'huile sur le feu :

— Mademoiselle, vous ne pouvez pas me faire ce procès d'intention ! Je pourrais dire que la critique est facile, mais je vais vous laisser le temps de grandir pour arriver aux responsabilités. Les parents dont les enfants peuvent désormais aller à l'école tous les jours savent que c'est leur avenir qui me préoccupe. Depuis des décennies, l'État a abandonné les habitants des deux fleuves, le long du Maroni et de l'Oyapock. C'est un choix politique que je fais lorsque je crée les conditions pour faire émerger l'élite partout sur le territoire.

— Votre manie de je je je vous reprend ! Moi, je vous parle d'égalité pour tous les enfants, et pas par le bas.

Le grommellement se fit plus ample et plus sourd, percé par quelques interjections aiguës : « révolutionnaires de salon ! », « y a qu'à y a qu'à y a qu'à », « faut qu'on faut qu'on fous l'camp », et quelques bougonnements plus articulés : « où est le service d'ordre ? », « ouais, violoniste de la provoc ! », « panzou ! ». Imperturbable, Dora se leva, se retourna et toisa d'un regard circulaire l'assistance hostile puis, consciente de l'humiliation qu'elle leur infligeait, jeta en faisant face à nouveau au président :

— Il demeure que vous n'êtes pas un évergète, et je n'ai pas besoin d'être plus âgée pour le savoir. Je vous laisse leur expliquer, ajouta-t-elle malicieusement, avant de quitter la salle puis le bâtiment d'une démarche de reine africaine.

On peut supposer que la stupeur la sauva ce jour-là d'une bordée d'injures, voire d'une empoignade malgré son bras, c'était encore dans les mœurs sur les désaccords publics. Lorsqu'il lui arrive de commenter cet incident, elle explique, énigmatique, que ce président lui fait penser à *L'Hibiscus pourpre*, le roman de Chimamanda Ngozi Adichie :

— Ce gars, il me rappelle le père de Kambili et Jaja, il se prend pour le roi du monde, domine tout son entourage, il est gentil quand il veut avec qui il veut, on le respecte, il fout les jetons à ceux qui ne sont pas dans ses petits papiers et tu as des tas de gens qui ne peuvent s'empêcher de l'aimer. Mystère et magie !

— Tu ne vas pas nous dire qu'il rosse aussi sa femme ! s'est offusquée Saoena.

— Va savoir, avait commencé Dora. Non, je plaisante, je ne crois pas que ce soit son genre, ou plutôt pas celui de sa femme.

— Eh ben bon, il y a un genre de femmes ?

— Ben, regarde, la maman d'Aubrey Evans dans *Mothers* de Britt Bennet. Ce beau-père qui tripote Aubrey et sa maman qui fait semblant de ne pas comprendre. C'est quand même un genre, cette lâcheté !

— Tu sais, moi, avant de juger une femme…

Ils ont coutume de conclure chacune de leurs rencontres, commencées il y a trois ans, par l'élaboration en commun d'une espèce de vade-mecum des traditions, règles, repères culturels, auteurs et célébrités de chacun des deux pays. C'est une génération qui a choisi de s'affranchir des pesanteurs historiques, des préjugés suggérés par l'ignorance, la défiance et la réciprocité des mépris. Ils consentent aux aléas des tâtonnements, plutôt que de se laisser embrigader par des sachants non dénués d'arrière-pensées. Et ces derniers, spécialistes en tout genre, toutologues imbus d'eux-mêmes sont quelques-uns opiniâtres, gérant le lancement de leur carrière en sciences humaines en faisant la démonstration de leurs prénotions et présomptions. Mais ces jeunes ont leurs préventions, et c'est sur le modèle direct des échanges sportifs, sans méli-mélo et ne laissant aucune place ni aux baratineurs toutologues ni aux bonimenteurs politiques, qu'ils bricolent un apprentissage sans mode d'emploi, explorent leurs convergences sans catalogue et tissent une relation qui va bien au-delà du seul souci de bon voisinage. Ils veulent penser l'avenir ensemble. Ils ont compris qu'il est insensé d'ignorer les autres, qu'il peut devenir néfaste et criminel de ne pas coordonner pour le bénéfice de tous ce qui est réellement commun. C'est ainsi qu'ils pensent les bassins versants des deux fleuves frontaliers, les espaces d'activités économiques sur le littoral atlantique, la forêt amazonienne répartie entre neuf pays. Ils professent cette évidence refoulée : ces lieux leur sont communs, ils y enchâssent leurs idées fixes sur l'éducation, les soins, le droit qu'ils veulent ouvert à tous, autant par esprit de justice que pour éviter que des écarts extravagants ne finissent par générer des tensions dues à une pression déséquilibrée sur les infrastructures et les services publics. Ils sont raisonnablement utopistes, oxymore, disons à la fois idéalistes et prosaïques, l'époque n'est pas aux idéaux pompeux, au moins ne sont-ils pas blasés.

C'est Dora qui, tout naturellement chaque fois, collecte toutes sortes de matériaux pour ce vade-mecum, tandis que les autres, spontanément, la pourvoient en photos, en petites notes sur petits bouts de papier, en remarques, schémas, dessins, maximes pascaliennes ou dolos créoles. Ils ont entre dix-huit et vingt-quatre ans, étudiants en vacances ou en stages, jeunes chômeurs, jeunes travailleurs, artistes. Ils n'ont pas les ardeurs qui embrasaient les étudiants engagés des promotions qui les ont précédés, ils n'ont pas non plus le goût des querelles doctrinales et sectaires ni la passion des faux sujets tels que les divagations philosophiques sur les vertus et la vérité du peuple ou les leurres sociologiques entre travailleurs et paysans dans un pays sans usine ni fazendas. Ils inventent d'autres réponses aux mêmes contradictions, les attitudes et relations coloniales encore bien vivantes et bien visibles, et aux mêmes désarrois dans ce monde qui s'accommode de deux principes contradictoires : le droit des peuples à disposer d'eux-mêmes et l'intangibilité des frontières de l'après-guerre et de la décolonisation à l'esbrouffe. Les dynamiques indépendantistes n'ont plus guère d'essor, les leaders internationaux manquent, les jeunes qui piaffent de ne pouvoir modeler l'avenir, frustrés de buter sur leurs ambitions décapitées, se résolvent à vénérer des icônes sulfureuses, que ce soient des métamorphoses hallucinées et gâteuses comme Mugabe ou nihilistes et criminelles comme Ben Laden. Le monde dans lequel ils réfléchissent et forcissent a maltraité les idéaux et les a travestis en chimères; il ne prête guère à la rêverie, il est indocile à toute vision poétique, réfractaire à une conception sensible de la vie. C'est ce monde qui a isolé le capitaine Sankara, sous-estimé le sous-commandant Marcos, raillé le major Chavez, sacrifié le commandant Massoud. Le même qui a largué Lumumba, laissé enlever Ben Barka, «pacifié» les Menalamba, composé avec tous les apartheids avant de glorifier Mandela. Ces jeunes s'entêtent cependant, ils veulent peindre quelque chose. Peindre ou repeindre, à défaut de tout refaire. Ils n'envisagent jamais la table rase, n'embrassent pas les causes généreuses à fort potentiel lyrique, ne méditent pas sur l'optimisme accablé de Camus définissant sa tâche de génération qui consiste à veiller à empêcher que le monde ne se défasse. Ils veulent néanmoins être les auteurs de leurs vies.

En fin d'après-midi, après déjeuner et des trempettes dans une crique à l'eau glacée couleur cannelle, alors que l'horizon rougeoyait comme dans le conte de Perrault, mais avec plus de chatoiement et de nuances dans cette région équatoriale, ils ont rangé leurs affaires et préparé leurs sacs de couchage pour ne pas avoir à le faire à leur retour. Au bout d'un quart d'heure de piste latéritique et de quelques zigzags du chauffeur pour échapper aux bouffées poussiéreuses soulevées par les motos qui les dépassaient en klaxonnant sur l'air de «vagabond, sors de là», le bus dans lequel ils avaient pris place s'est engagé sur la route goudronnée entre Albina et

Moengo. Ils plaisantèrent sur ces mœurs routières si courantes dans les Caraïbes.

— Wouahh, le gouvernement vous a désabandonnés, persifla Adéla, la route est colassée !

Colassé est un créolisme créé à partir du nom de l'entreprise qui fait la pluie et le beau temps en raflant tous les marchés de revêtement des routes, des deux côtés du Maroni, à gros frais et petites performances côté budgets français. En anglais, elle a donc dit *colassed*, et tout le monde a compris. L'année précédente, cette route était éventrée, le bitume très abîmé, la couche de goudron et les cailloux s'effritant, il fallait slalomer entre les ornières.

Adéla est une boute-en-train. Elle parvient à injecter de la bonne humeur dans toutes les situations, de façon très paradoxale car elle est très caustique et ses réflexions sont souvent inattendues.

— Au moins ici, quand les routes sont refaites, elles le sont vraiment, et dans des délais qui n'ont rien à voir avec chez nous. Nous, nous sommes à la cadence d'un kilomètre à l'année : trois cents ans qu'on est français, trois cents kilomètres de routes nationales. Et quand les chantiers de réparation commencent, personne ne sait quand ils finissent, surtout pas la DEAL, ni ses hommes à gilets fluo, ni les gros manitous dans leurs bureaux climatisés. C'est pourtant la même entreprise qui fait les travaux ici et chez nous.

C'était une réplique de Kerma. Kerma est l'un des jeunes travailleurs, vif, encore jeune, vingt et un ans, mais déjà malmené par la vie sans perspective et presque sans joie que l'incurie politique réserve à ceux de son âge ; les filles ne sont pas épargnées, qui doivent se résigner à peine moins que les garçons soit à courir après une vie meilleure sur l'autre bord de l'Atlantique, soit à végéter dans des gagne-pain qui sont plus des jobs que des emplois, quels que soient leurs capacités et leurs potentiels. Voire, leurs rêves. Leurs profils correspondent généralement aux postes occupés par des fonctionnaires détachés, au revenu majoré de quarante pour cent. Et s'ils s'avisent de vouloir accéder à ces postes, il faut non seulement passer des concours, la plupart du temps, s'y préparer seuls et aller les passer toujours de l'autre côté de l'Atlantique. Et lorsqu'ils y sont reçus, il leur faut accepter une affectation, encore en l'autre bord de l'océan pour cinq années au moins sans garantie de retour. Il arrive souvent que ceux qui, en promotion interne, préparent ces concours et y réussissent renoncent aux avantages professionnels et pécuniaires qui y sont liés, puisque la condition est cette affectation lointaine, en dépit de leur ancrage, de leur vie de famille, de leurs désirs. Et ce n'est pas faute de postes puisque les détachements se poursuivent avec largesse. C'est l'énergie cinétique d'une bureaucratie de gestion des personnels qui continue, sans y penser, d'exécuter une politique de substitution démographique sans que les ordres en aient été renouvelés. Les statistiques et la loi des grands nombres font le reste. Quant à celles et ceux qui n'ont aucune qualification, ils se rabattent sur les billets aller sans retour de l'agence qui a remplacé le Bumidom et changé de nom, tout en accomplissant la même besogne. Kerma est souvent amer, comme s'il vieillissait trop vite.

— Alors là, je ne m'en mêle pas ! railla Adoe, trop content de cet échange interne au groupe de leurs invités.

Adoe est le benjamin pour les deux groupes. Il a seize ans et demi, insistant sur le demi comme les enfants de maternelle insistent sur leurs trois ans et demi. Il a participé, déjà, au rassemblement de l'année passée, et il est tellement dégourdi d'esprit, la langue leste et tellement doué de ses mains, que les autres ont vite cessé de le traiter comme un petit frère.

— Il n'est jamais prudent de se mêler d'une guerre intestine, ajouta-t-il après un éclat de rire.

— C'est ce que dicte la sagesse, renchérit Kwakoe, riant à gorge déployée.

Mais Adéla n'avait pas dit son dernier mot :

— Alors, ça, c'est typique chez nous ! Moi, j'appelle ça le syndrome du Guaino.

— Du quinoa ?

La question venait d'Adoe.

— Non, expliqua Adéla, du Guaino, mais tu ne peux pas savoir. J'explique : c'est le nom d'un gars en France qui parfois se prend pour Malraux ou de Gaulle et qui, s'étant trompé d'époque, a écrit un discours pour Sarko, où il explique que l'homme africain n'est pas entré dans l'Histoire, qu'il vit au rythme des saisons, et patati et patata.

— Le rapport ? demanda sobrement Kerma.

— D'abord, tu sais où il dit ça ? En Afrique, au Sénégal, à l'université Cheikh Anta Diop !

— C'est pas la première fois que l'ancien colonisateur vient injurier l'ancien colonisé ! Quel est le rapport ? s'impatienta cette fois Kerma, soutenu par des hum hum provenant des deux groupes.

— Ce n'est pas parce que c'est habituel qu'il faut s'y habituer, tonna Dora.

— Oh oh oh ! Cool cool, je demande juste qu'on m'explique un machin qu'a l'air un peu torsadé.

— Hey hey hey ! *I shot him lightly and he died politely.*

Le commentaire tintinnabula dans un rire cruel d'autant plus inattendu qu'il provenait de Saoena.

— Wouahhh, s'extasia Adoe, quelle classe ! *Executed !* Respect, Saoena !

— C'est pas de moi, ce sont nos cousins de Harlem, et c'est Zora Neale Hurston qui l'a repris, dans *Spunk* je crois. Surtout je ne veux exécuter personne, c'est juste que c'est joli.

— Le rapport, reprit Adéla sans se démonter, c'est que, au lieu d'être lynchés, symboliquement je veux dire, eh ben, ils repartent tranquillement, en ayant encouragé les multinationales, Bouygues, Vinci, BNP et compagnie, et pendant ce temps, du nord au sud de l'Afrique, ça discute pour savoir si Sarko a voulu insulter ou s'il n'a pas fait exprès, s'il est inculte ou s'il est vulgaire, si c'est sa faute ou celle de Guaino, etc., et pendant ce temps les affaires continuent. Nous, c'est pareil, au lieu de voir comment les gouvernements facilitent l'implantation des multinationales sur ce continent, sous prétexte de services pour les gens, et comment celles-ci jouent avec les disparités entre nos pays, on regarde si c'est mieux chez nous ou chez le voisin. Et puis, on se distrait.

— Bon-on-on-on, opina Kerma plus ou moins de bonne grâce.

— C'est un peu approximatif quand même, la taquina Kwakoe.

— Et Voltaire, faussement apitoyé sur son Nègre mutilé du Surinam, alors qu'il vivait des rentes qu'il touchait des compagnies négrières, c'était pas approximatif? claqua Adéla.

— Oulàlàlàlàlà! C'est quoi, c'est une guêpe pepsi qui t'a piquée? C'est pas une de chez nous, celle-là! c'est une féroce! rit Kwakoe en s'abritant le visage du bras comme d'un bouclier contre une baffe probable.

Cependant il se fit quelques minutes un silence qui semblait de réflexion ou au moins de circonspection.

La route était en effet bien plane et le bus roulait à bonne allure pour les mener comme en pèlerinage, en réalité en hommage, au sanctuaire de Moawana. Cette visite était une suggestion d'Éloi. Autour de la stèle conique en deux tons, gris ciment naturel et marron-bordeaux, avec sa plaque Fu membe Moawana (En souvenir de Moawana) sont répartis, sur près de deux hectares, trente-neuf blocs rectangulaires de tailles et hauteurs différentes ne dépassant pas un mètre d'envergure, également bicolores, portant chacun le nom de l'une des victimes, hommes, femmes, enfants, du raid meurtrier perpétré par la junte militaire en 1986. Ce massacre commis dans le village du chef rebelle ndjuka, Ronnie Brunswijk, commandant le Jungle Commando, alors que les hommes en âge de se battre n'y résidaient plus, est l'un des épisodes les plus violents, les plus lâches, les plus choquants, hélas pas le seul, de la guerre civile qui a déchiré le Surinam de 1986 à 1992. Le temps passant, les anciens ennemis, d'ailleurs anciens amis, feront pacte. Ces jeunes évidemment n'étaient pas nés, mais ils ont grandi de part et d'autre de la frontière en entendant évoquer, toujours avec une pointe d'angoisse, de colère ou de stupéfaction, cette guerre civile qui a rétabli le fleuve dans sa fonction de voie naturelle de communication et de circulation, comme tous les fleuves frontaliers, bien qu'on s'habitue davantage à leurs fonctions officielles de séparation. Les dizaines de milliers de personnes de tous âges qui l'ont traversé aux fins de se réfugier de l'autre côté ont, pour certaines, été accueillies par des parents ; c'est une résultante de l'Histoire que des familles soient réparties de part et d'autre du fleuve. La plupart d'entre elles furent prises en charge par les autorités préfectorales, du moins en termes d'état civil, encore que l'acronyme dont on les affubla, PPDS, Personnes provisoirement déplacées du Surinam, fût bien peu cordial. Au moins une logistique d'État, mobilisant notamment les forces armées, a-t-elle permis de parer au plus urgent. Par un relais discret comme il survient habituellement dans de telles situations, ce sont les mairies et collectivités territoriales avec des moyens locaux, ce sont des familles, des associations, des employeurs qui ont rendu possible, pendant les sept années que dura le conflit, la survie de toutes ces personnes que, par facilité, aveuglement et probablement un raisonnement retors ou un calcul madré, les pouvoirs publics avaient «parquées» derrière quelques illusoires rangées de concertina, se persuadant peut-être ainsi que la situation serait vraiment provisoire.

Le rapport des jeunes à cette histoire est respectueux, sans être nerveux. Ils savent que ce fut difficile, imprévu, déconcertant, ils ont compris que des gens étaient morts et que c'était plus concret, plus frais, plus récent que les guerres et crimes de leurs livres d'histoire. Mais ils n'ont rien qui puisse les imprégner des sévices charnels, de l'écorchement à vif, de la souffrance lente et irrémédiable, de la détresse et du désastre implacable qui frappent alors des jeunes, à peine plus vieux qu'eux, pétris d'absolu, idéalistes, incroyablement volontaristes, qui ont fait l'expérience fatale de la confrontation avec des tortionnaires dans la vie réelle. C'est ainsi que finit Brahm Behr, militant communiste, directeur des Publications ouvrières, par ailleurs journaliste à l'hebdomadaire marxiste *Mokro*, sympathique rêveur imberbe, tout juste trentenaire, incapable de discipliner sa courte tignasse de chabin translucide au soleil, friand de yaourts au miel d'orchidée, enlevé, torturé, les ongles et les yeux arrachés, achevé dans la cour de la caserne, le cadavre enflé et méconnaissable, sa jeune épouse et leurs enfants éperdus, obligés de se cacher puis de s'enfuir aux Pays-Bas. Des jeunes filles comme Biemla, des jeunes gens comme Soeren, Jiwan, contraints à l'exil du jour au lendemain, comme dix ans plus tôt de jeunes Argentins et avant eux de jeunes Chiliens avaient dû se glisser chez les pays voisins, dont les gouvernements parfois les traquaient pour les livrer à leurs bourreaux, puis s'étaient vus obligés de traverser l'Atlantique pour se réfugier dans les anciennes métropoles. C'était, quatre ans avant le déclenchement de la guerre civile, un sinistre et monstrueux prologue au putsch militaire : on l'appela le massacre du 8 décembre 1982. Quinze opposants, critiques ou refusant simplement l'allégeance à la dictature militaire, furent torturés et sommairement exécutés de nuit dans la cour d'une caserne, Fort Zeelandia, lorsqu'ils n'avaient pas succombé aux supplices. Avocats, journalistes, leaders syndicaux, chercheurs, universitaires, psychologue, footballeur, chef d'entreprise, militaires, le plus jeune avait vingt-cinq ans, pour la plupart ils étaient juste trentenaires ou jeunes quadragénaires, le plus vieux André Kamperveen étant âgé de cinquante-huit ans, entraîneur de foot, judoka, ancien ministre. C'est une caractéristique des brutes : ne rien respecter, ni la jeunesse, ni le désintéressement, ni le savoir, ni le talent, ni le courage, ni la probité, ni même la notoriété. Ainsi sont les monstres : haineux de la vie, celle des autres. Ainsi sont les despotes : ennemis de la pensée, de la parole, des arts, de la beauté, de la force d'âme. Une plaque située au Fort Zeelandia salue leur mémoire depuis le 8 décembre 2009 où elle fut inaugurée par le président de la République, Ronald Venetiaan.

Le mémorial de Moawana porte bien l'empreinte de l'artiste surinamien qui l'a réalisé, Marcel Pinas. Il a coiffé la colonne à base trapézoïdale d'un symbole composé de trois idéogrammes empruntés à l'alphabet Afaka, réputé ésotérique, censément conçu par Afaka Atoemoesi, appartenant à la communauté ndjuka. Décodés, ces idéogrammes tracent les mots Ki Bi Wi, signifiant « Protégez-nous ». Filles et garçons sont descendus du bus sans bousculade, dans un silence qui n'a pas la solennité des moments protocolaires mais qui, cependant, contraste avec leurs joggings et leurs leggings, leurs sweats à capuche fluo, leurs mèches mauves, vertes, jaunes, leurs crânes décorés au rasoir de triangles et de rosaces, leurs waves à 360°, leurs frohawks, leurs baskets dernier cri, et la vivacité de leurs discussions durant le trajet. Ils se sont recueillis, comme savent faire les adolescents et les jeunes adultes, sans componction ni désinvolture, avec la gravité qu'inspirent les circonstances, mais sans zèle hypocrite, sans paraître affectés comme s'ils avaient perdu des proches.

Dès le début du trajet retour, ils ont ouvert toutes les vitres du bus, comme pour faire entrer et ressortir l'air, aérer, oxygéner, ventiler. De fait, après la lourdeur des premières minutes, des effluves de loucé et de caïmite se sont mêlés aux parfums dégagés par des citronniers sauvages. Plus loin, des cabosses dorées de cacao leur inspirèrent des commentaires aigres-doux :

— C'est terrible de voir comme on s'est empressé de garder les denrées qui ont fait le malheur de nos ancêtres, commenta Dora.

— Le caco, ce n'est quand même pas la canne à sucre, tempéra Éloi.

— Ben, l'indigo non plus. Pas plus que le poivre ou le tabac, encore que… Ce n'est pas pour autant qu'on fouettait moins les esclaves.

L'argument sembla sans appel. Mais le silence, perplexe ou méditatif, ne dura pas :

— M'est avis qu'il faut voir d'abord que, à part quelques espèces importées, la plupart des cultures sont propres au continent. Les Amérindiens connaissaient toutes les plantes qui donnent des couleurs, comme l'indigo, le roucou, le safran. Le maïs, c'est eux, la tomate, c'est eux, la pomme de terre, c'est eux. On va pas tout changer parce que les rapaces avaient tout volé.

Cette leçon de botanique et de philosophie venait de Sorya, discrète depuis leur arrivée, mais de tempérament plutôt gouailleur.

— Il faut dire que ce champ est bien entretenu, observa Adoe.

— C'est vrai, mais il n'est pas immense ; à part les cacaoyers, deux orangers se battent en duel et un cotonnier fait l'intéressant, moqua Kerma.

— Peut-être, mais mon opinion est que le propriétaire a bon goût, les odeurs et les couleurs se mélangent bien ; s'il n'a pas les moyens d'avoir un champ plus étendu, il n'a pas gaspillé sa terre.

C'est, étonnamment, Adéla qui temporisait ainsi.

— J'admets qu'il aurait pu faire agoulou-vorace et planter de la girofle à exporter ou des quantités de muscade pour la vente, convint Dora.

— En plus, le cacao, il paraît que c'est bon pour la bonne humeur, professa Adéla.

— Ah ! ça, c'est pour les vieux ! réagit aussitôt Adoe avec l'insouciance de son âge.

— Pas si sûr ! reprit Adéla, regarde comment nous sommes des peuples joyeux, tous âges confondus. Nous dansons gaiement sur des musiques tristes, nous avons toujours une moralité pour les vacheries de la vie, résultat, plus passifs que nous, tu meurs.

Le chauffeur fit comme s'il voulait leur offrir, en réconfort après cette morne échappée, un retour sous forme de promenade. Il roula à vitesse modérée, ce qui permit à de petits groupes de quatre ou six de converser, à ceux qui avaient un casque sans fil ou des écouteurs de dandiner plus ou moins discrètement selon leur tempérament et selon le rythme de la musique à leurs oreilles, aux rêveurs et aux sentimentales de se perdre dans la contemplation des paysages, aux indécrottables discutailleurs de se gargariser d'observations sans se soucier de la pertinence de leurs propos. Dans la direction aller, cette route conduit à la capitale Paramaribo, ville inscrite à l'Unesco pour sa valeur universelle et exceptionnelle, avec, comme dans chaque capitale tout le long du Plateau des Guyanes sa place centrale plantée de palmiers, la région étant connue pour en regrouper le nombre d'espèces le plus élevé. De part et d'autre de la route s'étendent quelques rares exploitations de monoculture de bananes de trois variétés : plantain, tahiti, balisier ; de vastes rizières ; des bassins aquacoles de taille modeste pour des crevettes d'élevage ; et de multiples petits abattis combinant des cultures de verger, agrumes surtout, citrons, mandarines, bergamote, oranges, pomelos, ainsi que quelques mangoustaniers. Des arbres fruitiers apportent de l'ombre et des arômes : goyaves, corossol, touka… entre lesquels s'épanouissent des rose-porcelaine, des belles-de-nuit et des centaurelles. C'est une fragrance composite et néanmoins subtile et agréable qui pénètre dans le bus, cabriole, plane puis ressort. Des lianes à longues tiges feuillues courent au plus près de la terre sableuse, se croisant autour de melons d'eau dodus à l'écorce vert sombre, vert tendre et blanchâtre, côtoyant des citrouilles orangées friandes elles aussi de ces sols. De-ci de-là, quelques vaches, deux chevaux, un chien-crabier. Et si quelques flamants roses en troupes clairsemées semblent voler très vite comme s'ils avaient des chasseurs à leurs trousses, une bande de canards musqués, crête érectile sur la nuque et une tache blanche sur les ailes, se dirige en dodelinant vers l'arrière des champs, laissant supposer des marécages où ils se délecteront de petits poissons, têtards, bébés reptiles, crabes et insectes imprudents qu'ils cueilleront au bec.

Cependant, dans toute cette zone, c'est la bauxite qui règne. C'est pour elle, ce lacis de pistes rouges qui trouent la forêt. C'est elle que transportent ces camions, prioritaires à tous croisements, qu'ils viennent de votre gauche ou de votre droite. Un siècle déjà que ça dure. Celui-ci, sur le gisement de Coermotibo c'est le Moengo-Ricanau-Jones, l'un des quatre sites d'extraction de cette matière première de l'aluminium. Des cinq pays du Plateau des

Guyanes, incluant le Brésil et le Venezuela, c'est le Surinam qui s'est le plus fortement et le plus rapidement intégré à l'économie mondiale, en liant par ailleurs cette industrie à des infrastructures gigantesques comme le barrage hydroélectrique de Brokopondo-Afobaka. Preuve de l'intégration mondiale, dans ce qu'elle a de plus illégitime et de plus abusif : il est arrivé au gouvernement surinamien de devoir s'acquitter d'une amende de plusieurs dizaines de millions d'euros en faveur d'une multinationale exploitante. Obligation banale dans l'ordre judiciaire international si favorable aux gloutons Fonds Vautours et si obligeant à l'égard des entreprises transnationales. Les peuples qui ont payé ces amendes, honoré ces créances, acquitté ces pénalités sont parmi les plus pauvres du monde, ou les plus exploités, ou les plus exposés à des systèmes inégalitaires, du Cameroun au Guyana, de l'Éthiopie au Honduras, de l'Ouganda à l'Équateur, du Congo à l'Argentine. Ainsi va le système injuste et inflexible qui s'appelle ordre du monde couvert par une communauté internationale qui traite de tout sauf de l'en-commun.

Le chauffeur avait dû donner un coup de volant inattendu. Il s'excusa et s'apprêtait à s'en expliquer, lorsque Kwakoe pointa du doigt les deux lézards qui, bien imprudemment, venaient de quitter le bord de route pour se précipiter de l'autre côté.

— Eh ben eh ben eh ben ! Ils sont plus gras et plus verts que chez nous !

L'exclamation de surprise venait de Sorya. Kwakoe ne put s'empêcher de la brocarder :

— Nos lézards sont décolonisés, l'indépendance, ça engraisse !

— Ils ont bien survécu à la guerre. Les nôtres sont moins belliqueux et plus partageurs, lui rétorqua-t-elle du tac au tac.

— Bien dit, drapeau blanc ! concéda Kwakoe dans un rire clair en la gratifiant d'un tchek très fair-play.

À leur arrivée au camp, le ciel était bleu-gris. Des masses nuageuses anthracite ternes et opaques étaient transpercées çà et là par quelques boules de clarté se faufilant timidement entre elles. Ils ont craint un court instant l'une de ces averses équatoriales qui se moquent bien des prévisions météorologiques. Ils furent rapidement rassurés par Kwakoe qui écarta tout risque de pluie jusqu'au lendemain soir. Il joua franc-jeu : il ne se réclamait pas du service météorologique, sa référence était le Gaanman Amaketi, chef suprême chapeautant les autorités coutumières des villages environnants. Dans ce cas… Personne n'a plus douté que le ciel, malgré son tapis orageux, resterait sec. La météo certifiée par le Gaanman, c'est sans risque d'erreur. Et personne n'eut l'idée de s'en moquer. Ils avaient déjà expérimenté la précision et l'exactitude de la science du Gaanman Amaketi lors d'événements précédents, en pleine saison des pluies où, durant les trois jours du rassemblement, le ciel montra son irritation par une épaisse couche de vapeur menaçante qu'un soleil bienveillant perçait par fissures comme pour se signaler aux participants. C'est seulement le jour de leur départ, à la fin des travaux, lorsque le dernier d'entre eux fut installé sur le bac pour traverser le fleuve et rentrer, que le ciel creva dans une fureur de bacchante et déversa la moitié du Déluge en une soirée. À Ouagadougou on raconte que des ingénieurs (fonctionnaires) chinois, forcément pressés, qui étaient à quelques semaines d'achever un important chantier d'infrastructure, dont la date d'inauguration avait été fixée officiellement et ne pouvait donc être modifiée, ont convoqué les arrêteurs de pluie burkinabè qui ont retardé de trois mois la saison pluvieuse, le temps de livrer le chantier.

Ils sont accueillis et nourris. En contrepartie, ils apportent cadeaux et victuailles. Cette fois, ils ont offert deux séries collector : les dix numéros d'une bande dessinée sur l'histoire de la Guyane, Kromanti, dessins de Denis B. et textes de Roland D., publication soutenue par quelques entrepreneurs locaux, courageux dans une période d'intolérance institutionnelle, de répression de la liberté d'expression, d'arrestations et perquisitions sans autorisation judiciaire, de gardes à vue illimitées et sans assistance, de transfèrements de prévenus à la prison de la Santé de l'autre côté de l'Atlantique, toutes mesures arbitraires mais... conformes aux procédures d'exception de la Cour de sûreté de l'État. En clair, sans procédure. L'autre série collector se constitue de dix numéros également publiés dans les années soixante-dix : le magazine *Mawina*, autre publication du mouvement indépendantiste Moguyde, pour Mouvement guyanais de décolonisation. Dans le dernier numéro, une conversation avec un sénateur,

Raymond T., singulièrement téméraire, ayant eu le courage d'aller rendre visite aux prisonniers politiques incarcérés à Paris, avait fait son bruit à l'époque, notamment parce que le sénateur expliquait avec des mots clairs et sur un ton qui apparaît posé que les colonisés ont le droit de se défendre. Dans ces deux publications, des photos et des articles témoignent du soutien des Surinamiens pendant ces années dites de lutte de libération. Les autorités françaises n'hésitaient pas alors à accuser, par la voix du sous-préfet notamment, les autorités surinamiennes de complaisance envers les dirigeants et militants qui avaient échappé à leurs coups de filet et qui, en clandestinité, effectuaient et signaient des actes de protestation et de moquerie, tournant en dérision le déploiement massif de forces de répression de tous les corps de sécurité, policiers, militaires, paramilitaires, légionnaires. De fait, les dirigeants passés à la clandestinité ont tenu tête aux multiples patrouilles et brigades de recherche pendant un an et demi, jusqu'à l'amnistie prononcée par le président de la République, François Mitterrand, qui, quelques mois plus tard, abolira la Cour de sûreté de l'État et supprimera les procédures d'exception. C'est cette dynamique pour les libertés qui emportera le monopole de la radio-télévision publique lorsque le Président autorisera les radios libres.

D'autres cadeaux étaient constitués d'objets artisanaux : un woli-woli, éventail amérindien, un walwari éventail créole, les deux décoratifs et de format mural tissés en arouman, roseau souple et résistant ; un puzzle composé de trois cents pièces de marqueterie en bois violet, bois serpent, boco, courbaril, moutouchi, représentant l'inselberg Mamilipan et la forêt dense qui entoure ses parois chauves ; cinq recueils de poèmes : deux de Léon-Gontran Damas, *Pigments-Névralgies*, et *Dernière escale*, inédit posthume à tirage limité et numéroté, et *Veillées noires*, son recueil de contes ; deux recueils de poèmes de Serge Patient, *Guyane pour tout dire* et *Le Mal du pays*, et un d'Élie Stephenson, *Une flèche pour un pays à l'encan* ; enfin, six exemplaires de la revue *La Torche* éditée par l'association des amis de Léon-Gontran Damas et contenant un éditorial magnifique dans le style lyrique et évocateur de la présidente, Eugénie Rézaire, ainsi que la transcription de son hommage à Damas prononcé à New York à l'occasion des obsèques du poète. Quant aux victuailles, il s'agit d'un rituel réciproque et c'est avec une discrétion d'estime sous l'autorité d'Éloi, à l'endroit que lui avait indiqué Kwakoe dès leur arrivée, qu'ils ont débarqué et déposé les sacs de jute remplis de kwak, cassave, sispas au coco râpé, ainsi que des touks contenant des bonbonnes de sirop de mombin-jamaïque, des pots de confitures de barbadine, d'oseille et de patate douce. Les choix sont toujours difficiles, compte tenu de la similitude des denrées et ressources et de la proximité des artisanats.

Le dîner offrait le choix entre une saoto soup javanaise et des samousas en entrée, puis entre un nasi goreng composé de riz, poulet et légumes, un bami à base de spaghettis, de poulet et de légumes, ou un empal jawa, bœuf braisé parfumé à la noix de coco. Ce n'étaient certes pas les versions chef étoilé mais ces plats avaient la saveur inimitable de la cuisine confectionnée en commun et dans la bonne humeur. En boisson, dawet et smoothies corossol, carambole, wasey. Ce repas figurait un tour du monde gastronomique en même temps qu'un ancrage au cœur du syncrétisme et de la résilience collective.

La vaisselle faite à la crique, les déchets rangés dans les sacs-poubelle, ils ont regagné leurs tentes ou leurs hamacs, pour une demi-heure de détente, de préparation de leur nuit qui sera très courte – sinon ce n'est pas la peine de venir jusqu'ici – avant de se rejoindre autour d'un feu pour une veillée qui sera alimentée de récits où le surnaturel se mêle à l'Histoire, de quelques contes, de beaucoup d'anecdotes, de chansons, et là tout y passe, les chants révolutionnaires sud-américains, *Hasta siempre commandante*, version Inti Illimani ; *El pueblo unido jamas sera vincido*, version Quilapayún ; les protest songs du sud des États-Unis, des gospels, et inévitablement *Get up Stand up* de Bob Marley. Ils ignorent ou snobent les classiques, *L'Internationale*, *Le Temps des cerises*, *Bella ciao*… et même *We Shall Overcome*. Ils finissent en déterrant James Brown qu'on aurait pu croire un papy pour eux. Les filles sont very nappy, crêpues, curlées, les cheveux tissés en vanilles ou en dreadlocks ; les garçons portent tiny afro ou tresses ou waves ou sponge twist. Ils beuglent en se contorsionnant avec agilité et force simagrées : « *Say it loud I'm Black and I'm proud* ».

Alors que la nuit ne pensait pas encore à s'éclaircir, des houhous presque enroués ont essayé de la trouer. Sorya explosa de rire :

— Eh ben, par contre, elles sont faiblardes, vos chouettes !

Comme si c'était un jeu zoopatriotique, Kwakoe réagit au quart de tour :

— C'est juste que ce n'est pas la saison des amours, là ces deux chouettes malhabiles se demandent ce qu'on fout sur leur territoire. Tu verrais nos chauves-souris, tu comprendrais vite la vigueur de nos crache-malheur ailés.

— Laisse les chauves-souris où elles sont, je ne suis pas superstitieuse mais franchement, je n'arrive pas blairer ces bêtes-là. On n'est pas obligé de croire à l'existence de créatures diaboliques pour…

— Mais ça aide ! coupa Kwakoe en s'esclaffant.

— J'aurais presque préféré avoir affaire aux gorgones, conclut Sorya.

Les garçons s'étaient lancés dans un concours improvisé de chants en solo ou avec chœur, comme s'ils ne pouvaient rester trop longtemps sans compétition. Ils se surpassent, certains, les plus nombreux, chantent juste, quelques autres démolissent les notes mais avec tant d'ardeur que l'entrain devient contagieux. Des aigus télescopent les graves sur la chanson emblématique de Gil Scott-Heron : *The Revolution will not be televised*. La voix de Kulij, amérindien, qui se fait appeler Mulokot, du pseudonyme d'un poisson mythique dont le vrai nom est secret et déclenche des foudres s'il est prononcé, se distingue :

The Revolution will not be televised
You will not be able to stay home, brother
The Revolution will not be televised
Because Black people will be in the street
Looking for a brighter day
The Revolution will no go better with Coke
The Revolution will not fight the germs that may cause bad breath
The Revolution will put you on the driver's seat

Le chœur reprenant entre chaque phrase, sur un ton de mantra :

The Revolution will not be televised

L'ambiance s'est survoltée. Éloi a proposé de prendre l'exemplaire de *Black-Label*, poème de Léon-Gontran Damas qu'il avait dans son sac à dos et de déclamer sur un rythme de slam quelques extraits :

Tu étais au bar
et moi
parmi d'autres
à même la piste enduite
et patinée de steps
de stomps
de slows
de songs
de sons
de blues

Accroché à tes pas
Accroché à tes yeux
Accroché à ton âme
Je me laissai aller
Au rythme de ton drame

Constatant que même les Surinamiens non francophones se laissaient accrocher, il poussa les feux :

Ce soir soudain surgis
vos mains vos lèvres
vos yeux sont ceux
de mon tout premier rêve
alors qu'enfant mon cœur
ignorait la puissance du mépris
la puissance de la haine

Adéla lui fit signe de lui passer le recueil, elle en tourna les pages comme si elle savait exactement ce qu'elle cherchait et déclama :

Malgré les sarcasmes des uns
malgré l'indulgence des autres
et au grand dam des uns
et au grand dam des autres
plaise à mon cœur
mis un instant à nu
d'afficher sur les murs et autres lieux de la ville
de crier à tue-tête sur les toits de la ville
à bas TOUT
vive RIEN

de quoi les uns
de quoi les autres auront-ils l'air avec
avec tous leurs sarcasmes
avec avec leur indulgence

— C'est la deuxième partie, précisa-t-elle, intitulée *Graffiti*.

Le recueil arriva entre les mains de Kerma. Il revint à *Black-Label* et lut :

Il s'agit moins de recommencer
Que de continuer à être
Contre
La morale occidentale
Et son cortège de préceptes
de préconceptions
de présomptions
de prénotions
de prétentions
de préjugés

L'exercice semblait toujours captiver l'auditoire, alors il tourna quelques pages et choisit un très court poème dans *Graffiti* :

Toujours ces mots
toujours les mêmes
dont il ne semble pas
qu'elle ait encore
jamais jamais
saisi sur l'heure
toute l'inutile cruauté

— Ça y est, on est passé à la séquence sentimentale. Quelqu'un ici est lenbé ? rigola Steeve, content de lui.

Ses camarades ont fait mine de ne rien entendre. Steeve joue les désabusés mais ils savent presque tous qu'il se remet tout juste d'un chagrin d'amour, un lenbé. Kerma s'est mordu les lèvres, quelle idée de choisir ce poème ! Il s'en veut, mais il faut dire que presque tous les poèmes de *Graffiti* sont des poèmes d'amour ou de désolation. Il feuillette fébrilement, comme en quête d'un poème qui servirait de baume. Il craint que la menace de Steeve ne plombe l'ambiance. Il n'a pas le temps de tourner trois pages que les Surinamiens prennent la main. C'est d'abord Saoena qui, par cœur, récite un poème d'Astrid Roemer. Puis elle indique le recueil d'où il est extrait : *Het spoor van de jakhals*, *La Trace du chacal*. Awale, Amérindien qui a de la famille sur les deux rives du Maroni et qui en plaisante souvent en considérant qu'il appartient aux deux groupes et s'octroie une charge diplomatique permanente pour résoudre les éventuels désaccords, saisit le flambeau. Il récite un autre poème d'Astrid Roemer, extrait précise-t-il de *Neem mij terug, Surinam*, *Reprends-moi, Surinam*. Sans concertation, ils lisent ou disent dans les langues d'écriture des auteurs, et sans qu'ils s'en rendent compte, de part et d'autre, ils sont sensibles à la musique des mots au point de s'en laisser pénétrer. Suivent des poèmes de Paul Middellijn et Obed Kanape. Puis Damas revient. Et c'est au chant d'un coq, ouvrant une sérénade donnée à quatre crêtes où les sons se sont relayés sans temps mort, comme si les coqs étaient dirigés par un chef de chœur, que Saoena a levé la veillée. Ce fut le signal, filles et garçons se sont mis à bâiller à s'arracher la mâchoire, les bras se détendant en croix, dans des étirements suggérant à la fois la fatigue et la joie.

— On va finir ça en beauté, proposa Kulij-Mulokot, et il lança *Legalize it* de Peter Tosh, oscillant et stridulant :

Birds eat it
Ants love it
Fowls eat it
Goats love to play with it
Legalize it

Il était seul à brailler tandis que les autres s'égaillaient. Il leur restait deux heures à dormir.

Le réveil fut quelque peu rude, mais ils se sont vite repris. Ils ont expédié en un clin d'œil les tâches matinales : plier les hamacs, les sacs de couchage, les tentes ; café pour les uns, chocolat pour d'autres, thé ou tisane, et même un verre de lait d'amande pour certains. Ils ont chahuté dans la crique, impossible de s'y baigner tous à la même heure. Saoena et Éloi ont dû essayer d'établir un ordre en précisant que ce ne peut être pour chacun qu'une toilette de chat. Sorya a protesté vigoureusement et revendiqué que les filles soient prioritaires. À quoi Adoe a répliqué presque en hurlant :

— Ah, c'est comme ça, l'égalité des sexes, ça va ça vient, c'est comme les plumes du cul de la poule, ça bouge selon le sens du vent !

Personne n'a eu envie de rire. Pas sûr d'ailleurs qu'il se soit rendu compte ni de l'espièglerie des mots, ni de l'incongruité de son illustration. Sorya expliqua :

— Ce n'est pas une question de sexe, et d'ailleurs monsieur Adoe, on dit question de genre, donc ce n'est pas ça le sujet, le sujet, c'est l'habitude, la pratique, et si je voulais faire l'intéressante et citer Marx ou Gramsci, je dirais la praxis.

— Vous croyez vraiment que c'est bien le moment ? les tança Saoena.

— J'admets, j'admets, dit Soraya, ce n'est pas le moment pour une conscientisation d'ado insolent et ignorant, cependant je maintiens et je persiste à dire que, vu les mœurs des garçons, c'est juste de nous laisser nous débarbouiller avant car ils vont s'agiter et faire remonter à la surface tous les micro-organismes, ces petits ingrédients qui grouillent dans le lit de la crique.

— Je dois dire, chère Sorya, que tu es verbalement assez agaçante, vu les circonstances et la situation ; mais tu as raison, il faut organiser les choses, consentit Saoena. Donc, on ne va pas forcément séparer les garçons et les filles, mais on va émettre une règle : pas plus de six personnes en même temps dans la crique, et personne ne saute ni n'éclabousse.

— Ça me va, accorda Sorya.

— Ben moi, ça ne me va pas, pesta Adoe. Nous, on se lavera après. Allez, priorité aux dames, place à ces mademoiselles, personnes sensibles et fragiles, galanterie, messieurs, comme nos arrière-arrière-arrière-arrière grands-pères roitelets d'Afrique.

— Eh ben ! fit Adéla avec une moue dédaigneuse, on voit que tu n'as jamais entendu parler des Amazones du Dahomey, les Mino ; de Tata Adjatché ; ni de la reine N'Zinga ; ni des guerrières de Chaka ! Bon, tu as le temps, asséna-t-elle en coup de grâce.

— C'est ça, ragea Adoe, quand y a pas d'arguments, y a l'arrogance.

— Allez, Adoe, laisse tomber, conseilla Éloi en lui passant la main dans les cheveux et en l'entraînant ; la proposition de Saoena est la plus juste, et tu es trop jeune pour être hargneux. Pendant que les filles occupent le territoire aquatique, on a le temps de tirer deux ou trois alouettes à l'arbalète, viens avec moi.

Les ablutions furent rapides pour tout le monde, ils avaient gaspillé du temps dans ces disputes. Paquets faits, ils remplirent le coffre du bus placé entre les roues côté droit, et prirent la route jusqu'au fleuve. Ils se sont serrés plus fort que les fois précédentes, leurs amitiés s'étaient consolidées, et même ceux qui se contentaient de tchèk se donnaient une rapide accolade. Adéla avança vers Adoe en dansottant et en sifflant un bout de l'air d'opéra de *Carmen* : « et si je t'aime prends garde à toi ». Adoe lutta contre un sourire, se détourna, s'éloigna, Adéla accéléra, Adoe aussi, Adéla commença d'une voix exagérément tremblotante : « Adoe, Adoe, mon ami », puis raffermissant le ton avec autorité : «Je suis Tasi Hangbè, reine d'Abomey, mère du corps militaire des

Amazones, et je viens te dire, cher Adoe, que je t'aime et te protégerai. » Adoe se pressa vers l'arrière du bus, Adéla le poursuivit en chantant « *It's too late to turn back now I believe I believe I believe I'm falling in love* », vieille chanson R&B et soul remise au goût du jour par Spike Lee dans *BlacKkKlansman*. Adoe se déroba. Éloi s'en mêla, le rattrapa, Adéla arriva chaloupant des épaules, d'une démarche de chatte sur la pointe des pieds, et prit Adoe dans ses bras. Ils se balancèrent l'un contre l'autre, sans mots, puis Kwakoe et Éloi sonnèrent l'embarquement dans le bus.

Quittant Albina, la ville-frontière, ils ont embarqué sur leurs canots créoles, leurs canots amérindiens, leurs canots bonis, le radeau et le voilier. Rebroussant chemin, ils ont descendu le fleuve légèrement en aval, jusqu'au camp de Saint-Jean pour faire provision de quelques kilos de janmengouté, un poisson de la région, extrêmement recherché et, il faut en convenir, tout à fait à la hauteur de sa réputation lorsqu'il est grillé ou cuit en sauce par des mains expertes. Ayant fait leurs stocks, ils sont repartis, sans plus d'escale prévue jusqu'à la confluence avec le fleuve Mana, passant sur la droite la crique Coswine qui mène au village Ayawande puis sur la gauche le village Tapoekoe d'où sont venus la plupart des Amérindiens qui s'appellent eux-mêmes Épatosan, « Ceux qui ont traversé ». Comme les parents d'Awale.

— Tu vois comment ils étaient pieux, à l'époque, partout des noms de saints… saint-jean, saint-louis, saint-pierre, saint-laurent, saint-joseph, saint-michel…

— Et y a pas saint-guy, distingué danseur devant l'Éternel ? observa Steeve, facétieux.

— À l'époque, quelle époque, l'esclavage ? s'enquit Helen, la matheuse et astronome du groupe, discrète sans être taciturne.

Helen n'avait pas complètement renoncé à partager sa passion pour les énigmes de l'univers. Jusqu'ici elle n'avait guère obtenu d'attention lorsqu'elle avait voulu expliquer ce qui s'était passé avant le Big Bang selon les thèses d'Aurélien Barrau s'appuyant sur l'utilisation de la gravitation quantique à boucles appliquée à la cosmologie, selon les thèses de Martin Bojowald, et sur la quantification des équations d'Einstein par la méthode des boucles. Elle restait curieuse des sujets prisés par les autres, elle en apprenait toujours.

— Non, c'était quelque temps après l'abolition de 1848, la deuxième – je suppose que tout le monde sait que l'esclavage avait été aboli en 1794, pas par la Révolution, par la Convention, et que Bonaparte l'a rétabli en 1802, lança Dora à la ronde, un vaste sourire aux lèvres.

— C'est vrai, on ne parle presque jamais de cette première abolition, avec les Danton, Robespierre, etc., et l'abbé Grégoire ! convint Éloi.

— Les abbés sont à toutes les sauces par ici en fin de compte, commenta Jeff, passionné de mécanique et assis à côté du motoriste.

— De toute façon je ne comprends rien entre les dominicains, les franciscains, les capucins, les jésuites, sauf qu'ils se battaient entre eux comme des païens, se moqua Adéla.

— Pour l'archéologie politique, on peut compter sur toi à tous les coups, hein, Adéla ? la taquina Sorya.

— On peut toujours les mettre dans le même sac, mais c'est toujours bon de signaler les exceptions, par exemple ces deux capucins, un certain Épiphane et un Francisco qui ont tenu tête aussi bien à leurs chefs d'église qu'aux esclavagistes, nuança Helen.

— Vwoui, madame, d'accord d'accord, mais je crois bien que ce sont des capucins aussi qui ont pourri le règne de N'Zinga, tacla Adéla.

— Et les dominicains qui menaient tambour et chauffaient le bûcher pour l'Inquisition espagnole, plastronna Éloi, contrairement à ses habitudes discrètes et raisonnables.

— Donc, tous ces saints lieux, c'était quand finalement ? relança Helen.

— Pour le bagne. Après l'esclavage, la Guyane est devenue une colonie pénitentiaire. Notez bien, les gens qui étaient là avant, les Amérindiens, les Nèg marrons qui avaient niqué l'esclavage, les anciens esclaves affranchis, tous ceux-là qui étaient nés ici, ou avaient fait des enfants ici, surtout avaient travaillé sous le fouet puis pour un salaire de misère, ceux qui étaient partis sous les bois, ceux qui ont défriché et cultivé leurs abattis pour se nourrir eux-mêmes, ceux qui avaient commencé à ouvrir des pistes dans la forêt pour aller chercher l'or qui leur donnait une chance contre le retour sur les habitations, et si je mets du masculin, c'est juste pour parler vite parce qu'on sait comment les femmes étaient vaillantes et solides, comment elles soignaient toutes sortes de maladies avec toutes sortes de plantes, comment elles tenaient leurs parcelles d'ignames et de dachine, comment elles sarclaient, comment elles élevaient leurs poules, leurs canards, leurs trois cabris, avec une vache et deux cochons, comment elles arrivaient à nourrir leur marmaille en cuisinant avec trois fois rien, et même sur les placers, les chantiers aurifères, elles étaient colporteuses, traversaient la forêt de part en part, pistes ou pas pistes, pour livrer aux orpailleurs des marchandises et des vivres qu'elles achetaient à crédit à des taux usuraires, alors que des négociants de la ville, anciens maîtres ou nouveaux commerçants, en bons parasites, ont fini par installer des boutiques sur les placers qu'ils approvisionnaient par canot quand c'était possible de passer par le fleuve et les criques, sinon par des petits coucous pilotés par des casse-cou comme Suski, eh ben ces gens-là, ces Amérindiens, ces Nèg marrons, ces affranchis, ces agriculteurs, ces éleveuses, ces orpailleurs, ces colporteuses, ces guérisseuses, eh ben, tout simplement, ça ne comptait pas. Y a que les gens qui viennent d'ailleurs qui comptent, même quand ils sont en bililik. Eux au moins ne viennent pas dire qu'ils ne sont pas d'accord avec le gouverneur. Colonie pénitentiaire !

La tirade est de Dora. Silence, comme si chacun voulait reprendre du souffle pour lui en donner.

— Même après la fermeture du bagne, ni ces gens-là ni leurs descendants ne vont compter, on est des fantômes, y a qu'à voir ce qu'ils ont fait à Malmanoury pour installer leur base spatiale, finit par siffler Dora, comme si elle avait eu besoin de recharger ses poumons en air.

L'ambiance s'était bien alourdie. Les canots glissaient. Ils regardaient défiler les arbres. Un doigt pointait les fleurs jaunes de l'ébène verte, un wouahh surprenait parfois un baboune en pleine acrobatie, une gorge, laquelle ? fredonna le refrain d'une chanson traditionnelle bien connue de Fernand Volmar, la *Malmanourienne*, ça commença par hum hum hum hum hum hum hum qui fut vite repris et enfla, les paroles s'invitant, couvrant le bruit des moteurs :

C'était une Malmanourienne
Plus belle qu'une déesse païenne
Ses yeux étaient deux diamants
Bien taillés et tellement brillants
Quand elle disait : Mouché Jean
Souplé, pa lésé mo an plan
Mo bizwen rivé lakaz
Mo wonm malad i té valé gaz

La légèreté était revenue au centuple. Dora, comme les autres, vociférait sans harmonie dans la voix, en dansant des seules épaules, les motoristes ayant dû leur rappeler au début de la chanson qu'ils ne pouvaient pas se trémousser comme ils avaient commencé à le faire.

La flotte approche. L'image panoramique rappellerait les gravures stylisées d'époque, aux temps où les caravelles, toutes voiles battantes, surgissaient à l'horizon d'abord contours informes puis mâts arrogants perçant le ciel, et débarquaient aux Amériques pour le plus grand malheur des peuples. Cette flotte-ci est hétéroclite.

Les embarcations, escortées par les lamantins, se dirigent jusqu'aux abords de l'immense réserve naturelle de l'Amana. Les moteurs se sont tus, le barreur, le rameur et l'écopeur sont les plus actifs sur chaque canot. Comme exécutant un sanpula amérindien ou un grajé créole, elles avancent, reculent, divergent, s'arrêtent brusquement, repartent en douceur, semblent ne se soucier ni des voisins ni de l'agent de piste improvisé qui, du centre de la plage, s'ingénie à vouloir guider les canotiers comme le ferait un gardien de phare, à coups de signes vifs, dont ils apprendront plus tard qu'il s'agit d'une gestuelle d'évocation de Palana Akili, l'esprit de la mer, la Iemanjà de *Bahia de tous les saints*. Pas étonnant, c'est le même littoral atlantique. Le mouvement de la flottille semble obéir à une autre direction d'orchestre. Ça bouline, surtout le voilier et le radeau sous un vent d'est, et sans que rien le laisse présager, par une synchronisation forcément aléatoire les embarcations s'agencent, l'accostage s'harmonise et miraculeusement les barques se rangent sans qu'aucune heurte ni même effleure aucune.

L'accueil est extrêmement chaleureux, bruyant, cordial. Ils sont conduits à l'auberge de jeunesse où ils résideront durant leur séjour. Le premier jour est consacré à une espèce de conclave, sans mitre, soutane ou calotte, ni élection de chef à sceptre. Le deuxième jour sera tout physique. Ils se livreront à des échanges de jeux et à l'exécution d'exercices d'habileté et d'endurance.

La toute première séquence, comme il convient, est consacrée aux salutations qu'ils doivent présenter au chef coutumier. Ils sont conduits jusqu'au carbet où il siège. C'est un homme serein, attentif, dont le tempérament et l'attitude tranchent spectaculairement avec l'un de ses frères, brillant jeune homme qui, appâté par quelques esbroufeurs intéressés auréolés d'un statut de chercheurs-fonctionnaires, s'est pris quelque temps pour un leader communautaire charismatique, promis à une destinée et une renommée sans précédent dans son village, dans tout le pays et aux yeux du monde. Il est vrai que ces esbroufeurs lui ont ouvert un accès à d'autres univers par des voyages en France, en Europe, au Canada et aux États-Unis, simplement en activant des réseaux préexistants, la « cause indigène » faisant déjà l'objet d'une mobilisation internationale. Leur réputation en récolta un lustre d'influence. Quant à lui, il en tira quelques dividendes, matériels et de prestige, durant une poignée d'années fastes. Il a quelques circonstances atténuantes, car ce bluff a agi, y compris sur les élus les plus patriotiques, ceux qui s'ébrouent confortablement dans une contestation sans risque ni volonté de rupture. Ces élus se sont également fait entourlouper par ces imposteurs de la science non scientifique. Ils y ont éparpillé quelques subventions. Mais les esbroufeurs ont besoin de sang neuf, et il y a toujours plus jeune que les jeunes qui vieillissent.

Ainsi, après quelques années de gloire, il a été supplanté à la fois par d'autres opportunistes et par de nouvelles figures charismatiques, certaines moins aliénées et plus autonomes, ayant une compréhension plus holistique de leur sort et dans leur rapport au reste du territoire. D'autres ont suivi. La roue a continué à tourner, les réputations surfaites ont la vie brève.

Le chef coutumier les accueille avec civilité tout en respectant le rituel, plaçant Éloi et Dora, que celui-ci a présenté comme étant numéro un *bis* du groupe, au centre d'un arc lui faisant face. Le chef est entouré de trois hommes et trois femmes, resplendissant dans leurs tenues chatoyantes relevées de tatouages sobres et beaux, de capes ankisa posées sur les épaules, de couronnes de fleurs rehaussant les sayas, robes à franges de coton blanc et pompons de cent couleurs. Rouge à lèvres bordeaux brillant aux lèvres, des bijoux de perles et de graines cliquant au cou, aux bras et aux chevilles, les femmes sont éblouissantes. Des colliers de longueurs et de motifs divers sont portés par les hommes et les femmes. Il est bienveillant, patient, satisfaisant leur curiosité gourmande sur les rapports avec les autres communautés du continent, notamment les Oyampis venus du Brésil au dix-neuvième siècle ; leur mémoire des résistances croisées avec les autres Marrons, en particulier du chef marron amérindien Gabriel qui avait installé son groupe mixte d'Indiens et de Noirs à l'est du territoire. Ils demandent si la ligne Waki-Camopi a encore une pertinence ; si les « Home indiens » tenus par les religieuses existent encore ; quels souvenirs le village garde-t-il de la guerre civile au Surinam ; comment s'est passé l'accueil dans les familles et le village. Ils lui parlent de leur camarade Awale qui se réclame d'appartenir aux deux communautés et aux deux pays. Ils veulent savoir si le village a jamais eu des relations avec le groupe amérindien Tukayana, proche de la junte surinamienne.

Le chef répond patiemment à leurs questions, sans établir de hiérarchie entre les sujets et sans faux-fuyant. Il ajoute quelques autres sujets : le partage des compétences entre la mairie et la chefferie coutumière ; le statut foncier collectif de la commune où les habitants sont propriétaires de leur maison mais pas du terrain ; les relations avec les familles créoles qui vivaient ici avant l'arrivée des Amérindiens en provenance de Mana, Iracoubo, et Galibi côté Surinam ; leurs attentions envers les habitants du village bushinengue à mi-chemin entre eux et la commune voisine ; il leur parle du recul de l'élevage de bovins et caprins et des énormes difficultés auxquelles le changement d'estuaire du fleuve Mana confronte les pêcheurs ; il souligne les enjeux liés à l'envasement de la côte et à l'érosion de la Pointe Isère où la mangrove a englouti une ancienne école ; il leur parle des mutations dans les modes de vie et les régimes alimentaires ; de la baisse significative de la population de tortues luth…

Cette rencontre protocolaire prévue pour trente minutes a finalement duré deux heures. Avant de quitter le carbet, ils lui remettent en cadeau un tableau de toute splendeur, l'expression picturale – à travers couleurs, formes, corps, symboliques graphiques – du syncrétisme des trois cultures fondatrices, peint par un immense artiste, José Legrand.

En traversant le village pour rejoindre le carbet où ils seront installés, ils font un détour pour humer un peu de la répétition musicale qu'ils entendaient de loin depuis leur débarquement, en préparation d'epekotono, une levée de deuil qui aura lieu dans dix jours, leur explique Karijal, le chef des jeunes qui les reçoivent dans le village. En avançant, Karijal leur brosse avec verve un portrait du groupe qui s'entraîne, Palana Bonon, et de l'autre groupe vedette, Ayawande, qui vont se relayer toute la nuit du sanpula, en juillet, et il en profite pour leur proposer de revenir. Les musiciens jouent encore un quart d'heure avant de s'arrêter pour les saluer. Karijal présente à Éloi et Dora, puis d'un signe de cantonade à l'ensemble des jeunes visiteurs, le wale yopotoli, leader des tanbouyens. Des femmes participent à la répétition, pas seulement en vocal, elles jouent, chantent et dansent en hochant des malakas et des kalawasis. Le wale yopotoli répond volontiers aux questions en cascade de ces visiteurs dont les yeux pétillent, puis il leur parle de son expérience récente avec des musiciens de reggae venant du Surinam. Il attribue leur bonne entente, et le disque qu'ils ont sorti ensemble quelques mois plus tôt, à ce qu'il appelle la dimension spirituelle intrinsèque de ces deux musiques. Un tanbouyen, qui approuve de la tête de façon très appuyée, ajoute qu'ils ont également éprouvé une forte communion spirituelle avec les concepteurs et pratiquants d'un art martial local, le Djokan, créé par Yannick Théolade, qui reprend la gestuelle d'animaux forestiers et des postures ésotériques proches de pratiques rituelles amérindiennes, bushinengue et créoles, collectées à l'occasion de stages d'immersion auprès d'initiés dans ces communautés, et enrichies par des rencontres avec des savants ou praticiens africains. C'est du moins ainsi que le tanbouyen résume cet art martial, qu'il dit plein de vibrations et d'énergie, concluant comme d'évidence :

— C'était obligé, ce Djokan, il arrive à mélanger les chants guerriers makan, le tambour apinti, les danses susa, c'est tout en un : les arts martiaux, la philosophie, la musique, les armes traditionnelles, les vêtements kalendja. Ils ont ramené aussi des trucs secrets, le N'kul, par exemple, je crois que c'est une percussion sacrée du Cameroun, ça vient de loin !

Ils finissent par arriver au carbet qui leur est dévolu, et qu'ils partageront avec le groupe des dix jeunes Amérindiens qui les reçoivent sous l'autorité de Karijal. Ils font plus ample connaissance en papotant et en dépliant leurs affaires. La complicité est forte entre Éloi et Karijal. Ils ont appris à se connaître et à s'apprécier en préparant ce séjour. Éloi s'était rendu deux fois sur place, et une fois, à l'occasion d'un déplacement familial, Karijal lui avait rendu visite. Ils avaient surtout convergé très vite quant à la non-participation de deux chercheurs, un homme et une femme, habitués à s'infiltrer dans les rassemblements culturels, bien repérés par leurs procédés qui consistent sur le moment à pomper le savoir exposé lors de la préparation puis au moment de l'événement de partage. On découvre après que ce savoir est breveté ou qu'il est édité. Ces pratiques s'accompagnent de manœuvres qui aboutissent à conditionner les plus tourmentés ou les plus vulnérables pour les inciter au repli communautaire. Éloi exécrait leurs manipulations de vocabulaire et leur aversion globale et informe contre les Créoles. Quant à Karijal, il disait avoir deux griefs, irréductibles : il ne supportait pas cette façon de toujours parler en leur nom, après deux générations d'Amérindiens scolarisés à haut niveau ; et il s'agaçait de plus en plus de cette question idiote qu'ils ont mise à la mode : qui est Kali'na ? avec des variations sur le lieu de naissance, la langue, les coutumes, la culture, la cuisine, comme si tout ça, c'était de la pierre, du roc, figé pour la postérité comme les roches gravées. Le sujet fut vite réglé : ce serait non pour les deux qui avaient essayé de s'infiltrer, ce serait non pour tout autre qui demanderait franchement ou essaierait de circonscrire un participant ou l'autorité municipale ou encore l'autorité coutumière.

— J'ai mis beaucoup de temps à comprendre pourquoi ils s'étaient donné autant de mal pour imposer la catégorie Créoles dans le vocabulaire des officiels avant de le faire courir dans la langue de tous les jours, confessa Éloi. Le mot a fait la chose, tout le monde parle de Créoles maintenant, alors que mes parents et ma prof d'économie disent que ce mot était utilisé pour la langue vernaculaire qui servait à communiquer sur tout le territoire, pour la cuisine et pour des danses, pour l'artisanat, les canots, mais pas pour les gens. Sauf parfois pour les mamans, mais alors ce n'était pas pour dire leur appartenance, c'était pour dire leur caractère, leur manie de couver leurs fils, on disait maman créole soutireuse. D'ailleurs il y a deux siècles, ce nom était réservé aux Blancs-pays dans la Caraïbe : Joséphine de Beauharnais, la femme békée martiniquaise de Napoléon Bonaparte, on disait bien à l'époque que c'était une belle Créole. Au Mexique aussi, quand on parlait des bals célèbres donnés par des Criollos, c'étaient des Blancs-pays. Ma prof dit que c'est d'ailleurs un règlement de comptes : ceux que des chercheurs et des fonctionnaires appellent les Créoles sont ceux qui se sont précipités après l'abolition de l'esclavage pour aller à l'école, maîtriser la langue et la culture françaises avec l'intention de gravir l'échelle sociale ; ils sont donc en compétition directe avec les chercheurs et les fonctionnaires. Je comprends que ça les dérange, mais ils n'ont qu'à inventer un autre moyen de régler leurs comptes !

— Ouais, tout ça, c'est malsain, et en plus dangereux. Moi, je n'aime pas non plus leur façon de nous flatter et finalement d'aller partout parler pour nous, même quand ils trimbalent avec eux un ou deux d'entre nous. On peut bien réfléchir par nous-mêmes, on n'est pas leurs jouets. Avec ces méthodes, le temps qu'on comprenne comment fonctionne leur truc, même si on a eu la parole, on reste scotchés dans leurs schémas. On ne sait plus où est le vrai, où est le fantasme. Quand ils viennent par ici, tu les vois, ils cherchent des chamanes comme on cherche les galettes de son enfance. Y en a même un qui a dit en réunion publique : Les Amérindiens sont gentils. C'est quoi, ça ?

Aucun d'eux ne savait qu'Aimé Césaire qualifiait ces baratineurs toutologues de « manieurs de charabia ». Des tribalistes pur jus, peu importe qu'ils le soient par idéologie ou par aliénation, incapables de sortir, de bonne foi ou par calcul, d'une conception exotique de l'altérité. Les leaders de la précédente génération se sont laissé prendre, mais ce règne semble ébranlé sinon compromis : ces jeunes ne tiennent pas en place, ils embrassent le monde sans avoir l'impression de se perdre, étant bien campés dans leur lieu, leur culture, et de plus en plus poreux aux autres vibrations identitaires sur le territoire et ailleurs ; ils sont réceptifs aux questions que pose leur quotidien, mais aussi aux problématiques globales, aux vibrations lointaines, ils s'inquiètent de l'état du monde et s'y projettent. Ils sont contemporains. Ils sont travaillés par le visage de l'avenir plus que par une chimère de reproduction à l'identique de traditions transmises cahin-caha.

Pour l'heure, ils ont lancé leurs travaux. Les discussions s'ouvrent de façon assez peu formelle. Karijal et Dora, sur proposition d'Éloi, ont ouvert la séance ensemble. Elle s'est poursuivie dans une espèce de brainstorming plus ou moins structuré. Anticipant toute remarque, Karijal rassura :

— Chez nous, la démocratie c'est comme ça, passablement bordélique mais très efficace, vous verrez pour les rapports de synthèse, y aura pas plus fidèle.

Et de fait, en fin d'après-midi, lorsque les rapporteurs, qui seront plus nombreusement des rapporteures, présenteront leurs notes, dessous les envolées lyriques sacrifiant les mots aux images qui les feront apparaître fantaisistes à première écoute, chacun y retrouvera ses petits. Dora, toujours préposée aux conclusions et aux archives, soulignera avec bonne humeur ce petit miracle.

Après le dîner, acoupa à la sauce kasilipo pour arroser le kwak bien fin bien jaune, et une très goûteuse salade de fruits frais au dessert, ils font une courte pause ; puis se rendent sur la plage, assez éclairée par la lune pour tenir la séquence suivante réservée à l'inventaire comparé des jeux traditionnels. La lune est conciliante : elle ne brille pas trop afin de ne pas rendre indécents les flirts discrets. Ils se sont disposés en demi-cercle face à la mer, non loin de la lisière de la réserve littorale de l'Amana, qui couvre près de quinze mille hectares. C'est un biotope hospitalier aux tortues luth, kawana en langue kali'na, toti fran en langue créole. Ces tortues traversent la moitié de la planète pour venir pondre chaque année sur cette plage. Elles sont de moins en moins nombreuses, se dispersant davantage sur les plages situées à près de deux cents kilomètres à l'est ; elles sont par ailleurs supplantées par les tortues vertes, katalu en langue kali'na, karèt en langue créole, avec leurs écailles lisses. Cette réserve est une zone humide d'intérêt international, ce qui fait dire à Karijal que l'international, c'est quand ça les arrange, quand il faut donner des leçons aux habitants et les exclure des décisions sur leur territoire, quand il faut remettre en question leurs habitudes culinaires. En effet, les générations précédentes ont été consommatrices régulières d'œufs de tortue, source de protéines, alors qu'elles n'en ont jamais consommé la viande. Les bagnards mangeaient la viande. Ils étaient d'ailleurs les seuls, car la chair de tortue est réputée avoir un lien avec la lèpre ou au moins le psoriasis qu'on appelle lota. Croyance ou vérité, cet interdit est répandu d'ouest en est et du nord au sud sur l'ensemble du territoire. Les œufs ont nourri beaucoup de familles pauvres. Il est vrai que maintenant le RSA est arrivé jusque-là ; et bien que ce serait aux familles qui le reçoivent qu'il reviendrait de dire ce qu'elles en pensent, il n'est pas sûr qu'elles y aient gagné. Le commerce d'importation de surgelés, lui, sûrement.

— N'empêche, ajoute Karijal, un soupçon d'amertume dans la voix, l'international, c'est quand ça les arrange : zones humides, convention de New York, convention de Washington, etc., c'est place aux animaux, les hommes, sortez ! Seulement la Convention de l'ONU sur les droits des peuples autochtones, c'est juste pour faire joli. Quant à la Convention de l'OIT sur la reconnaissance des droits des peuples autochtones, une qui est contraignante et à notre avantage, alors là, connaissent pas, ou plutôt oui, mais ils ont tout leur temps, ils t'expliquent la république une et indivisible, et les nations, c'est pas les tribus, pardon, lapsus, les communautés… Je ne parle même pas du protocole de Nagoya, on attend toujours le partage équitable… ils déposent des brevets, on les invite dans le monde entier et pour nous et le reste de la population, c'est régime maigre. C'est tant pis pour nous. Ça va changer quand on aura compris qu'ils ne savent presque rien si on ne répond pas lorsqu'ils posent des questions sur les plantes.

— Mais regarde, vous y êtes associés, nuance Éloi, comme dans le Parc amazonien, il y a beaucoup d'Amérindiens d'Antécume, de Twenké, de Maripasoula, de Camopi…

— C'est vrai, mais associés comme ils veulent. On aura beau faire des études, tu verras il n'y aura jamais un directeur amérindien, et même plus largement un directeur guyanais. Il suffit de regarder toutes les administrations, qui les dirige ? Pourtant, il y a longtemps qu'on va à l'école. Vous-mêmes sur le littoral, dans la capitale, les villes, il y a longtemps que vous faites des études supérieures, et alors ?

— Bingo ! Il paraît qu'à l'époque où ma mère allait à l'école et au lycée, la plupart des directeurs, des chefs d'établissement, des chefs de service étaient guyanais. Avec, paraît-il, une majorité de femmes. Ça a méga reculé !

Dora siffle la reprise et leur accorde dix minutes pour s'installer. Puis Jeff donne le signal pour qu'on sorte de l'encombrant sac à dos militaire en toile, plus haut que large, qui sert de gibecière à certains chasseurs, ce qu'ils y ont fourré et qu'il appelle lui-même la bimbeloterie, terme qu'il dit tenir de sa grand-mère. Ainsi, ils ont déballé des billes, des cordes, des toupies, des cerceaux, des mouchoirs en coton, de petites balles, des foulards en nylon, un pilon, de petits morceaux de verre cassé polis, des cailloux pointus, d'autres arrondis et des noyaux d'awara, une corde à sauter de six mètres de long, un sachet de grosses billes, plusieurs exemplaires d'une pièce de bois conique prolongée d'une pointe de fer. Jeff sépare les lots, tout en expliquant les catégories de jeux : jeux d'adresse, jeux chantés avec ou sans matériel, jeux de poursuite, jeux d'endurance, rondes et courses, jeux de hasard, jeux de marelle, jeux de corde, jeux de bille, jeux d'observation...

— Comme vous savez, nous avons choisi la rubrique Jeux de société, donc y aura pas de gymkana, ni sprint, ni aucun autre jeu requérant des performances physiques, précise Jeff. Nous avons privilégié les jeux d'intelligence, d'habileté et de déconnade.

Puis il passe la parole à Steeve :

— Tu fais le point sur le vocabulaire ?

Steeve fait une révérence obséquieuse et moqueuse puis, saisissant les pièces les unes après les autres, explique leur sens et leur rôle :

— Commençons par le plus important : peut-être que toute peine mérite salaire, mais surtout, surtout, mésyézédam, retenez bien ceci : toute faute mérite un gage ! tout défaut appelle un gage ! tout échec entraîne un gage ! me suis-je bien fait comprendre ? jubile Steeve, manifestement ravi de corser les préliminaires.

Après les avoir gratifiés d'un regard circulaire en faisant pivoter lentement sa tête jusqu'à fixer chacun, s'amusant de leurs sourires amusés, il pousse un profond soupir d'homme revigoré et reprend sa présentation sémantique :

— Les cailloux et noyaux d'awara, c'est pour le tik tok, vous savez, on lance en l'air les cailloux ou les graines d'awara, et on essaie, si on est adroit, de les rattraper tous ensemble, y en n'a pas plus de cinq.

— Bravo ! Toi, tu es du genre à monter en haut, descendre en bas, et même sortir dehors, l'apostrophe Dora en pouffant.

— Et même à rentrer dedans, complète Steeve. Donc disais-je avant cette interruption aussi inutile que déplacée puisqu'on peut lancer devant soi ou dans son dos et pas seulement en l'air, poursuit-il provoquant un rire général y compris chez Dora, le baton-lélé ou pilon est réservé au jeu du boiteux ; on peut si on veut épicer les choses, ajouter la chanson : *Piti pilon, Margoton, Mo janm kasé, Zafè kò*, et voilà, comme dit la chanson tant pis pour lui avec sa patte cassée, vous le savez comme moi chers amis, la tradition n'est pas toujours généreuse. Pas la peine de vous faire un dessin pour la toupie : il faut la faire tournoyer très vite et très longtemps, en évitant de la faire sauter ou ronfler ; tout tient dans la finesse avec laquelle on déroule le cordon. Ensuite, la carotte. Au moment peu probable ici, je crois, où quelqu'un accomplira la prouesse de ficher la carotte droit dans le sol par la pointe de fer qui prolonge le cône en bois, il doit dire, il peut crier : Solibo ! Vous avez noté que la carotte est en bois tendre, vraisemblablement du patawa. Quant au jeu boulotrou, je vous rappelle qu'il concerne les exercices avec de grosses billes. Les petits morceaux de verre cassé sont pour la marelle, petit jeu sans risques, sans imagination et sans ambition réservé aux filles…

Quelques Amérindiennes se redressent et s'apprêtent à réagir en regardant les autres filles, et elles comprennent à leurs sourires et leurs clins d'œil qu'il ne faut pas entrer dans son jeu, c'est attendu. Elles ne bronchent pas. Steeve rit presque tout seul, néanmoins content de sa petite farce ; il poursuit :

— Alors dak, le mot dak, quel mystère recèle-t-il ?

— Bon, Steeve, tu ne vas pas nous prendre toute la soirée, si ?

C'est Karijal qui, mort de rire, essaie quand même de redonner un cadre aux choses.

— Notre démocratie est bordélique, ajoute-t-il, mais pardon, la vôtre…

— Je disais donc, reprend Steeve sans répondre mais en accélérant, que dak sert à nommer la distance entre deux billes lorsque cette distance correspond à l'écart maximal entre les extrémités du pouce et de l'auriculaire… tout le monde suit bien ? Quant au play, faisons vite puisqu'il y a des gens qui ont un train à prendre ou une marmite sur le feu, on dit play lorsque cette même distance permet de poser les extrémités pouce et auriculaire sur les billes en question. Si vous n'avez pas pigé, vous pouvez soit vous en prendre à l'interrupteur humain non électrique qui m'a perturbé à l'instant, soit patienter pour finir par comprendre à l'usage. Ensuite vite vite vite, permant c'est pour le bòtpògn, qui est une course de rapidité et d'agilité ; labaskinn, labaskinn lorsque le jeu de cache-cache bascule ; kini kini bwa sèk pour les masak, c'est-à-dire les devinettes. Je vous passe le vocabulaire plus onomatopien qu'académien : Li fèt kalawang bouziyang/kalawang kouzouyang. Ici, ce n'est qu'un secret de polichinelle, nous sommes un peuple sensuel, donc nous aimons les sonorités. Et pour finir bien sûr, pour clore, pour clôturer, pour conclure, il reste le tonitruant To tchwit ! asséné pour signifier sadiquement le coup de grâce à un perdant. Il en existe une variante plus sonore : To tchou tchout ! Ouf, je reprends mon souffle !

Jeff passe la main à Éloi :

— Pour les chansons, peut-être ? lui suggère-t-il.

Éloi se place au centre :

— Bon, on a déjà vu *Piti pilon, Margoton*, etc., en sachant que le jeu accélère jusqu'à atteindre un rythme endiablé, dommage et tant pis pour le pauvre boiteux ; ceci étant, c'est un faux boiteux, il a juste relevé sa jambe pour la remplacer par le pilon. Je le précise pour les âmes sensibles. Ensuite, nous avons un chant de solidarité, quand même, et il se met à fredonner :

Janm kolonbya
Koté boutou
Janm kolonbya
Sasé boutou
Janm kolonbya
Fè boutou pasé
Janm kolonbya

— Il y a également ce chant étrange :

Sékésé jerminé, bonm
Bonm abominé
Mo manjé roun bon kichoz
Mo pa savé sa i té sa, bonm
I ka sanblé trip léfan
Trip léfan chwit ké bannann jonn

Ce chant est étrange parce qu'il n'y a pas d'éléphants en Amazonie, or là, on déguste des tripes d'éléphants avec de la banane jaune, et il paraît en plus, selon la chanson, que c'est délicieux.

— Mais je crois bien qu'il y avait en Amazonie, il y a des milliers et des milliers d'années, des tigres à dents de sabre, qui ont disparu mais qu'on croit être les ancêtres d'une espèce d'éléphant. Il me semble d'ailleurs qu'on a repéré récemment en Malaisie un éléphant ayant des défenses en dents de sabre…

Cette précision, ou plutôt cette évocation, était fournie par Helen. Ils échangèrent des regards interrogateurs, puis Éloi reprit :

— Sinon, il en y a une autre avec des paroles qui me laissent assez perplexe :

Mo mété mo mi a difé, wi apa
Pa lésé li boulé souplé, wi apa
Sa ki boulé sa to pa, wi apa
Sa ki tchuit sa mo pa, wi apa
Odo, wi apa

— J'avoue ne pas savoir s'il s'agit d'un chant d'égoïsme ou de responsabilité : «J'ai mis ma crème au feu, je te demande de la surveiller, ne la laisse pas brûler.» Mon commentaire de texte : on met donc tous les deux la main à la pâte ! Or, la suite c'est que, «si ça brûle, ce qui a brûlé est pour toi, et ce qui est bien cuit est pour moi». Donc, de prime abord, de mon point de vue, ça peut être équitable, dit-il dans un demi-sourire, en ajoutant aussitôt : Je ne suis pas certain que les filles soient totalement de mon avis.

— Bien vu ! riposte Mayra qui, dans son groupe, fait pendant à Dora, pour les archives. Tu vois, nous les Amérindiennes, c'est justement ça qu'on est en train de changer. Nos mères ont été très fortes pour affronter les problèmes, mais elles sont restées gentilles et dévouées. Nous, on se dit : Même sans faire la guerre, on ne va pas faire la vaisselle tous les jours. Tout n'est pas bon à garder dans la tradition.

— J'approuve et j'insiste avec Mayra : tout n'est pas bon à garder dans la tradition ! enchérit Dora.

Et comme si elles s'étaient donné le mot ou qu'elles avaient monté le coup, elles se sont toutes levées et, côte à côte, se sont mises à danser avec des gestes extravagants, comme font plutôt les garçons habituellement, certaines enchaînant des galipettes, des roulades et même des chandelles comme dans le hip hop, d'autres battant des mains, scandant l'alexandrin : *Tout n'est pas bon à garder dans la tradition*, sur l'air de *Don't Stop the Music* de Rihanna. C'est une improvisation de toute beauté.

Comme pour tout gâcher, Steeve la ramène, l'index gauche levé, criant par-dessus les applaudissements et les big up big up bis bis bis :

— Moi, j'en connais une autre, elle va vous plaire, et il entame un vieux traditionnel :

So papa la pèch
ka péché poson,
so manman lakaz
ka bouyi manjé
lò papa rantré
manjé pòkò tchuit
i ka bat manman
a gran kout baton

Les autres garçons sont les premiers transis. La chanson est infâme. Et ils réalisent que c'est une berceuse !

Son papa est à la pêche
pour pêcher du poisson
sa maman est à la maison
à faire à manger
quand papa revient
le repas n'est pas prêt
il frappe la maman
à grands coups de bâton

L'air est électrique. Les garçons regardent Steeve, la bouche entrouverte. Lui, content de son effet, relance son refrain. Il prononce trois syllabes. Sa voix est couverte par le chœur des filles qui a repris de plus belle, plus entraînant encore, plus frénétique que Rihanna. Elles voltigent en chantant, elles montent en aigu, elles descendent en grave, les notes caracolent, les jupes aussi, quant aux bras, ils font des moulinets. Ni les unes ni les autres ne remarquent un vol d'araçaris verts, dont les taches jaunes et rouges tranchent sur leur plumage noir. D'abord intrigués, ils ont l'air de goûter ce tapage qui ressemble à un bal de sorcières.

Elles finissent par s'écrouler en hurlant de rire. Les garçons n'en mènent pas large. On dirait qu'ils sont prêts à dépecer le pauvre Steeve, qui ne se démonte pas. Et il a bien raison. Elles se jettent sur lui en riant, le renversent, le recouvrent de sable, l'une d'entre elles commence : « *Jamming, jamming…* » et elles reprennent toutes le refrain de Marley : « *We're jamming, I wanna jam it with you.* » Elles ressuscitent Steeve en le relevant et en lui lançant des poignées de sable. Il sourit en essayant de retrouver trace de ses vêtements sous les couches de sable humide.

— Bon là, pour ce soir, je crois que c'est bon, énonce prudemment Éloi.

Ce que confirme Karijal. Et ils se dirigent vers le carbet. Ils vont bien papoter par petits groupes encore une pleine heure avant que le carbet sombre dans le calme qui suit quand les fantassins finissent par rendre les armes.

C'est le tulalapi qui sonne le réveil. Il a un chant plus doux que les rodomontades habituelles des coqs.

— Alors, tout le monde a bien dormi? s'enquièrent Dora et Mayra dans une ronde de cheffes d'internat.

Les plus alertes s'apprêtent déjà à courir vers la plage.

— Hé ho, on liquide le petit déjeuner d'abord, leur rappelle Karijal, après on a un débriefing avant le quartier libre.

— Ho, tu ne vas pas nous la jouer Poncet de Brétigny?

C'est encore cet incorrigible Steeve.

— Poncet de Brétigny? interrogent plusieurs voix.

— Un fou! un gouverneur fou! répond-il.

— Devait y en avoir pas mal, pendant tous ces siècles... remarque une fille, Mély.

— Mais çui-là, il était fouldingue! Au matin, il fallait que chacun des soldats de la compagnie de Cayenne, chaque domestique noir, et dans le lot y avait des Indiens et aussi des esclaves, c'est pas bien net, mais chacun devait lui raconter ses rêves. Celui qui avait oublié était torturé. Il en a même fait mettre à mort! Au-then-ti-que! Un ouf, je vous dis, le gars, il ne faisait que des embrouilles. Il était installé sur le fort Cépérou. Il paraît qu'il avait acheté le fort au chef galibi Cépérou.

— Chef kali'na.

— À l'époque, on disait Galibi!

— Mais pourquoi Cépérou a vendu le fort, pour quoi faire avec l'argent?

— Sais pas, c'est raconté comme ça, mais personne n'est sûr que c'était une vraie vente. Par contre, l'histoire des rêves, c'est vrai de vrai.

— Et ça finit comment, cette histoire à dormir dehors ? demande Mély.

— Dehors et sans rêves... précise perfidement une autre fille, Olyel.

— Ça finit mal pour lui, tu devines !

— Y a une justice, tu veux dire ? corrige Mély.

— Rien à voir ni avec la justice de Dieu ni avec celle des hommes.

— Ah ! un serpent le mord alors ? croit deviner Kerma.

— Oh non ! ce sera un homme ! et quel homme !

— Tu viens de dire que ça n'a rien à voir avec la justice des hommes, c'était une formule ?

— Je voulais juste dire que ce n'est pas une histoire comme on a l'habitude avec crime, arrestation et tout le reste.

— Bon alors, tu la racontes, cette histoire ?

— Quand vous saurez, vous admettrez que ça valait bien le suspense.

— Ouais ouais ouais, maintenant, accouche ou tais-toi, le presse Kerma, plus impatient qu'agacé.

— Le sieur Charles Poncet de Brétigny coupable de folie et de crimes perdit la vie en perdant la vue.

— Tu sais que tu es assommant, Steeve ! lui assène Helen.

— Voilà voilà : un jour, exaspéré par les agissements de ce gouverneur-dictateur, Pagaret, qui était un vaillant Amérindien et qui était borgne, quelqu'un à gran balan...

— Ouaïe, c'est quoi encore quelqu'un à gran balan ? interrompt Mély.

— C'est quand tu sais manœuvrer le ressort qui te permet de prendre ton essor pour contrôler ton propre sort, déclame Steeve.

— Woy woy woy, fout que t'es soûlant, le tance Kerma.

— C'est vous qui n'arrêtez pas de me couper ! Je disais donc que Pagaret, vaillant Amérindien à gran balan et qui était borgne, ce qui ne l'empêchait pas d'être un archer émérite, exaspéré par les agissements de ce gouverneur-dictateur, prépara son attirail de punition, cala son arc, plaça au beau milieu une flèche dont la pointe avait trempé toute une nuit dans une sévère décoction de wourali, visa, ajusta et tira en plein dans l'œil du sieur Charles Poncet de Brétigny qui tournevira, gueula, tomba towvlogodow et mourut blip.

D'abord abasourdis, ébahis, stupéfaits, garçons et filles sont partis d'un éclat de rire tellement accordé et crépitant qu'il provoqua le dérangement puis l'envol dans l'affolement d'un petit groupe de kouliks takataka, on eut à peine le temps de voir leurs jolis becs noir et rouge.

— Bien, Steeve, je pense que personne n'arrivera à te corriger, déclara Karijal qui avait ri autant que les autres. Nous avons utilisé à t'écouter la moitié du temps de débriefing ; je propose donc qu'on s'y mette rapidement, pour ne pas trop empiéter sur la séquence libre, avant d'entamer celle sur le partage des jeux. Regroupement tout de suite à l'entrée du carbet, ça ira plus vite que de descendre sur la plage.

Le debriefing vient tout juste d'être levé, Helen et Kerma se dirigent vers le hall situé à côté de la mairie. Ils ont rendez-vous avec Winoulé To. Helen a demandé dès leur arrivée hier s'il lui serait possible de rencontrer cet homme, un ami de son grand-oncle, qu'elle a toujours entendu encenser dans sa famille, et qu'elle a toujours promis à son grand-oncle d'aller saluer de sa part dès qu'elle aurait l'occasion de se rendre dans sa commune. Depuis longtemps, elle languissait de faire sa connaissance, en chair et en os.

Il est presque tel que son oncle l'a décrit ; pourtant il semble qu'ils se soient perdus de vue depuis plusieurs années. Winoulé To les accueille à la fois timidement et chaleureusement. Il est très ému lorsque Helen lui dit à quel point il a toujours été présent dans les conversations familiales :

— Mon grand tonton a toujours dit que vous avez été très courageux parce que vos engagements politiques étaient mal perçus dans votre famille et une partie du village.

— C'était dans les années soixante-dix, ça bouillonnait sur le littoral, on a toujours circulé entre le village et le littoral, je me souvenais bien que nous avions des relations avec des gens de Cayenne lorsque j'étais enfant ; en 74, j'avais dans les vingt ans et je rêvais pareil que les jeunes de mon âge à Cayenne et Kourou, qui voulaient qu'on choisisse notre destin. C'était tout naturel pour moi d'aller avec les indépendantistes.

— Mais on sait que les jeunes indépendantistes de Cayenne, Kourou et Saint-Laurent aussi, étaient rejetés par leurs familles, par désaccord ou par peur ; or de ce que me disait mon grand-tonton pour vous, c'était plus grave, c'était pas seulement parce que vous étiez indépendantiste, c'était aussi parce que vous aviez rejoint un mouvement qui n'était pas amérindien…

— C'est vrai. Mais surtout pour des gens de mon âge ou légèrement plus âgés. Les gens comme mes parents avaient l'habitude d'avoir des relations avec les gens de la ville, parce qu'ils allaient vendre au marché de Cayenne, et puis certains ont travaillé dans la pêche ou le bâtiment, et puis, eux savent que nous sommes métissés, même si c'est vrai qu'on se connaît mal les uns les autres. Donc, ce qui les gênait, c'était que je sois pour l'indépendance. C'était pas pareil avec des proches et d'autres de mon âge. Eux, c'était parce que je fréquentais des Créoles, comme on dit maintenant. À cette époque, chacun se disait Guyanais, et c'est pour ça que je n'ai même pas eu besoin de faire des calculs bancals.

— Ah bon ! Comment vous expliquez que des jeunes comme vous soient plus fermés que des vieux ?

— C'est pas divisé tout droit comme ça, répond-il après un profond soupir, un léger sourire aux lèvres, le regard voilé. Il y avait des vieux qui ne voulaient pas entendre parler de tout ce qui ne vivait pas au village ; ils ne faisaient des exceptions que pour leur famille du village Galibi au Surinam, ou pour les Amérindiens du haut-Maroni et de l'Oyapock. Mais ce n'était pas la majorité. Chez les plus jeunes, de mon âge ou un peu plus jeunes, c'était parce que des chercheurs avaient commencé à leur faire croire qu'on va s'en sortir si on se sépare des autres et qu'on marque bien qu'on est les premiers habitants, surtout si…

— Excusez-moi, intervient alors Kerma, mais on ne peut pas toujours accuser les autres dehors, surtout quand ils sont de passage…

— Je ne les accuse pas, de toute façon, quand les autres arrivent à contrôler ta pensée, c'est que t'as une case vide. Mais j'ai tenu bon, ça a rendu ma vie d'après très difficile, très compliquée, mais j'ai tenu bon et je n'ai jamais regretté, je suis content, je n'ai jamais fait d'excuses à personne.

Il leur a offert une citronnelle glacée avec des comtesses, pâtisserie friable sucrée ayant un arrière-goût salé, que son épouse prépare selon une recette traditionnelle de Cayenne. Un régal.

Alors qu'ils revenaient tout excités tous les deux tant ils avaient ressenti cette rencontre comme un voyage au cœur des énigmes et des promesses de ce pays, et tandis qu'ils discutaient avec ferveur de la nécessité de projeter de la lumière sur de telles personnes, juste pour leur rendre justice – et aussi pour nous inspirer, ajouta Helen –, ils sont arrivés devant un commerce, à la fois boutique et restaurant, tenu par une femme alerte et prévenante qui les invite à entrer, juste pour visiter. Ils font avec plaisir le tour de la boutique, riche d'objets artisanaux de vannerie côtoyant quelques outils et ustensiles. Ils lui achètent un sachet de bakabanas, savoureux biscuits au coco et un jus de citron-gingembre. Puis ils reprennent leur chemin pour rejoindre les autres avant la reprise des activités collectives. Soudain, une volée d'enfants courant, riant, piaillant, criant déferlent sur eux, trop tard pour bifurquer, et battant l'air de leurs bras, la tête vers le ciel, finissent par buter sur eux. Ils commencent par en rire puis, brusquement, Kerma se fige. Helen le sent plus qu'elle ne voit, elle se retourne et le découvre blême et tremblant, le regard fixe, la bouche béante. Elle lui parle, il n'a aucune réaction, il est comme hypnotisé par quelque chose qu'il est seul à voir.

— Kerma, Kerma, Kerma, le secoue-t-elle.

Des larmes coulent silencieusement sur ses joues.

— Kerma, s'égosille Helen, affolée.

Il semble revenir d'un état de transe. Se mouche bruyamment, pleure franchement et balbutie :

— J'ai vu Tulala, j'ai vu Tulala !

— C'est qui, Tulala ?

— Tulala !

Helen comprend qu'il faut l'aider à retrouver ses esprits. Elle avise un palmier déraciné, racines touffues à l'air, pleines de terre et de tiges fines et rousses, séquelles de l'érosion dont parlait le chef coutumier. Elle prend doucement la main de Kerma, l'entraîne puis l'assied sur le tronc. Elle s'installe à ses côtés et lui murmure :

— Kerma, qui est Tulala ?

Il se remet à pleurer doucement. Helen lui reprend la main et la serre entre les deux siennes. Il est raide puis semble se détendre, son dos s'arrondit et sa tête roule jusqu'à ses genoux. Il lui presse la main et répond :

— Tulala était ma voisine. Nous avions huit ans. Elle vivait avec sa maman et sa grand-mère. La grand-mère était amérindienne, Tulala l'appelait Bibi et sa grand-mère l'appelait Tulala-ma-petite-plante-magique ; la maman était métissée amérindienne et créole, on l'appelait amie Taliwa. On était dans la même classe, on s'entendait bien. Tulala m'aidait à faire les devoirs d'arithmétique et de grammaire, moi je l'aidais pour les rédactions et les dessins. Nos mamans aussi s'entendaient bien. Ma maman m'envoyait souvent apporter un bol de calalou, ou de colombo ou du gâteau au chocolat, elle disait : « *Ti-bol alé, ti-bol viré, lanmityé rété* » ; je ne comprenais pas à ce moment-là, c'est bien après que j'ai su ce que disait ce dolo : un bol va, un bol vient et l'amitié reste. Et c'est vrai que la maman de Tulala et parfois sa grand-mère me donnaient en échange une friandise ou un joli jouet en bois fabriqué maison, et à d'autres moments, elles envoyaient Tulala nous apporter un bol de crème de maïs, une barquette de soupe, ou de…

Kerma se tait soudain, les épaules affaissées. Helen se doute que ce ne sont pas de tels souvenirs qui ont pu le mettre dans cet état. Elle laisse s'écouler quelques secondes et le relance :

— Alors… ?

— Tulala a eu de la fièvre. Un jour, deux jours sans venir à l'école. Je l'ai dit à ma maman qui est allée les voir. « Tulala doit faire une crise de palu, a dit ma maman à son retour. C'est ce que pense sa grand-mère, la petite cuit dans de la fièvre. Elle a des spasmes et des convulsions. Sa maman lui met des cataplasmes sur le front pour faire tomber la fièvre, mais demain si elle ne peut pas se lever je vais appeler un médecin. » Le médecin est venu le lendemain. Il a fait hospitaliser Tulala. Je ne l'ai pas revue. Ou plutôt seulement une semaine après, dans sa jolie robe brodée blanche et son joli sourire, mais les yeux fermés. Tulala ne parlait plus, ne bougeait plus. Les adultes demandaient : « Pourquoi elle n'a pas dit plus tôt qu'elle s'était blessée avec un clou rouillé ? Elle n'était pas vaccinée contre le tétanos, ça ne pardonne pas. »

— …

— Je ne savais pas ce qu'était le tétanos. Tulala m'avait montré sa blessure, mais nous avions l'habitude de nous blesser à longueur d'année, soit en sautant des arbres, soit en glissant dans les caniveaux, soit en manipulant un canif, elle m'avait montré cette blessure à la plante de son pied gauche qu'elle s'était faite en marchant sur une planche dans la cour de sa maison, lorsque je lui avais demandé pourquoi elle boitait. C'était plusieurs jours avant sa fièvre. Elle-même ne pouvait pas savoir, ni le dire à personne. Moi non plus…

— Et les enfants tout à l'heure ?

— La petite fille qui est entrée sur moi, c'est le portrait craché de Tulala.

Ils restent assis sans rien dire, lui à dodeliner de la tête, elle suivant son mouvement après lui avoir passé le bras autour des épaules. Au bout d'une dizaine de minutes, Helen lui prit doucement mais fermement le coude pour l'entraîner, il était temps de rejoindre les autres.

— Eh ben, vous deux, on a failli envoyer la brigade de recherche à vos trousses.

— Hi hi, plutôt la brigade des mœurs.

Que lurent-ils sur leurs visages? Les ricanements s'étouffèrent illico.

Mayra tapa deux pièces en bois l'une contre l'autre, d'un geste sec, exigeant le silence :

— Bon, voilà comment nous allons procéder : première étape, les équipes, doublement mixtes, un de chaque groupe, une fille et un garçon, se constituent librement; mais si les costauds se mettent avec les costauds on va devoir intervenir.

— Comment ça, intervenir?! c'est pas mafia contre mafia, on ne joue pas *Les Nuits rouges de Harlem*, là ! l'interrompt Steeve, qui s'agite de la tête et du torse en reprenant comme un klaxon pin pin pin pin pin lin lin… soupir, expiration Shaft Shaaaaaaaffft en montant dans les aigus plus haut que l'orgue d'Isaac Hayes.

D'autres garçons embraient sur le refrain et l'accompagnent en cadence.

Mayra reprend, ignorant superbement l'interruption :

— Deuxième étape, présentation du règlement, et on évite de perdre du temps à écouter des commentaires inutiles. Je vous rappelle que nous avons choisi la rubrique Jeux d'habileté et d'endurance; cependant nous n'avons pas retenu les épreuves de performance individuelle, ainsi il n'y aura pas de grimper de cocotier. Nous allons commencer par la course sur vase, parce qu'une fois que la marée sera remontée, il n'y aura plus de vase; ensuite vu l'état dans lequel vous allez en sortir, il vaut mieux que vous ayez le temps de vous laver pour les autres épreuves et pour le doux moment des résultats. Par principe il n'y a pas de récompense, c'était bien convenu entre nous ? Ça y est, c'est parti, Mély, Olyel, vous enregistrez les équipes.

Et c'est parti en effet. Pendant près de deux heures, perchés sur des planches vite souillées, ils pataugent dans la vase, faisant du sur-place dans des plaintes de désespoir et de très rares cris de victoire, victoire toujours éphémère, c'est une course léninienne : un pas en avant, deux pas en arrière. Après s'être quelque peu nettoyés, ils ont poursuivi l'après-midi le tir à la corde qui, d'habitude se fait de nuit, le tir à l'arc, la remontée de pirogue kuliyala, et enfin le jeu du diable, un casse-tête avec des bâtonnets à ranger.

Éreintés, ils passent se rincer, puis regagnent le carbet. Certains se sont écroulés dans les hamacs, il faut les secouer, deux heures plus tard pour dîner et finir la soirée. Cette dernière séquence est consacrée aux contes et mythes amérindiens. L'ambiance est bien installée, la participation est vive malgré les efforts physiques de l'après-midi. Dora et Mayra mènent les choses avec doigté et fermeté, sur un ton qui fait des prodiges : il règne une immense gaieté. Éloi et Karijal sont un peu à l'écart et discutent en chuchotant. Kerma et Adéla les ont rejoints.

— Vous êtes en contact avec les Amérindiens de l'Oyapock ? demande Adéla. Ils vous ont parlé d'explosions que l'administration ferait sur le fleuve pour péter les chaînes de rochers qui composent les sauts, dans le but de rendre les fleuves navigables ?

— On en a parlé mais personne n'a d'informations précises, répond Karijal.

— Il paraît que ça expliquerait pourquoi les crues reviennent plus souvent et pourquoi elles montent tellement qu'elles inondent les villages, en tout cas, c'est ce qu'on m'a dit que disent les anciens, poursuit Adéla.

— C'est sûr qu'il y a un gros problème. La dernière inondation de Camopi a fait des dégâts considérables. Pratiquement tous les villages ont été inondés, précise Karijal. Il a beaucoup plu ces derniers temps, mais quand même !

— Surtout qu'il paraît que les deux jours avant il avait fait beau temps, donc ce n'est pas comme s'il avait plu quarante jours d'affilée, insiste Adéla. Faudrait tirer cette affaire au clair, non ?

— Et comment ! appuie Karijal. On a commencé à se renseigner. On essaie de voir du côté du Parc amazonien si on obtient des informations fiables.

— Le Parc amazonien, c'est l'administration aussi, non ? interroge faussement Éloi.

— Roun lanmen lavé ròt ? Solidarité forcée ? susurre Adéla.

— Je n'irais pas jusque-là. Il faut dire... de toute façon, c'est trop important, et dangereux pour ne pas savoir, on va continuer à chercher.

— Je peux te poser une question sur autre chose, Karijal ? C'est Kerma.

— Quand tu veux.

— Je n'arrive pas à comprendre cette espèce de zizanie Amérindiens-Créoles, d'autres fois on voit que ça marche bien.

— Il y a de la manipulation ! tranche Éloi.

— Ça me paraît un poil trop facile, revient Kerma.

— Tu as raison, l'encourage Karijal, c'est plus embrouillé que ça. Je crois que vous avez parlé avec Winoulé ? Lui ne se contente pas de tout rejeter sur des manipulateurs. Un jour il m'a dit quelque chose qui m'a beaucoup fait réfléchir : Toutes les générations ont des souvenirs de gens qui sont venus faire des enquêtes, prendre des photos, et certains nous montrer des photos du passé ; y en a, paraît-il, un qui a demandé si on avait gardé la mémoire de l'épisode Jardin d'acclimatation, dans les années dix-neuf cent et quelques, quand ils avaient emmené à Paris la grand-mère Bibi et toute sa famille pour les exposer avec d'autres soi-disant sauvages. Ce que me dit Winoulé, c'est qu'il y en a qui viennent avec curiosité, sans être méchants, même s'ils ont regardé nos parents comme des vestiges, et d'autres qui ont plus l'air de nous respecter mais qui veulent nous dicter comment vivre.

— C'est comme ça qu'ils ont manipulé les jeunes du Réveil amérindien ? demande Éloi.

— Là aussi, c'est vraiment beaucoup plus compliqué. Winoulé est le premier à le dire, pourtant il a été rejeté et méprisé alors que son engagement était sincère et que son choix n'était pas insensé. C'était même courageux car nous n'étions même pas deux mille sur tout le territoire dans les années soixante-dix. Winoulé le dit : les jeunes du Réveil amérindien en 1984, c'était notre élite. Winoulé, lui, dix ans avant, son engagement était politique, pas ethnique.

— Les deux ne peuvent pas aller ensemble ? s'enquiert Kerma.

— C'est sûr que cette division est un peu artificielle, reconnaît Karijal. Quand tu lis la déclaration lue au Congrès de 1984 devant le sous-préfet, la principale revendication est identitaire : il s'agit de rester amérindiens, et ils parlent de « département » et du gouvernement comme « tuteur légal ». Pourtant plus loin, ils disent qu'ils veulent traiter avec le gouvernement d'égal à égal. Mais je crois que le sous-préfet s'était déjà levé et avait quitté les lieux. Rien que cette réaction transforme la démarche et lui donne un caractère politique.

— Lorsque nous avons cherché quels cadeaux apporter pour notre séjour au Surinam avant de venir ici, grâce au super travail d'archives de Dora, nous sommes tombés sur des documents concernant cette période. C'était chaud bouillant. Pendant les Assises de la culture en 1982, ils ont dénoncé le « colonialisme créole » en l'accusant de les empêcher de pratiquer leur langue et de les dominer. Ça nous a estébékwé parce que, même à cette époque-là, personne ici n'avait aucun pouvoir et la langue créole était aussi interdite et discréditée que les langues amérindiennes, expliqua Éloi. C'était avant la décentralisation qui a donné quelques miettes de pouvoir local, et pas sur ces sujets-là.

— Je pense qu'il ne faut pas s'arrêter à ça, temporisa Karijal. On voit bien que, deux ans après, ils n'accusent personne du pays, ils s'adressent au représentant de l'État et ils savent bien qui menace leur existence sur leur territoire. Il faut dire qu'avec le Plan vert, l'État français distribuait des terres sans savoir qui était dessus, comme le gouvernement surinamien les vendait sans s'occuper de ceux qui vivaient là. En 1976, les Amérindiens du Surinam ont fait une marche de cent cinquante kilomètres pour dénoncer ça. Donc tout ça bouillait depuis presque dix ans. Moi, je ne juge pas, et même je leur dis merci, c'est comme ça qu'on avance, avec des références et en montant sur les épaules de ceux qui ont marché ou parlé avant nous, pour mieux voir l'horizon.

— Oh là, hola, oh là là ! Vous faites bande à part ?

Ils arrivent en épervier, chahutant et se bousculant, les filles en tête.

— C'est fini, c'est fini, les messes basses, les conciliabules et les petits comités. C'est l'heure du bain, la marée va redescendre.

— Le-bain-de-minuit, le-bain-de-minuit !

— Ringard ! C'est un machin de hippie, ça ! Même tes parents n'ont pas connu ça !

— Tu ne sais pas que tous ces machins-là, c'est vintage ?

— OK, alors tout nu, monsieur, allez, allez, tout nuuuuu...

Ils rient, sautent, se renversent et finissent par se jeter à l'eau, pas tous en tenue de bain, ça culbute, ça bizute, ça braille. Steeve, encore lui, s'amuse à japper à la lune, pas longtemps, les filles viennent l'attraper et s'emparant de ses bras et de ses jambes, le balancent puis le lancent dans l'eau.

C'est encore le tulalapi qui les réveilla. Avant d'aller dormir pour trois petites heures, ils s'étaient avisés, ou plutôt Mayra avait fait remarquer, qu'ils n'avaient pas visité les champs surélevés. Ils étaient donc convenus de le faire avant de prendre la route. Les canots étaient repartis, le voilier et le radeau avaient été amarrés à un cocotier et ils allaient rentrer à Cayenne en car, par la route. Attrapant leurs casse-croûte de petit déjeuner, ils se sont mis en route.

Ils prennent le sentier Kanawa, dont le bon état d'entretien permet d'avancer facilement, et arrivent sur les champs Piliwa, réputés dater de la période d'avant l'arrivée de Colomb et des colons. Ils ont bien grimpé, les champs étant en hauteur pour éviter les inondations lors des fortes pluies de janvier, avril, juin et décembre. Ils font le tour des buttes de terre de toutes formes : rondes, carrées, longitudinales, avec des billons parallèles et d'autres perpendiculaires aux angles, technique servant à gérer l'humidité en drainant l'eau en cas de besoin, ou éventuellement au contraire en la retenant par petites quantités.

— Il paraît qu'ils cultivaient surtout du maïs, des concombres et un peu de manioc, explique Karijal.

— C'est astucieux et c'est très beau ! s'exclame Helen. Je suppose qu'ils tenaient compte des mouvements de lune et variaient les denrées selon les saisons, parce qu'à première vue il n'y a pas de système de jachère comme pour l'abattis. Ça dépend aussi des quantités qu'il leur fallait.

— D'après les recherches, ces champs nourrissaient plus de cinq cents personnes, et apparemment, ils faisaient en plus du commerce, ça devait être du troc, des légumes contre des outils.

— Comme quoi, on n'a pas toujours importé du poulet aux hormones surgelé ! ne peut s'empêcher de persifler l'inénarrable Steeve, qu'on dirait bien totalement guéri de son chagrin d'amour.

Les bagages sont rangés dans le coffre du car. Les cadeaux ont été échangés. Les embrassades ont eu lieu. Les promesses de revoyure ont été proclamées. Le chauffeur est derrière son volant.

— Eh ben bon ! des chauves-souris en plein jour ! constate Kerma, placide.

— Oh oh ! qu'est-ce qu'elles foutent là ? crie Mély en serrant les poings.

— Chasse-les, chasse-les, c'est des sales bêtes ! vocifère Sorya, les mains ouvertes devant elle, les paumes chassant comme par flux vibratoires un ennemi redoutable.

Ils embarquent. La bonne humeur les a désertés pour un temps.

V

Sula

La nouvelle enfle. Elle ressemble au titre d'un roman de Roger Dorsinville. Ou de James Fenimore Cooper. Elle est aussi incroyable qu'avérée. Aussi scandaleuse que plausible. Aussi éprouvante que révoltante. «*Ils ont tué le dernier Indien.*» C'était en fait un métis amérindien-créole. Le dernier habitant du village. Disons plutôt du hameau, ce bout de territoire délaissé avait rétréci sur lui-même et ne pouvait guère mériter appellation plus large. Le lieu avait, comme d'autres à l'histoire comparable, un nom loquace, Noupakaséré, littéralement : On ne se cache pas. L'homme était resté, seul, après que la dernière famille avait jeté les armes et rejoint le bourg de la commune, à quinze kilomètres. Il avait pour nom deux prénoms : Judes Edvar. Il aurait pu succomber à une infection, faute de pharmacie, à une maladie grave, faute de médecin, à une crise cardiaque, faute de Samu, à un AVC, faute d'infirmier. Mais il connaissait les plantes et prenait consciencieusement des tisanes de pomme-cannelle, bélimbi, pomme de cythère, marie-crabe, corossol, kwachi, grenn anba féy, contre l'indigestion, l'hypertension, le diabète, le paludisme, les insomnies, le rhume, en plus de la citronnelle pour son plaisir. C'était une pharmacopée éprouvée. Son jardin le prémunissait contre tous les tracas de santé prévisibles. Il aurait pu périr de la piqûre d'un *Tityus cambridgei*, nom vaniteux d'un scorpion passablement sournois qui dissimule dans le dard de sa queue un venin mortel. Il aurait pu trépasser de la morsure d'un crotale si, par maladresse, il en avait piétiné un en s'éloignant des abords de sa maison jusque vers la savane qui prolonge sa cour arrière, sans clôture ni limites. Il aurait pu mourir du baiser d'une veuve noire, cette bouffeuse de mâle, capable de s'égarer dans les alentours de sa cour, sous une pierre recouverte de mousse.

Ce hameau se trouve au bout d'un chemin de terre poussiéreux à la saison sèche, qui devient glissant et traître lorsque les pluies déferlent et creusent des ornières ovales, oblongues et rondes, après avoir essoré la couche supérieure faite d'un mélange de terre glaise et de terre noire. Des familles s'y sont installées au début du siècle, après le premier cycle de l'or.

Ce premier cycle de l'or ne fut pas une ruée à la californienne, comme à Sacramento. Ce n'était pas non plus Dawson dans le Klondike de Jack London, chez les infortunés Amérindiens Hän, bien marris d'une telle invasion et de l'ambiance frasque et furieuse qui avait déboulé sur eux sans qu'aucun orage ait rien annoncé. Ses paysages n'étaient pas ceux des rives du Yukon. Ce fut, pour commencer, une reconversion sur place : les anciens esclaves de l'habitation Montagne d'Argent qui y cultivaient la canne à sucre, le coton, le café, le cacao, les épices pour la fortune du maître Auguste Boudaud, ainsi que quelques denrées vivrières pour leur propre nourriture, ont vite quitté l'habitation après l'abolition de l'esclavage en 1848, la deuxième puisque Bonaparte avait rétabli l'esclavage en 1802. À peine quatre ans plus tard, en 1852, cette habitation deviendra un bagne. À quelques centaines de mètres se trouvait l'usine sucrière du mont Bruyère. Les anciens esclaves l'ont également laissé péricliter et finir de sa belle mort après sa vie moche. C'est l'Amérindien Paoline qui trouve en 1855, pas très loin de là, sur la rivière Approuague, les premières pépites d'or. C'est une région dans laquelle le marronnage a toujours été vigoureux. D'expérience directe ou par ouï-dire, les esclaves savent que les cultures en forêt : riz, cacao, manioc, cramanioc, calou, dachine, igname, napi, tayove, assurent la subsistance de familles et de communautés. Et ils ont appris à déjouer les fourmis-manioc dévastatrices. L'avenir ne s'écrit plus sur les plantations. Bien que l'administration continue de mettre son pouvoir coercitif au service des anciens maîtres. C'est à cela que s'occupe alors le gouverneur, comme l'avait fait Cointet sous la pression des propriétaires blancs après la première abolition. Au prétexte de lutter contre l'oisiveté et le vagabondage, des décrets sont publiés pour obliger les anciens esclaves à rester travailler pour de misérables salaires sur les habitations de leurs anciens maîtres ; ceux qui refusent sont affectés aux travaux forcés. Or, le système esclavagiste enfin abattu en 1848, les candidats pour poursuivre la vie d'avant ne sont pas légion, y compris si les salaires étaient décents, ce qui évidemment n'était pas le cas. Ils savaient que l'on ne singe pas la liberté, on la vit. Ils sont nombreux à s'en aller dans le grand bois. Ainsi sont nés les placers, espaces grossièrement aménagés le long d'une crique ou d'une rivière repérée comme pouvant receler paillettes, pépites ou grains d'or. Un carbet léger sert pour l'hébergement ; un tonneau, équipé d'un filtre artisanal à base de feuilles, recueille l'eau de pluie ; quant à la cuisine, ouverte aux quatre vents, elle se réduit à un téson, fourneau fabriqué à l'aide de terre et de ferraille, entouré de trois roches qui servent à contenir le charbon. L'équipement pour la recherche de l'or est d'abord archaïque et va se sophistiquer au fur et à mesure de la maîtrise des gestes d'extraction. C'est d'abord la batée, plateau métallique incurvé ou simple kwi creusé dans une demi-calebasse, dans laquelle, par un habile jeu de mains, les orpailleurs font danser l'eau et la terre, aux fins de faire apparaître le scintillement du minerai aurifère. Le travail est rude. Aussi, les efforts seront-ils incessants pour en réduire la pénibilité. C'est la technologie de la manivelle : on démarre à la main pour actionner la mécanique. Ainsi apparaît le batado, barrage d'amenée en bois placé dans le lit de la crique, qui favorise un tri plus conséquent en volume de terre triée, et plus minutieux. Vient ensuite le sluice qui affine encore le tri, suivi du bakatach, caisson en planche destiné à recevoir l'amalgame, cette matière pâteuse composée de terre, d'or et de mercure. Le rendement, en s'améliorant, change la physionomie du lieu de vie. Le flat est exploité par lopins, et lorsque les premiers prélèvements se révèlent encourageants, le carbet peut être remplacé par un ajoupa, cabane encore rudimentaire. Les techniques continuent de se perfectionner, le longtom remplace le bakatach, il a une extrémité grillagée plus efficace pour le débourbage des terres prélevées dans la crique et pour le tri des cailloux. Le progrès ne s'arrête pas, le sluice amélioré supplante le longtom et accroît la productivité par l'augmentation du volume de terre traitée, grâce à un plus grand nombre de caissons de lavage emboîtés. Puis des barranques seront fouillées directement pour faciliter la séparation du minerai de l'argile qui constitue le fond du lit des criques, sous la pression de lances monitors de plus en plus performantes. Et tandis que les criques confirment la présence de l'envoûtant minerai, les hommes se spécialisent, les femmes s'implantent, les cultures s'adaptent, les gastronomies s'ajustent, les pathologies transmuent, les médications s'accordent, les modes de vie s'entrelacent et s'accoutument, un art de vivre s'acclimate. Une maison, en bois mais avec des fenêtres, remplace alors l'ajoupa.

Bientôt, c'est tout l'hinterland qui sera quadrillé de placers. Puis de postes douaniers, l'administration multipliant les points de prélèvement de taxes : neuf postes douaniers sont instaurés entre les placers et les villes du littoral, lieux de transaction, de consommation et de vie. Dans ce premier roman *Atipa*, tout en langue créole paru en 1885, l'auteur Alfred Parépou brosse avec un humour caustique la comédie de l'opulence, du statut social et de la séduction qui se joue en ville dans les bars et autres lieux d'étalage de ces fortunes rutilantes qui vont donner lieu à de croustillantes légendes. Il juge sévèrement l'arrivisme et les artifices de cette vie au jour le jour, si propre à l'esprit de la mine avec ses aléas, ses fortunes inopinées, ses vertiges. La tradition orale en a gardé des anecdotes totalement extravagantes, comme celle de cette maison où toute la plomberie est en or et les lattes du parquet reliées par des fils d'or. Sont également passées à la postérité ces soirées mondaines où le maître faisait dissimuler des pépites en guise de fève dans des parts de galette offertes aux seules femmes qui, cela va de soi, étaient invitées à les garder par-devers elles. Les secrets surnaturels aussi furent percés et convoyés à travers le temps. Ainsi, un certain monsieur Vidal de Lingendes, propriétaire de plus de trois cents esclaves, régnait sur une habitation qui paraissait s'étendre à perte d'horizon, de sa résidence luxueuse à sa chapelle et son cimetière, en passant par la sucrerie et les misérables cases des esclaves. Cette habitation s'appelait Mondélice. Monsieur Vidal avait la réputation d'avoir un baklou, petit personnage maléfique messager du Diable, chargé d'exécuter le pacte entre l'intéressé et le démon. Aux termes de ce pacte, sont assurées richesses matérielles et conquêtes féminines, le temps d'en jouir, pas davantage, car le démon vient chercher son dû : l'âme de son obligé, à minuit au jour convenu, dans un grand fracas fracassant et une odeur d'encens. On raconte que monsieur Vidal avait trouvé une astuce pour retarder le rendez-vous avec le Diable. Ce qu'il fit tant qu'il put. Le soir de la date fatidique, il choisissait un petit esclave de moins de dix ans et l'envoyait la nuit tombée muni d'un livre avec consigne de s'asseoir sur le banc de pierre abrité sous le fromager, pour attendre une dame qui, prétendument, viendrait récupérer le livre. L'enfant ainsi désigné ne revenait jamais, laissant ses parents désespérés, inconsolables et résignés. Ce serait arrivé plusieurs fois avant que le Diable, insatisfait de ces âmes pures sans péchés, exaspéré par ces combines dilatoires, finisse par venir en personne, sans prévenir cette fois, reprendre l'âme de monsieur Vidal. Ce fut un voumlélé doublé d'un bankoulélé triplé d'un laydéhé, trois cataclismes mêlés dans un seul wélélé qui a fait croire aux esclaves d'abord que le maître improvisait un grand penteng selon ses habitudes de fête mondaine, puis, tendant l'oreille, ils reconnurent le vacarme caractéristique du Diable lorsqu'il monte sur terre chercher son dû. Ils se seraient signés le père, le fils et le saint-esprit, trois fois à l'endroit trois fois à l'envers, trois fois de la main droite trois fois de la main gauche, en grommelant un :

— Piè Piè Piè Priyè Bondjé, Pierre saint Pierre, Prions Dieu pour aider la crème de maïs à cuire, d'après ce que raconte Damas dans son poème *Black-Label*.

Une explication s'impose pour éviter toute confusion. La prière un peu déformée par Damas, c'est pas plus que pour la crème de maïs, mets de choix dans les temps de grande privation. Le voumlélé et les signes de croix dont il est question un petit peu plus haut, c'est la vérité immortalisée par des témoins dignes de foi qui l'ont relayée de mères en fils et de pères en filles. Cette prière des esclaves en l'occurrence a une double saveur : d'effroi – pourvu que le Diable se contente de son partenaire en commerce et n'emporte personne d'autre – et de satisfaction, c'est bien fait il était temps combien de nos enfants ce maître a sacrifiés pour garder son âme. On l'a su bien après : cette fin finale-fatale du maître ne serait due ni au hasard ni à son consentement, mais à l'énervement du Diable qui déteste passer pour un âne. Or, la dernière fois qu'il était venu chercher son tribut, l'enfant esclave, que le maître avait voué au sacrifice en lui remettant un livre et en l'assignant à attendre une dame imaginaire, était bien là assis sur le banc, mais il tenait, à la place du livre, un crucifix en fer qu'il brandit face à l'étrange créature qui l'approcha, en psalmodiant :

— Baka la main, baka mon crucifix ! comme le lui avait indiqué sa maman qui avait procédé à la substitution.

C'est le seul enfant esclave qui était revenu de ces sinistres expéditions nocturnes où l'épaisse obscurité avait englouti tous les autres. Le maître ne s'en était pas rendu compte, confondant les enfants esclaves entre eux. Il n'était donc pas sur ses gardes.

Les vestiges bien rouillés de cette habitation parsèment encore les lieux, personne ne s'avise de les piller, sauf peut-être de soi-disant chercheurs mécréants et imprudents. Quant au sieur Vidal, avant sa funeste fin, il eut un fils qui fut nommé Procureur du roi, puis Procureur général, puis élu député puis nommé gouverneur. Et qui se mêla des affaires de son père. Ainsi vont les généalogies en colonies.

Dans le registre de la vulgarité distrayante, ce sont des chants que le carnaval a archivés. Une autre gloire d'époque, cette fois bien après l'abolition de l'esclavage, vingt ans après les premières éruptions de la fièvre de l'or, un monsieur Vitalo s'était considérablement enrichi grâce à des investissements aussi judicieux que de douteuse provenance, selon la rumeur publique. Il régnait sur les placers de Saint-Élie, ceux de l'Awa et du Tapanahony, cours d'eau de la vallée du Maroni. Exhibitionniste assidu de sa fortune, ce monsieur Vitalo aurait importé sous nos soleils et nos pluies les premiers carrosses et victorias. Il instaura une mode très aristocratique qui a gagné les haras d'appartenance royale installés à Montjoly et Matiti, lesquels fourniront en calèches de modèles divers les amateurs d'équitation, les propriétaires de tilburys, de cabriolets, de fiacres. Ce monsieur Vitalo captait l'attention dans la colonie. Une chanson populaire en témoigne, paraît-il sur un malentendu. Évoquant son patrimoine, les commentaires de rue auraient insisté sur Mouché Vitalo et son gro lo lò, son gros lot d'or. Ces commentaires auraient donné, par inadvertance, paraît-il, aussi plus que par malveillance : Mouché Vitalo gro lolo, jeu de mots qui permet de passer, par erreur ou par espièglerie, de gro lo lò, gros tas d'or, à gro lolo, grosse bite. Le bagage populaire, ce n'est pas comme les roches gravées, les archéologues ne sont d'aucun secours. C'est la persistance du mythe qui l'authentifie. Et celui-ci demeure. Une partie de cette mémoire fut conservée par un créoliste attitré, Auxence Contout.

Or donc, certains sites vont connaître la fièvre de l'or et attirer foule : plus de dix mille orpailleurs sur le Tapanahony, plus de vingt-six mille sur le Carsewène dans les années 1875 et suivantes.

Ce sont les trois Amériques qui seront aspirées sans le vouloir dans cette démence pour l'or et l'argent débarquée des caravelles. L'Amérique du Sud ne sait pas encore que cette frénésie cupide et brutale va emporter ses premiers chants ni qu'elle inventera sa survie dans la déraison, la dérision, la démesure, la rédemption, l'outrage et la compassion. Qu'elle créera des monstres magnétiques à la plume éblouissante, à la voix ensorceleuse, aux doigts virtuoses. Après cent ans de solitude et son llano en flammes, ses chemins de la faim et sa ville et ses chiens et ses habitants des faubourgs de l'Histoire, elle s'est livrée voluptueusement à son concert baroque, de fictions en chasse à l'homme, engloutissant le siècle des Lumières dans le partage des eaux. Un canto general dans la maison aux esprits.

Quand survient l'épopée aurifère sur le Plateau des Guyanes, le Brésil a déjà commencé à amortir ses ruées qui ont transfiguré des villes dont les noms, avant toute autre chose, avouent qu'elles en viennent directement : Ouro Preto, mais aussi Sabarà, São Jao del Rey totalement construites à mains d'esclaves, églises comprises, dans l'État justement dénommé Minas Gerais, Mines générales. Faste, pompe et raffinement caractérisent dès le début du dix-huitième siècle ces villes qui ont, à cette période, copieusement approvisionné la métropole coloniale Lisbonne, de quatre tonnes d'or en 1703, vingt-cinq tonnes en 1720, et ainsi de suite, ce qui aurait permis la reconstruction de la capitale portugaise après le tremblement de terre dévastateur de 1755. Deux cents ans plus tôt, ce sont des milliers de tonnes du bois pao-brasil avec son cœur rouge dont on extrait un pigment très recherché, qui furent livrées, *via* les ports de Rouen et de Honfleur, aux teintureries de Normandie. Ce commerce a pris son essor après un voyage de Jehan Ango, armateur normand venant de Dieppe, à Pernambouc, cet État qui deviendra fameux grâce à la résistance des Nègres marrons et du Quilombo de Palmaraes fondé et dirigé par Zumbi et Dandarah. Ce Quilombo a résisté pendant plus d'un siècle, de 1580 à 1710, aux attaques militaires hollandaises et portugaises. Dandarah y périra avec panache. Suite à l'une de ces attaques disproportionnées dont l'armée portugaise s'était rendue coutumière, c'était en 1652, Dandarah fit face au capitaine, aux soldats portugais et aux mercenaires, les défia en annonçant que les luttes des esclaves pour leur liberté ne cesseraient jamais, puis, plutôt que de se rendre, elle choisit la mort et se jeta du haut du mont Barriga. À la stupéfaction admirative des Marrons et des soldats.

On savait déjà que Pizarre n'avait pas tenu sa parole envers l'empereur Atahualpa à Cajamalca, qu'il a pris l'or qui emplissait une salle haute de trois mètres comme rançon pour renoncer à l'exécution, et qu'il a fait exécuter l'empereur.

Aux seizième et dix-septième siècles, c'est Potosì en Bolivie qui a comblé l'Espagne de tonnes d'argent, permettant à cette monarchie étroite de territoire et plus encore de mentalité avec son Inquisition, ses Torquemada, ses bûchers et ses débats à Valladolid sur l'appendice spirituel des Indiens, de battre monnaie abondamment à Séville, la hissant au rang de plus grande puissance monétaire de l'époque. Cet argent, ces richesses étaient issus de la mita, travail forcé des Amérindiens dans les mines. S'ensuivit, par l'exploitation des mêmes, la construction de cathédrales, églises, paroisses, monastères, tours et autres monuments somptueux et demeures patriciennes, avec le renfort non volontaire mais substantiel des captifs africains déportés à travers l'Atlantique, vendus sur les marchés et réduits en esclavage.

C'est le sort des villes qui ont connu le tapage de la circulation dans les milliers de galeries, le clapotement de l'eau des moulins pour l'extraction minière selon la technique péruvienne du patio, le tintamarre du métal transbahuté des entrailles de la terre jusqu'aux moulins broyeurs, le ronronnement des fours en terre qui l'amalgament au mercure, le crépitement que produit le moulage en barres, le bourdonnement des installations annexes, barrages, aqueducs, réservoirs, canaux de tri et d'évacuation, c'est leur sort que d'être désorientées lorsque l'activité ralentit puis s'épuise, ce qui est l'aboutissement normal de l'exploitation intensive de ressources non renouvelables. Certaines de ces villes, en Amérique du Nord et du Sud, sont devenues chauves et fantomatiques. Elles avaient toutes pris de l'ampleur à une cadence accélérée et sur un mode artificiel. Dans nombre d'entre elles, le tarissement des gisements a laissé des paysages en haillons, dans un silence morose où traînent les lambeaux de lucre et de misère depuis que se sont retirés les financiers replets et repus, les pauvres hères arrivés chargés de fantasmes et de gouaille repartis éreintés et dévastés, les femmes prématurément usées et sans le sou, tandis que les proxénètes impunis sévissent déjà ailleurs.

Ici, l'activité aurifère va progressivement passer du stade de la survie économique à celui de surchauffe industrielle. L'affluence s'accélère et se diversifie. Les premiers arrivés, artisans fétichistes et endettés trimbalant des rêves en pagaille, seront vite avalés par d'importantes sociétés minières françaises et étrangères qui, supportées par l'administration, vont ouvrir quelques chantiers de belle taille et d'appréciable rendement où l'âpreté générera une exploration effrénée, une compétition féroce et des rapports de franche rudesse dès le début de ce premier cycle de l'or. Les techniques d'extraction se mécanisent : concasseurs, dragues à godets, lances monitor, barges, maltraitant la terre, les rivières, la flore, pourchassant la faune. Les tensions vont s'aggraver et culminer avec l'affaire Galmot en 1928. Pour autant, à partir de 1894, la plupart des placers ne parviennent ni à ce niveau de densité démographique ni à cet état de désastre.

Ainsi, d'abord poches de prospection dispersées, les placers deviennent des lieux de vie. Des négociants y installent des points de vente pour toutes sortes de marchandises : vivres, outils, vêtements, etc. Ils font une concurrence déloyale aux colporteuses, en consentant des avances aux orpailleurs, contre l'obligation de s'approvisionner en exclusivité dans leurs boutiques. Ils instituent, de ce procédé, un cycle vicieux d'endettement et de dépendance. La nécessité conduira les orpailleurs à cultiver des abattis, d'abord itinérants, puis sur des parcelles en rotation. De sorte que, de sommaires et mobiles, certains placers vont constituer le cœur de prochaines agglomérations. Des orpailleurs se sédentarisent comme agriculteurs, fondent famille, ne rechignent pas, après avoir coupé le yanman, brûlé la broussaille, sapijé le sol pour les cultures, à compléter leur subsistance par la pêche à la nivrée et la chasse au besoin, sans renoncer à tâter de temps en temps de la batée, par nostalgie et par superstition, sait-on jamais, la chance est vagabonde. Ainsi naquit Noupakaséré.

Avec la sédentarité, l'habitat se modifie. Le simple carbet devient une cabane, puis peu après une maison en planches et tôles de récupération, qui s'améliorant encore sera consolidée à mesure que sèche le bois prélevé dans la forêt, par des poutres en parcouri, des traverses en boco, des fenêtres en taoub. C'est ce que fit Judes Edvar, au rythme où grandissait sa famille. Dans sa maison qui s'est élargie par pans, une armoire en courbaril dont les portes émettent en pivotant les notes d'un archet sur une contrebasse, campe sur la moitié de la chambre conjugale. Le bélina, banquette rustique à la dureté amortie par de vieilles hardes, a cédé la place depuis longtemps à un vrai lit en ébène, agrémenté d'un joli chevet. Ses vêtements et ses affaires personnelles ainsi que ceux de son épouse restent rangés dans deux pagra tressés en liane franche. L'intérieur est éclairé par un chaldéviré, vieille lampe dont la mèche tremblotait sous le mauvais pétrole acheté à la boutique reconvertie en boui-boui après le reflux de la clientèle à paillettes et pépites, et qu'il alimente, depuis qu'il est seul, d'une mauvaise huile qu'il extrait lui-même de l'awara denndé. Il s'en sert peu, seulement les nuits sans lune. La cuisine extérieure et ouverte accueille un four mixte, charbon et compost, fait de briques en terre crue et de pièces de métal. La maison est traversée de courants d'air, étant construite non seulement en fonction du climat et de la ventilation naturelle mais selon une architecture de la survie. C'est une innovation du temps du marronnage, transmise empiriquement. Les écrits d'un chasseur de Marrons au dix-neuvième siècle dans les années 1808 à 1816, le soldat Sincère Hérault qui participa avec sa compagnie à traquer en forêt les anciens esclaves et les Nègres marrons, témoignent de cette tradition conceptuelle. Cette traque interminable et souvent bredouille donnait lieu, du côté des esclavagistes, à une cruauté et une barbarie qui traumatisaient quelques jeunes soldats et suscitaient des haut-le-cœur chez d'autres plus endurcis. La vaillance des chefs marrons, Siméon, Adome, Jérôme, Georges, Évariste, Cupidon,

Charlemagne et d'autres, dont plusieurs périrent dans ces affrontements, frappa également leurs esprits et en éblouit plusieurs. Certains conservèrent cependant leurs préjugés racistes et leur partialité. Dans le pays voisin, au Surinam, Stedman, capitaine hollandais, mercenaire des temps coloniaux a, tout en faisant métier lucratif de chasseurs de Nègres marrons, laissé un récit instructif sur la violence et la mesquinerie des maîtres d'esclaves.

Ces traques étaient organisées sous la férule de Victor Hugues, gouverneur chargé de rétablir l'esclavage, le même qui, dépêché à la Guadeloupe, avait veillé de 1794 à 1798 à la réelle application de l'abolition de l'esclavage. Dans son roman historique, *Le Siècle des Lumières*, Alejo Carpentier raconte, avec relief et profondeur, la personnalité et la trajectoire tortueuse de ce révolutionnaire caméléon, passablement caractériel et acrimonieux, d'abord haut commissaire abolitionniste puis gouverneur esclavagiste. Dans un portrait non romancé, Ange Pitou, le monarchiste plus reinaliste d'ailleurs que royaliste, et n'ayant rien à voir ni avec Alexandre Dumas ni avec Arsène Lupin, le dépeint comme étant excessivement contradictoire : « cruel et sensible, téméraire et pusillanime, despote et rampant… ». Tout ce monde s'est retrouvé affecté ou exilé en Guyane, en administration ou aux travaux forcés, ce Pitou ne se gênant d'ailleurs pas pour affabuler sur de fantasques cannibales.

Dans sa correspondance, le soldat Sincère Hérault, qui écrit à sa sœur en 1808 et 1809, lui parle des raids qu'il effectue en forêt avec « 80 hommes armés à plus de 60 lieues de Cayenne » et, en dépit de ses œillères et de ses partis pris, il décrit cette architecture originale : « Ces cases dont nous avons brûlé plus de cent à diverses reprises avaient ordinairement deux portes ; mais elles étaient faites de telle manière qu'à la moindre alerte on en pouvait sortir par tous les côtés à la fois ; il ne fallait donner qu'un coup de poing ou de pied pour faire une nouvelle porte en jetant un panneau en dehors. Cette précaution de faire des portes de tous côtés leur a été favorable bien des fois. Le chef principal de toute la cohorte se nommait Simon, vieux nègre décrépit qui avait appartenu autrefois à un habitant nommé Frossard, qui était dans le bois depuis plus de cinquante ans. Ce vieux scélérat est celui de tous qui nous a fait le plus de mal, ayant tué ou blessé de sa main dix ou douze hommes, tant des détachements que des habitations. Connaissant parfaitement les bois et toutes les rivières qu'on y trouve, il ne s'égarait jamais et était toujours sûr de nous rencontrer dans des passages étroits ou presque impraticables : c'était là que nous courions des risques extrêmes. »

C'est bien ce savoir en habitat, conciliant un meilleur confort en résidence et la sécurité s'il faut s'échapper, qui a continué d'être transmis et que Judes Edvar a mis en œuvre, avec d'autres. C'est ainsi que fut édifié Noupakaséré qui n'était plus maintenant qu'un hameau, ancien village déserté après avoir vibré aux piaillements d'enfants et aux invectives de femmes simulant des colères fugaces, aux éclats de lutteurs haranguant d'autres lutteurs, aux rires de joueurs énervant d'autres joueurs, aux chants, aux contes, aux danses et aux prières. Les rituels étaient sacrés, ils étaient à la fois secrets et connus de tous. Ainsi, les hommes avaient chacun son kina, son interdit : sur une viande particulière, sur un fruit ou une boisson, et bien entendu un jour fixe du mois pour l'abstinence sexuelle. Certains portaient un bracelet trempé-arrangé, serré en haut du bras gauche. Tout le monde savait, personne n'en parlait, chacun respectait ce no man's land spirituel et surnaturel. Sauf les femmes. Les plus effrontées jouaient avec leur compagnon et les aguichaient sans répit la nuit de l'abstinence. Pour la plupart, elles arrivaient à leurs fins, le voisinage le savait, c'était la nuit où leur orgasme était le plus bruyant.

Judes Edvar vivait donc seul à Noupakaséré, depuis huit ans déjà. Il tenait encore son abattis, de plus en plus modeste et sur une seule parcelle. Il n'avait plus besoin de son katouri-dos, hotte dorsale tressée en lianes kérété pour en ramener les légumes ; un sac porté en bandoulière suffisait. Il se pourvoyait davantage dans son verger et son potager derrière sa maison. Par contre, il chérissait toujours le palmier parépou qu'il avait planté il y a bien trente ans, et qui donnait les meilleurs parépous de toute l'Amazonie. Il n'en démordait pas. À preuve, les oiseaux les surveillaient autant que lui et chapardaient hardiment juste avant que les fruits accèdent à maturité. Judes Edvar était de plus en plus prudent, prenant plus de précautions que par le passé lorsqu'il s'aventurait au-delà de la lisière du potager : il veillait à ne pas attraper un pyanbwa, ainsi nommait-on la leishmaniose. Il purifiait l'air avec son feu de boucane le quatrième dimanche de chaque mois, chassant les moustiques que la citronnelle tenait déjà à l'écart.

Il pêchait encore, plus souvent au tramail. Il ne pratiquait presque plus la nivrée, cette technique qui consiste à enivrer le poisson à l'aide de feuilles de kunami et à faire à tous les coups une pêche miraculeuse. Elle n'est utilisée qu'en besoin d'abondance. Il lui arrivait exceptionnellement d'en faire un coup lorsqu'il devait participer à une fête ou une cérémonie au village karipuna, sur l'autre rive censément brésilienne du fleuve. C'était certes beaucoup de nourriture ; il en salait une partie pour la conserver. C'était aussi beaucoup de travail, car il fallait très vite éviscérer le poisson afin d'éviter que le poison du kunami n'entre dans la chair du poisson et le rende toxique à la consommation. Il n'avait plus l'âge de telles corvées, à une telle cadence. Tan fè tan, tan lésé tan : le temps accouche du temps puis laisse vivre le temps. Il n'est plus assez gaillard. Cependant il conduisait encore son canot. Il se rendait une fois par mois au village karipuna. Il longeait la rivière Curipi et traversait les savanes inondées, de l'eau, partout de l'eau, avant d'arriver sur la terre rouge argileuse et gluante par endroits. Lors de ces escapades, il séjournait quatre jours. Les habitants, encore assez nombreux, près de trois cents, étaient autonomes dans leur organisation et pour leurs approvisionnements. Judes Edvar passait de case en case saluer plusieurs personnes, puis s'installait toujours au même endroit, une espèce de chambre d'hôte informelle, en réalité sa place réservée sous une espèce de galerie de convivialité prolongeant la maison, où il pouvait attacher son hamac et poser ses affaires personnelles. C'était dans une famille où régnait une dame bien en âge, encore fringante et caustique, Man Zé. Judes et elle s'étaient découvert une ascendance commune. Collective, bien sûr, car pratiquement tous les villageois se réclamaient des révoltés du Cabanagem. Ils vouaient un véritable culte à ces paysans pauvres délaissés et spoliés de leurs terres, qui s'étaient rebellés contre l'indifférence du pouvoir régent et contre des autorités provinciales aux ordres d'hommes d'affaires voraces. Ils s'estimaient capables de se débrouiller mieux que la vie qui leur était faite, et pensaient que la séparation, l'indépendance de leur État, le Grão Parà, leur serait plus bénéfique hors de l'empire. Leur combat a été parasité par une partie fourbe de l'élite. Pour justifier la répression féroce qui s'est abattue sur eux, tuant presque la moitié de la population – quarante mille personnes en cinq ans, un massacre – la propagande officielle les a présentés comme des sauvages indiens, noirs affranchis, métis et caboclos, gibier de quilombolas. Une façon de suggérer que c'étaient des va-nu-pieds. Pour eux, ils étaient simplement pauvres, exploités, et/ou bafoués dans leur dignité. Assurément, ils avaient la peau plus ou moins basanée, mais en quoi étaient-ils responsables si la ligne de richesse passait par la ligne de couleur ? C'était au milieu du dix-neuvième siècle, dans les années 1835 et suivantes, c'étaient aussi les années d'autres révoltes, la Balaiada dans le Maranhão, ou la Sabinada à Bahia, celles-ci un peu moins belles cependant. Mais presque aussi sauvagement réprimées.

Judes et Man Zé s'étaient également déniché un tronc commun généalogique familial, ce qui était fort vraisemblable, les familles et les amours ayant coutume de circuler et de traverser fleuves et rivières, en dépit des rois, des généraux, des présidents et des géographes fébriles qui prennent les cours d'eau et toutes voies de navigation pour des frontières. Ici, nul ne s'est jamais soucié ni du traité d'Utrecht datant d'un siècle et demi avant le Cabanagem, ni des cartes d'état-major perpétuant les querelles territoriales entre la France et le Portugal puis entre la France et le Brésil. La vie de chaque jour suit son cours, avec son lot de jolis moments de joie et son lot de difficultés et de drames. Les disputes des puissants ne voyagent pas jusqu'ici, le vent ne se laisse pas chevaucher par leurs délires. Judes, Man Zé et les habitants parlaient presque la même langue : ni français ni brésilien, le kréyol pour Judes, le keuol pour Man Zé et les Karipuna. Ce sont les mêmes mots, à peine prononcés différemment pour certains, les mêmes rituels, les mêmes interjections, les mêmes onomatopées, les mêmes mimiques. Le même dénuement aussi pour ce qui touche aux services publics. Heureusement, ils ont leur science des plantes et leur liste de saints.

Depuis l'assassinat de Judes, Man Zé est inconsolable. Elle ne se pardonne pas de n'avoir pas su le convaincre de venir s'installer au village karipuna. Et ce n'est pas faute d'avoir insisté. Elle le soûlait à chacun de ses séjours, dès son arrivée en lui faisant fête, à son départ en le raccompagnant jusqu'à sa barque :

— Même un homme jeune ne vit pas tout seul, on n'est pas fait pour ça, on n'est pas fait comme ça, c'est pas une question de bravoure, insistait-elle, c'est l'araignée seulement au milieu de sa toile qui croit qu'elle est la reine du ciel.

C'était pour le moins des paroles de bon sens et de sagesse. Voyez Antonio José Bolìvar Proaño, le Vieux de Luis Sepúlveda qui lisait des romans d'amour, ce n'est pas par goût, c'est par punition pour n'avoir pas respecté toutes les règles des Indiens Shuars qu'il se retrouve seul dans la forêt, avec son livre, son abcès à la mâchoire et le temps de comprendre pour s'y soumettre, la troublante requête de la femelle jaguar. Mais Judes Edvar n'a jamais rien voulu entendre. Et c'était déjà une histoire d'orpailleurs.

Car Judes Edvar est tombé sous les balles des garimpeiros. Ces détrousseurs de la forêt tuent à tour de bras. Ils tuent au fusil, au sabre, au couteau, à la hache, à mains nues. Ils s'entretuent. À la morgue de Cayenne, soixante-quatorze corps attendent. Attendent quoi ? Soixante-quatorze cadavres, non identifiés. Qui ne le seront pas de sitôt, qui viendrait le faire ? Alors, entre les lois inadéquates, les maires débordés, les morgues négligées, personne ne se charge de les inhumer. Inhumain. Même s'ils dévastent la forêt. Même s'ils polluent le lit des rivières et empoisonnent au mercure le plancton qui empoisonne les petits poissons qui empoisonnent les gros poissons qui empoisonnent les hommes et les femmes enceintes qui empoisonnent leur bébé. Dans cette chaîne alimentaire, pernicieuse, morbide et létale, où chacun mange un plus petit que soi, les plus faibles sont cette fois encore les plus débités : les fœtus résistent mal, certains succombent, d'autres survivent mais n'échappent pas aux atteintes neurologiques et malformations physiques. Lorsque l'administration est interpelée, elle suffoque. On n'a pas idée, aussi, de manger du poisson tous les jours ! Tant pis si le gibier s'éloigne, dérangé par les orpailleurs. Finalement, les poissons ne grossissent plus guère, à commencer par les espèces herbivores qui s'affaiblissent, incapables de s'habituer à la turbidité des eaux remuées jour et nuit par cet essaim de croquants errants, impaludés et démunis, que des financiers planqués dépècent impunément en les tenant par des avances à taux usuraires. Leur gouvernement, censé les protéger, les dépouille à son tour *via* des comptoirs de rachat ayant pignon sur rue dans un État où nul n'ignore que cet or est illégal et clandestin puisqu'il n'y a pas sur leur territoire de mine d'or en activité. On en déduirait presque qu'ils reproduisent en pleine brousse, par une sauvagerie de proximité, cette sauvagerie et cette brutalité financière qui les assomment. Comme par réflexe myotatique.

Judes Edvar était le dernier Noupakasérien. La nouvelle de son assassinat a tellement enflé que les canots légers se sont succédé, chacun ne pouvant prendre qu'un maximum de quatre personnes en plus du motoriste qui par moments, lorsque l'eau est trop basse, est obligé de se faire pagayeur. Les premiers canots sont arrivés de Saint-George. Après Tampac, ils ont passé Kouman-Kouman sur la gauche, faisant de larges signes amicaux aux femmes lessivant du linge près de l'appontement de Trois Palétuviers, elles-mêmes occupées à houspiller sans conviction les enfants qui s'éclaboussent dans des bousculades et un tumulte qui suggèrent que c'est le cadre habituel sinon normal de cette corvée. Les canots ont remonté le fleuve Oyapock jusqu'à la rivière Ouanary puis, glissant jusqu'au dégrad, ils accostent en douceur et les passagers peuvent débarquer à pied sec. Marchant vers l'ouest, les quatre hommes et les sept femmes, ces premiers arrivants, sont subjugués par les reflets opalescents de la Montagne d'Argent, qui tient son nom des feuilles de bois-canon dont l'envers brillant réverbère au soleil et à la clarté de lune. Ils se promettent de prendre le temps, peut-être le lendemain, d'escalader la montagne au moins jusqu'au lac aux caïmans entouré de végétation, pas si haut, à trente-trois mètres. Ils iront d'abord faire un tour dans l'anse située au nord, pour voir les gravures rupestres qui ornent des bassins rocheux dont certains ont cette couleur insolite de marbre bleuté. Ils espèrent trouver ou apercevoir en chemin des vestiges de la principale habitation, notamment la machine à vapeur, dont paraît-il les engrenages et le mécanisme de broyage, ce qu'il en reste, sont encore visibles. Ils passeront forcément du côté des ruines de l'église Saint-François-Xavier, anciennement située entre le phare et la poudrière du pénitencier.

Bagages au dos, ils remontent le sentier jusqu'à ce qui fut, aux jours de peuplement, une place publique, lieu de détente, de conversation et de conspiration, salle polyvalente à ciel ouvert pour dominos, belotes, jeux de dames et un jeu de l'oie qu'avait apporté une colporteuse pétillante, joviale et délurée, Cès. Elle avait fait la joie de tout le village. C'était là aussi qu'Ulys le forgeron chauffait et battait le fer pour tourner les outils agricoles et fabriquer des ustensiles. Cette place faisait office de bistrot sans comptoir. Il y avait un principe de mutualité des alcools. Personne, surtout les célibataires, ne conservait ses bouteilles chez soi, elles étaient mises en commun, du moins celles d'un litre. Cela permettait de varier les plaisirs et surtout de veiller les uns sur les autres et ramener les déraisonnables jusqu'à leur case, pile avant qu'ils sombrent dans l'ivresse atrabilaire. C'étaient des traces du mode de vie provenant des communautés marronnes. Le danger était permanent, immanquablement meurtrier dès qu'il devenait proche. Chaque Marron avait en responsabilité d'être le gardien de l'un de ses frères, et au retour des champs de riz, haricots noirs, patates douces, cacao, tabac à priser chiquer fumer, de manioc et de tubercules, de palmiers d'awara denndé pour l'huile et le vin, chacun devait s'assurer que celui dont il avait la charge était sain et sauf. On vendait bien des alcools dans la boutique du village voisin, mais ça se voyait quand on s'y rendait. Des bancs grossièrement taillés en pierre présentent encore l'arrondi de l'usure conviviale. Cette place a longtemps résonné de défis et de chants, de cris de victoire et de menaces de mauvais perdants, d'épithètes et de jeux de mots bancals, de rires et chuchotements. Après le départ des deux dernières familles, Judes Edvar avait déserté la place. Quelque temps. Il croyait y entendre des échos de ricanements totalement étrangers aux rires qui fusèrent là tant d'années durant. Il y revint presque par inadvertance. Un soir, impromptu, de méditation. Il avait passé l'après-midi à la cascade Paillasse piquée. Le bruit continu de l'eau dans sa chute énergique, débraillée, assidue, l'avait aussitôt happé d'une façon très singulière pour un lieu si familier. Fermant les yeux, il croyait voir plus clairement encore les lames bleutées se jetant du rocher très escarpé à pente raide qu'on peut tenir pour une falaise, les caresses qu'elles font en l'effleurant à la paroi tapissée de moisissure, les éclaboussures qu'elles lancent sur l'écheveau de lianes qui dansent tout le long de la chute, leur bouillonnement ravi en touchant le sol, cette écume qui mousse en heurtant les pierres et qui, sous ses paupières closes, lui masse les articulations aux chevilles et à la nuque. Il voulait percer le mystère de ce malaise qui s'était emparé de lui la nuit précédente, l'avait réveillé en sursaut, secoué d'assauts d'une mélancolie dans laquelle il était resté emmailloté jusqu'au devant-jour. Moite et hagard, il n'avait pas patienté, il avait allumé toutes les lampes comme pour obliger le matin à se lever.

Il avait rêvé d'elle. Pas de son épouse, disons pour être plus exact de cette femme fidèle et paisible qui avait partagé sa couche et sa vie, Bessie, dynamique et prévenante, qui sentait le bois de rose et qu'il avait épousée devant son affection et son respect, à défaut de maire et de prêtre. Il avait rêvé d'elle. De l'autre. Ce n'était pas arrivé depuis de si nombreuses saisons de pluie. Elle était revenue, avec sa grâce et son rire crépitant, et s'était installée dans son rêve, après si longtemps. Elle était restée belle et désirable, mais lui seul savait voir ce mince voile de langueur au creux de sa pupille. Elle avait trop aimé sa liberté et ne s'était pas vue flétrir. Ralentir. Courir moins vite, rire moins fort. Puis un jour, elle était partie. Qu'était-elle devenue ? Elle n'avait écrit à personne en particulier, elle avait épinglé une carte postale du vieux Cayenne, sans un mot au verso, dans un colis de marchandises et de tissus adressé *À vous tous*, comme pour dire je vous aime, je ne vous oublierai pas mais j'ai fermé la fenêtre qui s'ouvrait sur ma vie avec vous. La distribution du colis avait donné lieu à d'affectueux commentaires huit soirs durant sur la place publique, à quelques regrets sincères sur son absence, à une fanfare d'épanchements plus ou moins soupçonneux et suspects. Elle était trop libre, Emma, elle dérangeait. Les autres femmes, qui succombaient à son charme tant elle était enjouée et serviable, veillaient néanmoins sur leurs hommes en la guettant du coin de l'œil. Cela dura quelques mois, puis elles furent rassurées. Les hommes, eux, la regardaient pleins yeux, la reluquaient en soupesant leurs chances, mais ne s'aventuraient pas à lui manquer de respect. Par orgueil et clairvoyance, ils préféraient éviter d'être publiquement terrassés d'un quart de phrase cinglante, c'est ce qui risquait d'advenir en inspirant de surcroît sympathie à tous les autres, y compris aux épouses et compagnes méfiantes et vigilantes. Rabrouer avec charme et hauteur était chez elle un art aussi naturel et fascinant que sa démarche impériale. Judes Edvar n'a jamais eu le privilège d'accéder à son lit, pas plus qu'aucun des hommes du village, pense-t-il. Mais ce désir était comme une espérance qui tenait en haleine et en dignité tous les hommes qui la croisaient, allègre et sûre d'elle, sur le sentier qui mène au fleuve ou sur la place publique où la suivait un sillage de coumarine. Elle avait d'ailleurs proposé de donner un nom à cette place. Elle avait expliqué mi-plaisantant mi-pontifiant que l'on connaissait un peu Adome, chef marron réputé, mais qui connaissait ou supposait seulement l'existence de madame Adome. Quant à son prénom… Et d'ailleurs, a-t-elle seulement existé, demandait Emma. Puis, laissant s'écouler quelques brèves minutes d'embarras, elle avait répondu lentement à sa question : Oui, et c'est sieur Adome qui nous le dit. Elle avait joué de suspense, roulant élégamment ses épaules découvertes, avant d'ajouter :

— Et vous savez comment? Alors, malheureusement il ne nous dit pas son prénom, mais on devine bien que c'était une femme de grande classe. Je crois que, pour ceux parmi nous qui sont allés assez longtemps à l'école, le souvenir de la litanie des noms de gouverneurs est incrusté? On est bien d'accord, ce n'est pas la même école qui nous a appris les noms d'Adome, Jérome et compagnie? Par contre, elle nous a bien gavés avec les gouverneurs et les libérateurs. Eh bien, moi je vous dis que celles et ceux qui ne sont pas dans les livres d'histoire sont beaucoup beaucoup plus intéressants !

— Ça, c'est assuré pas peut-être, mé t'es pas obligée de t'enjôler comme ça pour nous faire lambiner sous le serein léger, l'admonesta Alène, un chansonnier très fin et versificateur appliqué, qui commençait toujours un peu plus tôt que tout le monde le rituel du pétépyé, l'apéro d'après-midi.

Emma lui claqua une bise sonore sur la nuque et reprit :

— Et alors, c'est bien polisson de lambiner…

Elle attendit que s'échouassent les derniers lambeaux de rires, les plus exubérants étant ceux d'Alène, et non mécontente de ses effets, Emma reprit :

— Je vous ai dit que c'est Adome lui-même qui nous parle de sa femme. Grande classe. Redressez-vous, décollez-vous les uns des autres, ceux qui tiennent la main ou l'épaule de leur amoureuse, s'il vous plaît, lâchez tout, il faudra gober chaque miette des mots d'Adome.

— C'est bon, Emma, c'est bon ! trop languir c'est plus languir, si tu traînes encore on va arrêter de t'écouter, d'ailleurs c'est l'heure du pétépyé et y en a qui doivent faire rentrer leurs chèvres.

Cette interpellation à la fois vigoureuse et cordiale provenait du doyen du village, père Éléodor, pas bien vieux, la soixantaine ardente, la pipe toujours en voyage entre sa bouche et ses mains qui pétrissent et tassent les feuilles de tabac, comme s'il prenait autant de plaisir à tacher ses doigts qu'à aspirer, expirer, humer la fumée.

Tout le monde a compris qu'Emma s'amuse. Mais ce n'est pas qu'un jeu. Emma veut vraiment faire de cette révélation un moment signifiant. Elle s'attelle donc à attiser non seulement la curiosité mais, par-dessus, la sensibilité. Aussi, se montre-t-elle à la fois solennelle et charmeuse :

— Évidemment vous vous souvenez des gouverneurs, les Poncet de Brétigny, les Cointet, les Jeannet-Oudin, les Pariset…

— Moi, je me rappelle même pas, entre eux, qui était gentil qui était méchant…

C'était l'aveu aussi tranquille que pertinent de Jérémy, trentenaire, débrouillard avisé capable de tout réparer, de la tronçonneuse et la débroussailleuse au minuscule manège musical en bois tournant dans un petit globe de verre.

— Bien dit ! commenta Alène. La seule chose qu'on pouvait pas mélanger, c'est que les Nègres étaient tous des sauvages et des canailles. Et c'est bien les vendeurs de canailles à chair humaine qui vous apprenaient ça !

Emma estima que le temps était venu de partager sa précieuse confidence, les esprits s'étant échauffés eux-mêmes, ils sont à point :

— Donc on se souvient de la vaillance d'Adome, de ses qualités de chef, et comment il a tourné en bourriques les troupes qu'on envoyait tout le temps après lui. Les troupes et leurs chefs, ça va de soi, comme dit la chanson…

— Woy ! quelle chanson ? l'interrompt Jérémy.

— *La Mauvaise Réputation*, mais c'est pas l'sujet, tranche Emma qui s'en veut d'avoir elle-même introduit cette inutile diversion.

Elle sent qu'elle a cassé l'ambiance solennelle qu'elle voulait pour son annonce, et qui avait commencé à prendre. Elle réalise qu'elle a trop joué. Elle se met à recoudre afin de reconditionner son auditoire :

— Mais pour te répondre complètement, Jérémy, je dois préciser que tous les gouverneurs n'étaient pas pareils, et le plus diabolique, je crois bien que c'était Poncet de Brétigny avec son nom à rallonge. Il était à demi fou, d'après ce qu'on dit.

— Mettre tous ces gens en esclavage, ils voyaient bien que c'étaient des gens comme eux, malgré tous leurs darloz, ça devait bien finir par déteindre sur eux, pontifie Alène.

Emma hésite, elle a envie de préciser que Pariset a gouverné à une autre époque, lui il était là pendant l'abolition, mais, se dit-elle, ce n'est pas le moment de commencer à distinguer les fréquentables des pas fréquentables. Tout ce qui en sortira, c'est que les esprits vont à nouveau se détendre, sans compter ceux qui vont s'impatienter et finir par se dépêcher d'aller rentrer leurs chèvres, avant le soukou et avant la ronde de Mambyalé le jaguar, toujours en maraude pour son dîner. Elle choisit de livrer sa vérité à l'abrupt :

— La voilà, la parole d'Adome : « J'ai des fers pour Cointet, et sa femme servira la mienne. »

— Woooooooooooooooooooooooooo !

— Ankò kon sa !

— Mo manman la tò ! a pa kouyonad !

— Henren menm !

— Atò atò ! oh oh ! mo palò fini !

— Eh ben eh ben eh ben mésyé mé fè !

— To pran'l pou bwa ? a kayman nwè ki la !

Les commentaires fusent, avec une intensité et une verdeur qui surprennent Emma. Elle lèche les interjections, suce ces opinions aussi denses que brèves, incisives et jouissives : Parlez-m'en ! Au nom de la terre, ce n'est pas de la blague ! J'en perds la parole ! Eh bien en voilà un châtiment ! Vous l'avez pris pour un bout de tronc pourri, en réalité c'est un caïman noir ! Et ces exclamations tellement éloquentes qu'elles sont intraduisibles : henren menm !

Ils en ont oublié leurs chèvres. Père Éléodor a posé sa pipe sur sa cuisse. Emma elle-même en est devenue mutique. Ça commentait en riant, en se tapant sur l'épaule, en levant pouces et poings, en se cognant les genoux. C'est comme s'ils s'étaient passé la fiole d'un élixir, que chacun en avait pris une gorgée, dont l'effet se démultipliait selon son tempérament. L'après-midi s'est poursuivi dans un brouhaha exalté. Et dès ce soir-là, la place est devenue place Man Adome, sans qu'il y eût besoin d'une cérémonie officielle. Les rendez-vous étaient confirmés ainsi :

— Bon, pita nou ké wè koté Man Adome ?

Ce fut d'abord sur la place Man Adome, puis très vite, chez Man Adome.

Emma n'avait pas changé d'un iota après cette spectaculaire victoire symbolique. Sa gaieté et sa gravité étaient demeurées égales. C'est peu après que le goût du large l'a reprise.

Emma était arrivée dans le village, un matin inopiné. Elle devait avoir trente ans à peine sonnés. Elle emmena avec elle un souffle de défi aussi implacable que les tchips qui appuyaient ses ripostes de mépris ou de contrariété, lorsqu'une discussion ou une observation l'importunait. Elle disparaissait régulièrement pendant un bon trimestre. Elle embarquait avant l'aube avec un canotier qu'elle contactait sans que personne ait jamais repéré par quel moyen, et qui l'attendait au débarcadère. Elle s'en allait, alerte, et pourtant revenait comme requinquée, délassée, épanouie. Elle en ramenait toujours de nouveaux disques microsillons pour son pick-up qui fonctionnait sur piles. Tous les soirs, elle écoutait une heure durant de la musique qui faisait le tour du monde et des époques. Une heure pendant laquelle les cigales suspendaient leurs cymbales. S'élevaient alors les voix d'Ella, de Sarah, de Billie, les notes de la trompette de Miles ou celles de la guitare de J.B. Lenoir, le timbre clair et puissant de Leontyne Price, les scats d'Al Jarreau, les dubs de U Roy. Quand ce n'était pas le gospel endiablé et sacrilège de Ray Charles. Ou l'inexhaustible vibrato de Oum Kalthoum. Les disques de calypso, de mérengué et de bossa nova étaient réservés aux soirs de fête. Cet art de la vie ici et là avait duré vingt ans. Les dernières escapades étaient plus longues. Les derniers retours annonçaient déjà quelque chose, que personne ne savait déchiffrer ni ne s'obstinait à vouloir savoir. Quelque chose comme une légère traînée d'humeur maussade.

Elle touchait moins les uns et les autres, enlaçait moins fréquemment dans un éclat de rire, sans être pourtant moins extravertie. Quand elle s'en est allée, elle a laissé le pick-up et quelques vinyles.

Judes Edvar avait traîné toute la matinée, sans envie sans allant, puis il avait pris le chemin de la cascade Paillasse piquée. Les yeux fermés, il avait regardé différemment cette force immuable et invincible de l'eau. Il s'était abandonné à ce que lui offrait cette plongée dans ce langage de vibrations aquatiques. C'est désormais dans un autre univers, un septième continent? que naviguent ses souvenirs. Comme si ce qui lui restait de tous ceux qui étaient partis, sous terre ou ailleurs, était assez vivant pour ne pas s'emprisonner dans sa mémoire, pour se mouvoir à loisir, dévoiler des choses, des façons d'être, des faits, voire des secrets qui n'avaient alors été que suggérés, parfois totalement dissimulés ou rendus ambigus.

Depuis, et ce premier soir presque sans commander à ses jambes, il avait recommencé à passer seul sur la place ce temps chancelant entre l'assoupissement nonchalant du jour et l'émergence impatiente de la nuit. Il avait conclu un pacte tacite avec les fantômes. Il ne leur reprochait plus leur infidélité à ce que furent les êtres de chair, de fièvre, de colère, de fourberie et de tendresse auprès desquels il avait cheminé ces années d'une socialité dont il n'avait compris que très récemment combien la saveur lui manquait. Plus que la saveur, d'ailleurs, c'est plutôt la proximité physique qui faisait alors défaut. L'air remué par les corps. Les effluves de sueur qui parfois offusquent, font suffoquer mais agissent de façon si bienfaisante sur les incertitudes de l'avenir. Il s'avisa que ce qui lui manquait le plus douloureusement, c'était de ne pas être pris dans le halo d'énergie et de vibration d'un corps, d'autres corps, amis ou inconnus, de ne plus toucher personne, même dans un accrochage, ne prendre personne dans ses bras, ne plus s'attarder sur un pied nu, des orteils irréguliers, ne plus limer et couper les ongles d'une femme, ne plus croiser des yeux inquiets même lorsqu'une bouche sourit, ne plus voir sourire cette bouche, ne plus repousser l'arête d'un coude dans ses côtes, ne plus sentir s'estomper le souvenir de la sensation d'une langue humide, savoir le monde peuplé de milliards de personnes et se sentir seul parce que les huit ou mille merveilles du monde, ses monuments et ses lacs, ses jardins et ses soucoupes volantes, ses tours et ses cimes, ses cités antiques et ses musées futuristes, ses pyramides et ses stations spatiales, n'enjolivent ni n'adoucissent les orphelinats, pas plus qu'elles ne vaudront jamais l'odeur brute d'un homme, moins encore la fragrance d'une femme et qu'elles ne feront pas chanter la pierre car l'oiseau n'atteint à sa note divine que parce que s'y prête une oreille humaine.

Le groupe de voyageurs arrivés sur la place se répartit les tâches. Il prend connaissance du nom de la place, non par une plaque officielle qui n'a jamais existé, mais grâce à un écriteau en bois de shawari que Judes Edvar avait sculpté au canif, avec des enjolivures, et qu'il avait fixé en haut d'un piquet en wapa. Il s'en était acquitté lorsqu'il avait repris l'habitude d'y venir en fin de journée. Il avait réalisé cette œuvre artisanale et artistique sans intention manifeste, comme on laisse une empreinte de pouce ou de talon.

Le groupe se scinde en trois. Un homme et deux femmes sont chargés d'aller vérifier combien de maisons seraient encore habitables, et où les hamacs pourront être accrochés. Avec son aisance naturelle, Hortensia prend la direction des opérations. Hortensia réside depuis le temps de son arrière-grand-mère au lieu-dit Brigadouvan. C'est tout récemment qu'elle a découvert, grâce au mémorial installé au jardin botanique qui reprend l'état civil des personnes affranchies en 1848 et des anciens Marrons, que sa famille est originaire de Tonnégrande. De ce jour, Hortensia, déjà très active dans la recherche et la valorisation du patrimoine sous tous ses aspects, s'est lancée dans une prospection méthodique sur les secousses qui ont marqué les vingt années qui ont précédé l'abolition. Elle a dévoré la documentation, riche en pièces d'archives, photos et analyses rigoureuses rassemblées par une équipe d'historiennes amazones, Lydie, Jacqueline, Sarah, Sidonie, Régine et quelques hommes, ce qui l'a amenée à élargir considérablement ses centres d'intérêt. Depuis, elle est reconnue non plus seulement pour sa voix chaude et modulante lorsqu'elle interprète des chants traditionnels, mais également pour ses nombreuses interventions publiques sur les traces de l'Histoire dans les familles,

les mémoires, les comportements, les frayeurs, les refoulés. Elle a cette originalité qui consiste à décrire des situations, des réactions, des croyances, des propos qui émaillent le quotidien et qui, une fois décortiqués à la lumière de l'ordre oppressif passé, de ses règles, ses interdits, son racisme institutionnel séculier et religieux, ses articles de loi contraires au droit et ses dogmes, fonctionnent comme autant de jalons d'un processus traumatique dont la nature devient dès lors limpide. Le début d'une résilience.

Ils poursuivent leur tour du lieu, potager, verger et environs. Ils hument ce qui, dans l'air, flotte encore des présences et des rémanences. Les bagages sont à peine défaits que surgit une troupe de treize personnes. Celles-ci sont arrivées par voie terrestre. Elles ont pris la route depuis le littoral puis des pistes datant du milieu de la période aurifère. Elles ont parcouru des sentiers plus ou moins tracés, des chemins nus exposés aux pluies, des layons de broussailles encombrés de chablis ici ou là. Elles ont fait un léger détour et longé la réserve des Nouragues, cette zone protégée de cent mille hectares à laquelle les Guyanais n'ont pas accès, pas plus les citoyens ordinaires que les écoliers ou étudiants, sans que cela pose le moindre problème aux chercheurs qui jouissent du privilège d'observer la nature, d'y mener des programmes scientifiques internationaux, d'y accueillir des personnes extérieures au territoire, tandis que rien ne permet aux jeunes vivant sur place, hein vous là, de venir et de rêver d'un métier au service de la biodiversité. Non, ces messieurs-dames qui recherchent s'intéressent davantage aux chauves-souris, et ces petites bêtes sont admirables, et il faut sauver leurs 81 espèces, et elles méritent bien une année internationale de la chauve-souris. Ils ont fêté ça en 2011. Ces gens-là ne croient en rien. On dirait que pour eux, les jeunes ici, c'est comme des agratiches ou des araignées-case : c'est là, on les voit aller et venir, ce n'est pas dérangeant à condition que ça reste à gambader sur les murs et au plafond, à gober les mouches et tisser des toiles dans les angles. Il faut dire que ces manières de faire sont pareilles dans des tas d'autres domaines où on tient bien pareillement à l'écart les jeunes et les autres publics locaux : ça vaut pour les opérations archéologiques, par exemple, qui reçoivent chaque année en stage des jeunes venus d'ailleurs. Comme s'il n'y a pas un seul, un unique jeune ici possiblement intéressé par l'archéologie. Même topo pour toutes sortes de spécialités. Y a qu'ici que les jeunes n'auraient aucune curiosité sur aucun sujet.

La chose est trop répandue et trop banale pour émaner de la simple volonté des responsables de ces programmes. En réalité, c'est la reproduction inconsciente mais imparable d'un mécanisme d'exclusion qui s'enracine dans l'époque et les schémas d'une politique de soustraction du territoire. Elle a connu un point d'orgue avec ce que l'on a appelé l'affaire Galmot. Jean Galmot était négociant en or, gomme de balata, bois de rose et rhum ; il fut élu député de Guyane, après avoir fait fortune à la tête de la compagnie minière de son beau-père et dans la vente d'alcool à l'armée. Ce qui lui valut un séjour en prison sans que l'on sût alors s'il avait vraiment escroqué l'armée ou s'il était tombé sous le coup d'un complot de concurrents miniers. L'homme était, dit-on, équitable avec ses ouvriers, accommodant avec les orpailleurs, accessible en ville. L'imbroglio fortune-popularité-soupçons-de-fraude-électorale a nourri des passions extravagantes. Il mourut un soir, on dit alors empoisonné, on dit aussi impaludé, on dit encore d'un foie malade depuis longtemps. On n'entendit cette nuit-là que ce qui convenait aux esprits en ébullition : il trépassa à minuit du poison versé dans son potage par sa servante Adrienne. Les rues s'embrasèrent. Neuf ou onze morts. Quatorze personnes interpellées, incarcérées, transférées à Nantes, défendues devant la cour d'assises par une gloire montante du barreau de Paris : Gaston Monnerville. Acquittement. Suite et fin. Et par pertes et profits : les victimes Thébia, Bourgarel, Jubel, Clément et d'autres qui avaient en commun d'être des partisans d'un adversaire ancien ami de Galmot, Eugène Gober, avocat qui fut maire de la capitale, fit et défit des députés, soutint puis combattit Galmot, et se trouvait au Gabon, occupé à faire des affaires, lorsque les émeutes éclatèrent. Là n'est pas l'essentiel. C'était en août 1928. Le procès eut lieu en 1931. En 1930, la partition du territoire était prononcée. Par un décret-loi du 6 juin 1930. Sans aucun débat législatif. Pas nécessaire.

La colonne s'étire quelque peu. En tête, vifs et prompts, trois jeunes sautillent comme si leurs sacs à dos ne pesaient rien. Dès qu'ils se trouvent hors de portée des anecdotes et récriminations, ils ralentissent, se déchaussent parfois, parcourent quelques dizaines de mètres pieds nus, savourant ouvertement le plaisir du contact de leurs plantes de pieds à même le sol.

Tout de même ! Un territoire pareil : le sixième de la superficie de la France, des ressources minières, pétrolières, une frontière fluviale de six cents kilomètres avec une colonie néerlandaise, une autre de huit cents kilomètres avec un pays continental, le Brésil, une forêt qui recouvre quatre-vingt-dix pour cent de la surface terrestre, une façade littorale de trois cent cinquante kilomètres, un domaine maritime de plus trois cent mille kilomètres carrés réputé riche en crevettes, vivaneaux, requins, des fleuves impressionnants, une position prometteuse pile au-dessus de l'Équateur, un territoire pareil, ça peut donc se gérer par décrets-lois édictés par un pouvoir exécutif tout-puissant ?

Il est vrai que, déjà en 1825, le roi Charles X s'était octroyé le domaine colonial par des ordonnances attribuant à l'État, pour son domaine privé, « toutes les terres vacantes et sans maître », en sachant bien qu'il n'existait pas de cadastre pour enregistrer la moindre propriété. Il faut convenir qu'un cadastre n'aurait pas changé grand-chose, car on peut parier que ni les Amérindiens, ni les Bushinengue, ni les anciens Nègres marrons, ni les anciens esclaves affranchis, ni les nouveaux agriculteurs, encore moins les orpailleurs itinérants, pas plus que les colporteuses, personne chez ce peuple décidément distrait ne se préoccupe de posséder la terre qu'il travaille, moins encore de faire enregistrer cette possession pour en faire une propriété. Évidemment, les ordonnances de janvier et août 1825 ne sont pas rédigées de cette façon. Heureusement que comparaison n'est pas raison. Car il y en a qui disent carrément que Léopold II a fait pire au Congo. Qui plus est, cinquante ans plus tard. Sur ces sujets, y en a toujours qui trouvent un plus pire. Ou qui vous explique que c'était l'époque ! Les darwinistes de la morale. On les a repérés. Ils disent que ce qu'a fait Charles X est moins grave, d'autant que Léopold II, lui, il a privatisé personnellement le Congo, pour lui, pas pour l'État belge. Charles X s'est contenté de privatiser un territoire pour l'inclure dans le domaine privé de la monarchie. C'est moins pire. Chimères et discutailleries, tout ça. La preuve, c'est que, depuis presque deux siècles, tout ça laisse les gouvernements qui se suivent et se ressemblent ou ne se ressemblent pas, imperturbables.

Une fois ou deux, l'État va se défaire d'une partie de cet immense patrimoine acquis par un simple jeu d'écriture. En 1895, apparemment, les histoires d'égalité et de fraternité tombent au placard. C'est bien une république, mais avec des aménagements, en tout cas par ici. L'État va faire des largesses avec ce qu'il a volé. Généreux, mais pas avec tout le monde : il va donner des parcelles de trois à dix hectares, ce sont des concessions, qu'au bout de cinq ans il transforme en propriétés pour les bénéficiaires. Et c'est qui, les bénéficiaires ? Pas compliqué, à ce moment-là il n'y a qu'une catégorie : les seuls admis au festin sont… les bagnards. Blancs. Français de France. Et ça va continuer, empire, république, ce sera kif-kif bourricot, attribution foncière foncièrement ethnique, on installe des gens dans des communes, au fur et à mesure que les choses bougent dans différents endroits de l'empire. Ceux qui sont amenés ici sont regroupés selon leur origine. Et pour les gens du pays, nating ! niet ! macache ! que dalle ! Pire, l'État recommence à prendre. Pour installer sa base spatiale, les Malmanouriens, allez ouste ! Allez voir ailleurs.

C'est comme s'ils se réveillaient à l'unisson de leur sieste. On entend soudain des concerts discordants, les cris de babouns se mêlant aux chants de moréyos, un maïpouri leur répond de loin, comme se moquant. Le serein arrive, soudain, fidèle à ses habitudes, paré de belles couleurs qu'il va dissiper sous peu d'un coup, comme par caprice.

— Ça, c'est un couple de touis paras ! dit une femme identifiant dès les premières notes un chant strident. Ces oiseaux aiment jouer les amoureux. Comme ils chantent, là, ils doivent avoir des petits !

C'est comme ça ! pas de rigolade. La loi sans le pouvoir, c'est une kermesse. Donc… le décret-loi de 1930 qui a créé le Territoire de l'Inini immédiatement après la mort de Galmot et tout le tralala sur les chantiers miniers, a réduit sur sa lancée la compétence du conseil départemental. Pour lui, comme il est composé d'élus locaux, c'est dix pour cent du territoire, une mince bande côtière appelée officiellement et sans grimace : la Guyane proprement dite. Le reste est placé sous l'autorité du gouverneur.

Le conseil départemental passe de seize à huit membres. Si on veut discuter, ce n'est pas si mesquin. Si on regarde bien, proportionnellement, il aurait pu l'amputer de quatre-vingt-dix pour cent, en toute rigueur arithmétique. Ce n'est pas fini : l'État va créer neuf postes douaniers pour tout contrôler et prélever un écot sur toute la tripotée d'or qui crapahute par les quatre points cardinaux. On aurait dit le butin de César. Même les Hollandais qui commandaient encore chez nos voisins surinamiens n'avaient pas installé autant de postes de douane sur le Maroni entre la Guyane et le Surinam, pourtant le fleuve se déplie sur plus de huit cents kilomètres. L'État a pris goût au jeu tu m'as vu tu m'as pas vu, il va créer aussi un bureau des affaires autochtones, pour les «bonis et tribus indiennes autochtones». Quelques droits pour faire joli. Mais attention, cette reconnaissance «ne confère cependant à ces tribus aucun droit nouveau susceptible d'être opposé à l'État». Voilà, tout seul, l'État va battre le tambour et danser en même temps, en se mélangeant les pinceaux dans cette histoire de pas de droits opposables d'un côté, et de l'autre côté une reconnaissance d'autochtonie. Résultat, personne ne comprend rien, les Amérindiens et les Bonis ne savent pas s'ils sont citoyens, s'ils doivent faire leur service militaire, s'ils ont le droit de vote, s'ils pourront devenir fonctionnaires. Et ce n'est pas l'administration qui peut les renseigner, elle-même y perd les pédales. Comme ce préfet bien drôle bien chaleureux, qui est venu très gentiment à une cérémonie traditionnelle en 1978, tout plein de bonne volonté, pour leur déclarer : «Je suis comme vous, un chef coutumier.» C'est gentil, non? On ne sait qui a ri, qui s'est retenu, qui a cru. D'un côté, il n'avait pas tout à fait tort : il a bien remis aux chefs coutumiers des costumes militaires taillés un petit peu comme son uniforme des jours de fête. C'est une vieille manie. Qui remonte loin! Déjà ce pape Paul III Farnèse qui prend le temps d'écrire en 1537 que les Indiens sont «des hommes véritables». Quelle chance! Et malgré ça, ça continue à les travailler. Ils n'arrivent pas à regarder ceux qui ne leur ressemblent pas juste comme des gens différents.

Le chemin est frais et arboré. De longues branches, très feuillues, étendent leur ombre sur toute sa largeur, dissimulant parfois de petites crevasses et des chicots qui ont survécu à l'ouverture de ce chemin qui doit remonter à une vingtaine d'années :

— Regardez bien où vous mettez les pieds, avec l'arrivée de la nuit, le temps que la lune apparaisse franchement, vous pouvez vous casser la figure quatre ou cinq fois, conseille le plus âgé de la troupe.

Les acrobaties ne sont pas finies. Sans arrêt, sans arrêt, l'accès à l'intérieur du territoire est réglementé et contrôlé. Et puis, après la guerre, voilà que des députés prennent au sérieux les histoires d'égalité. Ils veulent que leurs pays deviennent des départements comme s'ils n'étaient plus ni dans l'océan Atlantique, ni dans la mer Caraïbe, ni dans l'océan Indien, ils veulent des départements comme Nice et la Savoie. D'ailleurs, ils n'arrêtent pas de dire qu'ils sont français depuis avant Nice et la Savoie. Que faire ? OK OK pour la départementalisation. Problème ! Du coup, décemment, le décret-loi de 1930 ne peut plus tenir puisque la République est indivisible, démocratique et sociale. Le décret-loi est donc abrogé. Non, non, on n'applaudit pas, on se calme. Abrogé... et aussitôt remplacé par un arrêté préfectoral. Au nom de la protection des « populations de l'intérieur » contre les maladies, il est interdit de franchir la ligne tracée par la rivière Waki à l'ouest et la rivière Camopi à l'est. Évidemment, tous les aventuriers circulent. Tous les touristes qui ignorent ce décret circulent. Les fonctionnaires qui veulent servir ou changer d'air circulent. Les chercheurs qui collectent les savoirs empiriques circulent. Les multinationales cosmétiques et pharmaceutiques en quête de molécules végétales circulent. Les clandestins circulent. Et les élèves qui ont reçu une classe d'enfants amérindiens, les ont accueillis à domicile pendant une semaine, et qui voudraient leur rendre la politesse, ne circulent pas. Les gens normaux et disciplinés, non plus.

Ainsi, un touriste a beaucoup plus de chances d'apercevoir les Tumuc Humac, malgré la ligne Waki-Camopi, que n'importe qui vivant sur place.

Ah ! et puis en plus, la République n'est pas seulement indivisible, elle est laïque. Mais on ne peut pas tout régler d'une traite. On verra plus tard. Le Concordat peut tenir encore. Et il tiendra bien soixante-dix ans de plus.

Ils ont atteint la limite de la réserve des Nouragues. Ils aperçoivent le bout de l'interminable escalier en bois, ainsi que l'espèce de téléphérique.

— Voilà voilà, nous passons la lisière du domaine sacré hors de portée de nos gueules, se moque amèrement un homme joyeux et preste.

C'est une logique. Elle est claire. Il faut soustraire le territoire à ses habitants. C'est la condition de la tranquillité. Sinon, ça vous fait des gammes sur nos richesses minières et nos richesses forestières et nos richesses agricoles et nos richesses maritimes, c'est tout juste si ça ne se réclame pas de richesses spatiales, et nous sommes une colonie et les pays voisins sont décolonisés et ça ne se passe pas plus mal chez eux, et nous avons de l'or pour étalonner la monnaie, et nous avons une élite pour diriger le pays, et nous avons de la bauxite comme au Surinam et nous avons du pétrole comme au Brésil, et nous avons des plantes pour l'industrie pharmaceutique, et nous n'avons pas de cyclones et nous n'avons pas de volcans et la terre ne tremble pas et les sargasses ne rappliquent pas, et nous avons le site pour mesurer la vitesse du son. Et patati et patata. Le plus simple, c'est vraiment de soustraire ce territoire. Voilà. Le rendre inaccessible. À chaque époque ses arguments. Il y eut le contrôle de l'or après Galmot. Puis la santé des Indiens. Maintenant, attention, les grenouilles multicolores sont en danger. On a envoyé les gendarmes, puis les militaires, puis les experts, puis les chercheurs. Avec de bons renforts inattendus : les Superman des rapaces menacés. Il faut reconnaître qu'entre les tortues, la mangrove, les reptiles et les cigognes, les sujets de passion ne manquent pas. Le plus cocasse, c'est le prétexte pour lequel ils font dégager les gens : contrairement au Brésil ou à la Colombie, cette partie de la forêt amazonienne est extraordinairement préservée, donc il ne faut pas laisser les gens circuler, ni cueillir, ni chasser. C'est très facile à faire : il suffit de multiplier les réserves naturelles, les parcs, les zones humides, les réserves biologiques intégrales, les znieff et autres arrêtés de biotopes. Si on compte, c'est rudement efficace : ça fait plus des deux tiers du territoire où on ne peut pas aller comme on veut, rien que le Parc amazonien ça mange quarante pour cent.

Ils se trouvent en hauteur. Ils aperçoivent en contrebas une clairière comme adossée à un flanc rocheux, dont la surface, parsemée de traces de quartz, projette des rayons brillants et furtifs avant le retrait complet de la lumière du jour.

— Il y a beaucoup de légendes qui se sont transmises parce que les gens ne connaissaient pas encore assez bien la nature. Quand on voit ça, si on est seul et un peu tracassé, on peut penser que la forêt abrite d'autres personnages que les hommes et les animaux. C'est comme ça que des aventuriers du dimanche perdent la boule !

Mais attention, il ne faut pas se montrer obtus, y a des parenthèses qui comptent ! Lorsqu'ils ont conçu leur Plan vert, attention attention, on pouvait faire quelques entorses à la protection sous cloche, il fallait développer la Guyane. Et pas avec n'importe qui ! Vous êtes trop jeunes pour vous rappeler, ni d'ailleurs pour avoir connu toute la publicité : 30 000 migrants pour la Guyane ! Tenez-vous bien : ils recrutaient en France. C'était écrit sur les panneaux Decaux et sur les bus. En fait, ils s'appelaient eux-mêmes migrants !! Après, y a eu des vrais migrants qui sont venus, eux, pour être ouvriers agricoles. Ça venait de partout, Brésil, Pérou, Colombie, Haïti, Surinam et des derniers trous de l'enfer, trop contents, les pauvres diables, de travailler en plein air et de gagner deux sous. Mais les premiers migrants, ceux qui méritaient de la publicité, c'étaient des Français de France, c'était venez comme vous êtes, comme dit la publicité débile de je sais plus quoi, pour manger ou pour danser. Venez comme vous êtes, y a eu des fonctionnaires, des hommes d'affaires, des play-boys, des chômeurs et même un cordonnier, et peut-être par-ci par-là, un ou deux anciens agriculteurs ou vrais candidats agriculteurs. Ils sont arrivés bien pimpants. Et quand ils ont pu repérer les terres, les dizaines ou les centaines d'hectares que l'État leur prêtait ou leur donnait, il se pouvait qu'il y ait des familles dessus depuis Mathusalem. Eh bien, les familles devaient s'en aller ! Tant pis si elles étaient là depuis plusieurs générations. Elles avaient leurs bras et leurs cases en bois et leurs souvenirs familiaux, eux ils avaient leurs papiers avec un beau tampon bleu-blanc-rouge. Et le cadastre, qui n'existait pas au temps de Charles X et de ses ordonnances royales, n'existait pas mieux sous ce Plan vert. Un siècle et demi après, excusez du peu !

Seulement, comme disent les Anciens, à beau dire à beau faire, si cette partie de l'Amazonie est si bien préservée, c'est justement parce que des générations d'habitants, Amérindiens, Bushinengue et ceux qu'on appelle Créoles, ont apprivoisé l'Intérieur, au sens du Petit Prince. Tous ils ont nomadisé puis sédentarisé un temps ou longtemps. Ils ont prélevé leur nécessaire sans abus, ils ont pêché, chassé, cultivé, revégétalisé. Ils connaissent les périodes de reproduction des espèces, les plantes qui soignent, les lieux sacrés. C'est leur savoir qui est pillé. Leurs terres travaillées qui sont expropriées. Leurs façons de vivre qui sont malmenées. Leur présence qui est déniée et parfois ouvertement contestée. Les quadrilleurs de territoire et les capteurs de connaissance s'en chargent avec plus ou moins de zèle. Pendant ce temps… Les garimpeiros leur échappent et se foutent bien de leurs opérations militaires Anaconda et Harpie, même pas peur. Les extractivistes les ignorent. Les puissantes sociétés minières les contournent. Les trafiquants de vessies natatoires les narguent. Quant aux blanchisseurs de caillasses sans traces… En revanche, l'artisan minier local, le chasseur local, le pêcheur local, le débrouillard local les contrarient. Et pour cause : ceux-là discutent, pinaillent, récitent des lois, portent plainte aux tribunaux, écrivent aux journaux, poussent des coups de gueule à la radio. Mais, si on regarde bien, c'est une lutte de toreros.

L'une des administrations répressives la plus active est celle qui s'occupe de la forêt et de la chasse. Celle-là précisément qui ne s'était pas offusquée lorsque l'un de ses agents s'était présenté à la télévision publique en uniforme professionnel comme candidat à une élection au nom du parti national d'extrême droite. L'administration n'avait réagi que dix jours plus tard, lorsqu'une candidate avait rassemblé quelques militants pour protester par un sit-in d'occupation symbolique dans la cour de cette administration. C'était un temps où ça existait, des positions et des oppositions politiques, tout le monde ne caillait pas devant l'administration, qu'elle porte uniforme ou pas. Le directeur, sollicité par les médias, avait expliqué que le fait lui avait échappé, et que bien entendu, ce n'était pas normal. Point, à la ligne. Ça paraît propre et coquet comme un vêtement du dimanche, mais il y a quelque chose d'avarié dedans. Cette administration s'est efficacement prémunie contre d'éventuelles velléités de pénétration par de pauvres ingénus locaux qui aimeraient s'épanouir dans ces métiers qui s'exercent dans la nature. Ah, certes, elle en prend quelques-uns. Mais elle les choisit. Arbitrairement. Au feeling ou au hasard, au jugé ou au débotté. Avec places assignées. Guides en forêt. Guère mieux. Pour qui voudrait l'intégrer par un circuit plus formel, pardon, elle a prévu des tests et des épreuves sur place. Concours local, disent-ils. Exemple de questions de culture générale : Combien de pièces compte le château de Versailles ? Et autres QCM de la même eau. Notes éliminatoires. Par mégarde, peut-être ?

En attendant, pas de quartier. Ça patrouille à tour de bras, ça verbalise, ça réprime, ça sévit, ça châtie. On le sait, toutes les règles ont leurs exceptions. Donc, donc, il y eut une exception de taille à cette extrême rigueur : un artiste de passage qui a remporté un marché public régional pour aménager une place consacrée à un symbole amérindien a obtenu le droit de construire une espèce de mémorial composé exclusivement de troncs d'arbres coupés, séchés, provenant d'une essence protégée pour laquelle on punit sévèrement ceux qui, sur place, se hasarderaient à couper un seul exemplaire de l'espèce. Cet artiste en a coupé une dizaine, qu'il a carbonisés avant de les transporter et les ficher dans le sol sur la place commémorative en question. Voilà ! Lui, il a le droit !

La nuit a presque pris ses quartiers. Il leur reste encore un petit quart du trajet à parcourir. Une jeune fille et un jeune homme l'ayant perçu, bondissent loin devant, tandis que les autres ont ralenti, de plus en plus intéressés par les anathèmes qui ont tout l'air de prendre de la vigueur à mesure que les pas s'accélèrent comme ils approchent du hameau Noupakaséré.

Et on tourne et on retourne les choses comme on veut, c'est un cocktail d'arbitraire, d'impuissance, de rodomontades, d'abus, d'arrogance. Ils ne peuvent rien contre ceux qui déciment les espèces, ceux qui chassent tous les jours, ceux qui approvisionnent les restaurants, ceux qui font des simili-safari comme d'autres en font des vrais ailleurs, ceux qui tuent plus que ce qu'ils peuvent emporter, ceux qui ne connaissent pas les périodes de reproduction, ceux qui ne consomment que certaines parties et tuent en quantité. Ceux-là, les fonctionnaires zélés les ignorent ou peut-être qu'ils ne savent pas qu'ils existent. Sans parler de leur incapacité à contrôler les armes qui servent à tous ces méfaits. Quant aux garimpeiros bien armés qui chassent pour se nourrir et pour vendre, tu crois qu'ils se hasardent? Non, leurs obsessions, leurs objections, leurs sanctions, c'est pour le citoyen répertorié, le même qu'ils repèrent pour les impôts, le même qui paie ses contraventions, le même qui ne chasse que selon les saisons et selon les espèces, et tant pis si celui-là ne peut bouger que sur des rognures de territoire, c'est lui le gibier à fichiers, l'agouti à pièges bureaucratiques, c'est lui le soi-disant prédateur infâme.

Ce qui console un peu, c'est que déjà lorsque leurs lois étaient discriminatoires, et pas seulement les grands abus et les grandes outrances du Code noir, lorsque leurs lois marquaient bien clairement des différences de traitement entre les soi-disant lettrés et tous les autres privés d'instruction, les gens ne se laissaient pas faire comme ça. Y a qu'à voir comment Adélaïde Tablon s'est débattue dans les mains des sept gendarmes-à-grand-sabre chargés de l'emmener au chef-lieu. Elle a distribué tellement de coups de pied durant tout le trajet qu'elle a réussi à en faire trois tomber à l'eau, et elle s'est tellement démenée qu'elle serait arrivée nue comme un ver devant le palais du gouverneur, si une femme en ville ne lui avait jeté une tunique sur l'épaule au moment où elle passait devant la cathédrale. C'est un tempérament, mais c'est aussi un héritage. Les traces sont là, et pas seulement dans la tête des gens. Partout il y a des sites qui rappellent l'histoire et la vérité. Tu vois le fort au nord de Cayenne, c'est là que le chef kali'na Cépérou s'est posté, tout en haut de la colline, pour prononcer sa malédiction contre les colons. Tu vas au nord de la Martinique, il y a le tombeau des Caraïbes d'où leur chef a maudit la ville chic de Saint-Pierre en prédisant l'éruption meurtrière de la Montagne Pelée. Tu trouves partout dans la caraïbe des falaises, des collines, des montagnes, des crevasses qui ont été les dernières positions de résistance, et parfois de suicide collectif. À des endroits, ce fut le plongeon du chef ou le saut de la cheffe. Et il y avait bien des cheffes et elles ont bien leurs pyramides version caraïbe. Le Mont Barriga de Dandarah ou la Montagne jamaïcaine de Queen Nanny. Les États-Unis aussi ont leur part. Il y a ce rocher-à-deux-têtes d'où s'est envolé Salomon, et le ravin de Ryna qui renvoie aujourd'hui encore les échos des lamentations de la femme de Salomon. Au Guyana, tout près sur le Plateau des Guyanes, le chef amérindien s'est précipité avec son canot du haut des Chutes de Kaieteur pour s'offrir en sacrifice aux dieux, il voulait sauver sa communauté car il voyait venir sa fin sous le feu des envahisseurs. Et les montagnes andines ont accueilli la cité secrète de Païtiti où se sont réfugiés les descendants du dernier empereur inca.

Ainsi devisant, chacun dans son style et son langage sur tous ces faits authentiques, le groupe terrestre est parvenu sur la place Man Adome. Hortensia, qui les attendait, a déjà mis au point avec sa cellule dirigeante la répartition dans les lieux d'hébergement. Parmi ces arrivants, il y a Pol-Alex Hossi, l'éducateur, trois jeunes filles et deux jeunes hommes, tous cinq d'environ dix-huit à vingt-deux ans, et deux très fortes personnalités, une artiste délurée, Sula, prénom qu'elle s'est choisi comme total patronyme en hommage au personnage du roman éponyme de Toni Morrison, et Marwan, ancien cadre de la fonction publique reconverti en maraîcher et militant de la mémoire. Un vieux sage, Cosey, puits de savoir et imprécateur impulsif, complète la bande.

Il est prévu une veillée d'évocation, de méditation, d'incantation. Cette veillée est censée préparer les lieux pour la cérémonie de purification qui se tiendra à l'aurore. Trois chamanes : un Piiyai amérindien, un Obiaman bsuhinengue et un Dòkò Féy créole sont attendus. Ils passent tous trois la nuit ensemble dans la forêt, à veiller et prier, chacun dans sa langue et selon sa culture, et prenant à tour de rôle le lead solo tandis que les deux autres psalmodient les réponses. Ils sont à peine à trois kilomètres du hameau, vers le sud, mais ne rejoindront les autres qu'au devant-jour, après leurs ablutions consacrées.

Un barbecue est monté en deux temps trois mouvements. Le menu sera sobre. Ce n'est pas une nuit d'agapes.

Les convois furent vite constitués. Dès que la nouvelle de l'assassinat « du dernier Indien » arriva sur la côte et se mit à débouler tout le long du littoral avant de redescendre jusqu'à la rivière Sikini au-dessus de Camopi, puis plus au sud jusqu'à la rivière Yaloupi, la réaction fut instantanée et simultanée. Elle s'ajusta avec une célérité et une harmonie que personne ne comprit car personne ne la coordonna. L'idée s'installa que le meurtre doit être lavé. Il n'est pas question de vengeance. Ni de justice. Personne ne se hasarde à imaginer et espérer que, par chance cette fois-ci, la justice trouve les coupables, par des voies d'enquêtes ou éventuellement avec un secours médiumnique. Personne ne divague. Il s'agit d'accompagner l'esprit de Judes Edvar, de l'apaiser et l'alléger car la mort violente laisse toujours l'âme en déroute. C'est pour cela qu'un crime ne doit pas rester impuni. La justice ne doit pas se tromper de verdict pour ce qui fut infligé au corps, l'office rituel ne doit pas écorcher le karma. Les trois officiants vont, par cette ascèse nocturne, se défaire des miasmes qui obstruent les canaux d'énergie, pour rendre fluide la course des flux de bienfaisance qu'ils vont projeter afin de donner à l'esprit de Judes Edvar, son yooka, l'élan qui lui permettra de traverser sans encombre la mince bande de ténèbres qui séparent le monde des vivants de celui de ceux qui veillent sur les vivants. Sinon, Judes Edvar risque de virer *akatonpo*, esprit errant. Les chamanes consulteront des esprits alliés, les yakuwa, chacun dans sa culture. Ils se les répartiront. On suppose, et c'est vraisemblable, qu'ils convoqueront Itulu Akili, l'esprit de la forêt, puis Tuna Akili, l'esprit de l'eau, et sans doute Kumaka, l'esprit du fromager. Tous ceux qui passeront nuit blanche au village savent qu'il est possible que des bruits aigus ou sourds, voire des lamentations, escortés par les percussions manuelles malaka et doong, viennent ponctuer l'avancée vers le jour. Ils savent aussi que tout sera sous contrôle.

Cosey est le dernier à remonter du fleuve. Il supervise le travail terminé. Il sifflote un henren connaisseur en appréciant l'agencement du barbecue qui servira aussi bien pour boucaner le poisson, un machoiran déjà bien vautré dans sa marinade, que pour enfumer les moustiques. Tout le monde sera au régime à l'eau cette nuit, les boissons alcoolisées, kasili, bii, rhum vieux étant réservées aux libations. Une tente est montée pour filtrer un peu l'humidité nocturne, celle-ci très spéciale qui, chargée de toute la vapeur du fleuve, transperce le dos en fusant par le bas à travers le hamac. Aucune laine n'y résiste. Il faut se réchauffer le corps en le frictionnant de baume du tigre mélangé à un alcool d'eucalyptus fabriqué à la Barbade.

La soirée commence doucement. Le va-et-vient s'intensifie. Les jeunes ont accueilli sans bougonner la répartition des tâches telle qu'établie par Pol-Alex Hossi, et ils se sont placés sous la supervision de Sula. Hortensia conseille, à la cantonade, d'aller faire une sieste de soirée pour couper le défilé des heures et emmagasiner de l'endurance pour la nuit. Dès que le champ est libre elle se dirige, accompagnée d'une autre femme, vers la maison de Judes Edvar. Dans la cour, elles confectionnent un foyer de pierres, de charbon, de bâtonnets et de brindilles, déposent devant le foyer un paquet de vêtements qu'elles ont pris dans l'armoire : un pantalon, une chemise, des sous-vêtements et une cravate que, probablement, le défunt attachait à son cou avec coquetterie pour les vœux de bonne année. Elles ont emballé les vêtements dans une longue feuille séchée de bananier. Elles déposent à côté du paquet de vêtements un pichet d'huile essentielle de menthe poivrée, un demi-bock de pétrole, un petit bloc d'encens et une poignée d'assa fœtida séchée, une boîte d'allumettes. Elles s'inclinent puis s'en retirent à reculons.

Tandis que des chants de travail alternent avec les chants de réjouissance, des chants d'amour et des chants d'ironie, des chants de souffrance et des chants de rêverie, des groupes se stabilisent, avec un ou deux éléments très mobiles qui vont de l'un à l'autre. Une fois satisfait le rituel qui retrace, à larges louches et en fantaisie feutrée, la vie et le caractère de Judes Edvar, sans aucun souci de faire la part entre ce qui fut et ce qui fut dit, entre ce qu'il fut et ce qu'on en dit, des conversations s'engagent, comme dans toute veillée, très au-delà du sujet ayant motivé ce rassemblement. Tout cela se déroule sans crainte de représailles, sans précautions inutiles, dans une ambiance voguant savamment entre la colère et l'insouciance, entre la joie des souvenirs et la tristesse de cette mort brutale, laissant libre cours au tempérament des paroliers et chansonniers, tantôt respectueux tantôt goguenards. Comme si le mort n'avait plus cure de sa réputation.

Parmi les souvenirs les plus fréquemment évoqués, dans des versions si disparates qu'elles conduiraient presque à penser qu'il s'agit d'événements différents, il y a ce pèlerinage dans la commune de Régina, à l'est également, là où les terres ont été poldérisées par le travail servile et pourtant habile de centaines d'esclaves, que l'intendant Malouët a mis à la disposition de Guisan, ingénieur suisse féru d'avoir observé les techniques utilisées dans la colonie néerlandaise voisine pour reprendre de la terre sur la mer, les fleuves et les marais littoraux. Jean Galmot et d'autres, les Tanon, les Cécilon, y ont fait fortune avec l'exploitation du bois de rose, l'extraction d'essences, la distillerie de rhum et, bien sûr, l'activité aurifère. À cette occasion, Guyanais et Brésiliens confluent vers cette ville, certains dans des tenues d'apparat. De ce que les uns et les autres lancent par bribes dans ces conversations décousues entrecoupées de chants, de danses, de cantiques, le pèlerinage à Saint-Jean, en juin, était surtout le motif de l'événement, sans être pour autant une manifestation anodine. C'est à l'occasion de cette fête plus syncrétique que religieuse qu'ont surgi de vieilles prières; elles étaient transmises depuis plusieurs générations, dans une langue que personne ne comprenait. Puis, on a su. C'était une langue africaine, ancienne, parlée dans le sud du Bénin. Si loin. C'est à son retour sur son continent d'origine, lors d'un voyage à Ouidah d'Afro-descendants brésiliens conduits par des chamanes, que la langue fut identifiée. Elle est rentrée à la maison, transportée par sa diaspora qui avait pris soin d'elle. Recueillement, offrande, festivités duraient trois jours. Au pèlerinage syncrético-religieux s'ajoutait une excursion patrimoniale. À cette époque, ils pouvaient encore aller admirer les roches gravées de Favard, circuler sans rien détériorer des quelques vestiges archéologiques ni des ruines en briques de la sucrerie de la Garonne ; ils poussaient jusqu'à l'île du Grand Connétable où s'entassaient les débris de ses mines de phosphate, son four à pain et sa citerne. Ils campaient en général au bord de la crique Ipoucin où rouillent toujours les restes de la drague à godets et des bennes de transport. Ils clôturaient leur périple par un tour près de la crique Mataroni, puis à l'inselberg des Nouragues.

— Tu vois, les Nouragues, c'est plus pour nos becs. Vous, les jeunes, vous n'allez pas connaître ça.

C'est Cosey qui a repris sa diatribe étonnamment vigoureuse et sereine, comme résignée mais appelant une lueur.

— Y a personne pour vous défendre, et vous, vous pouvez pas, vous savez pas ce qu'il faut réclamer, y a personne pour vous apprendre.

— C'est assuré, pour savoir ce qu'il faut réclamer, faut déjà savoir ce qu'y a de bon, abonde Hortensia. Mais normalement on vous apprend tout ça à l'école maintenant, nuance-t-elle.

— Pas tant que ça ! intervient Sula. Et lorsque c'est enseigné, ce n'est pas sous l'angle de voilà votre pays, circulez-y, appréciez-le, soyez-en les hôtes conscients, modelez-le à votre goût, conformez-le à vos désirs, préservez-le pour lui et pour vous. Non, les fois où c'est enseigné, c'est comme le Massif central, c'est lointain, désincarné, ennuyeux. Et comme presque tout le territoire est hors de portée, pas moyen de constater à quel point il est attrayant.

— Tu vois ce que je dis ! C'est du grand français mais c'est la même chose, martèle Cosey, trop content de ce renfort inespéré qui, d'une certaine façon, élève ce que les autres tiennent, il le sait, pour des jérémiades ou des radotages, au rang d'argument.

— Vous exagérez un peu, tempère l'éducateur Hossi. Il n'y a pas tant d'interdits formels que ça. Et aucun interdit absolu inscrit nulle part. Et, pardon de le dire, mais on ne rend pas service à la jeunesse en lui donnant un complexe de persécution.

— Qui parle de persécution? peste Sula. À la limite, la persécution serait mieux. Au moins, elle serait visible, et ils pourraient réagir.

— C'est vrai, tu te bats mieux quand tu vois comment il est et comment il fait, l'ennemi, croit tempérer Hortensia.

Mais cette fois, son rôle improvisé de modératrice qui, tout bien considéré, ne convient pas tant que ça à cette passionnée, tombe à plat. Sula, qui n'est pas à une impertinence près, l'ignore et poursuit :

— Vous savez de quoi on crève, nous, depuis que la crapaude pipa pipa accouche par le dos? On crève d'être trop gentils, trop compréhensifs, trop conciliants. On est les plus diplomates du monde, les plus raisonnables, les plus sages, les plus arrangeants, les plus patients, les plus tolérants, les plus...

— Fanndjenn, manmzèl gen rézon menm! approuve bruyamment Cosey.

Hortensia a fait un signe discret aux tanbouyens. Sans que personne réalise tout de suite d'où provient le son, un yongwé aigu, tambour féminin, déverse une série de notes acérées relayées au bout de deux minutes crissantes par le yongwé grave qui explose dans une improvisation étourdissante. C'est un kanmougwé, danse de travail prisée dans les mayouris, ces coups de main organisés sur les champs d'abattis. Ce kanmougwé-ci, rythme où les hommes miment avec ardeur des mouvements de hache, de sabre, de houe, et qui se trouve là dans son lieu de naissance, se met à tournoyer de plus en plus vite, en rond, en spirale, en colimaçon, marque une pause, fuse puis descend et va puiser jusque dans la trente-troisième couche des boyaux de la terre, des vibrations immémoriales où la violence cavale, essoufflée, pourchassée par cette désobéissance obstinée, cette résistance cabrée, cette opiniâtreté à vivre qui auront raison de l'horreur esclavagiste et tailleront à généreuses sabrées des chemins de vie sans faiblir. Sans que les intelligences s'étourdissent dans la vengeance. Sans lester les âmes dans la rancœur. Mais ces femmes-là qui ont cultivé dans un coin de leur case les plantes d'avortement et ont chassé de leurs corps tant qu'elles ont pu ce qu'y avait planté le maître violeur, ces femmes qui ont enduré l'indicible, qui ont rusé tant qu'elles ont su pour protéger leurs enfants et aimer leurs hommes, ces femmes-là qui ont mis au monde des générations de filles et de garçons qu'elles ont menées, sans fléchir et sans tomber, jusqu'aux rivages de la liberté, ces femmes-là ont imprégné ces musiques qui secouent les entrailles des hommes, des abeilles, des oiseaux et des arbres. Et des soukougnangnan, les lucioles.

— Tu entends ce qu'il dit, le yongwé ? demande Cosey.

Ses mots se perdent. Les tibwa ont pris le relais, les baguettes virent, tourniquent, volettent, pirouettent entre les mains du batteur. C'est un festival de takpoutakpoutaktak. Les danseurs sortent de leur stupeur. Trois femmes sont déjà au centre, les jupes virevoltent, les jambes voltigent. Sans temps mort, les tanbouyens ont entamé un lérol. Un vent s'est levé d'un coup, aussi abrupt que bref, assez brusque pour soulever les robes des femmes sans se soucier de qui a une culotte propre, de qui est sans culotte. Les tambours en tonneau foulé et koupé succèdent aux yongwé, les chachas accompagnent. Selon la tradition, une introduction instrumentale fixe le rythme, elle était censée précéder les danseuses et les quatre danseurs qui les ont rejointes, mais ceux-ci ont pris les devants. Personne ne tient les tapettes qui indiquent les changements, les arrêts, les croisements, et la danse va son cours, elle précède les tambours, les inspire, puis les suit. C'est un va-et-vient que personne ne régente et qui, pourtant acrobatiquement crée une harmonie, parfois sur la crête. Le solo vocal lui-même a été pris de court. Les tambours koupé, foulé, sont bien lancés, les chacha ponctuent, les danseurs exécutent le pas glissé sur le talon, les ostinati sont désormais à l'œuvre sur la ligne mélodique. Le premier chant est, inévitablement, ce classique qu'a rendu familier la grande, belle et digne Josy Mass, reine indétrônable du lérol et du kanmougwé qu'elle a portés à travers terres et mers de sa voix à la tessiture si singulière :

Sa mo ké fè pou sa
Gadé yé lésé yé alé
Lò mo ka pasé
Mo ka tandé wichi wichi
Mo ka tandé wacha wacha
Je passe mon chemin, fière
Je laisse cancaner

Hortensia fait un geste pour calmer les tambours. Ce n'est plus le ton d'une veillée, c'est une ambiance de nuit de grajé. On se croirait à Sinnamary où, chaque année se tient en octobre la nuit de la danse traditionnelle consacrée au grajé, danse des savanes au kâ-tanbou qui se trouve là-bas sur sa terre de naissance. C'est toujours une nuit accueillante qui donne l'hospitalité à quelques autres rythmes, chichement pour la plupart, généreusement pour le kasé-kò auquel revient invariablement le rôle de clôturer la fête en apothéose, dans une chevauchée endiablée et aérienne qui fait éclore le petit matin. Hortensia sait qu'il suffit de quelques secondes pour que le tambour koupé désoriente la rythmique, surtout s'il est joué par un virtuose, et parte à bride abattue. Dès lors, plus personne n'arrête plus rien. Elle a la prudence de vite ramener l'ordre d'une expression plus recueillie, plus conforme à la circonstance. Les maîtres tanbouyens ont compris, ils entament un decrescendo qui desserre la pression sur les danseuses et danseurs qui, lentement mais assurément, reviennent à température normale, nocturne, fraîche.

L'une des jeunes filles de la remuante équipe de l'éducateur Hossi se jette littéralement, essoufflée, entre Marwan et Hortensia.

— C'était chaud, souffle-t-elle. Presque aussi chaud que la conversation. C'est vrai que nous, les jeunes, on voit bien que tout est bouché, et monsieur Hossi, ce n'est pas se plaindre que de dire ça, c'est la vérité sans fard.

— Lulane, lui répond l'éducateur interpellé, je n'ai jamais dissimulé les difficultés, jamais, dans nos discussions. Je dis simplement que si on vous fait croire que tout est fait pour vous exclure ou vous éliminer, on vous désarme aussi, et de vos meilleures armes, la volonté et la confiance en vous.

— Alors là, franchement, pardon pardon, brocarde Sula, on fait comment pour avoir confiance en soi quand on a zéro perspective et qu'en plus tout le monde a l'air de s'en foutre ?

— Enfin, il y a plein de nos jeunes qui réussissent, plaide Hossi. Il y en a partout dans le monde, jusqu'en Asie ou en Australie. On peut les admirer peut-être ?

— On peut surtout admirer leurs parents qui se démènent pour leur donner leurs chances. Et dans ce cas, il faut pouvoir. C'est le contraire de l'égalité, persiste Sula.

— Leurs parents et eux-mêmes aussi un peu, d'après moi, riposte Hossi.

— Le sujet, ce n'est pas tellement ceux qui réussissent que la masse de ceux qui pourraient et qui n'ont aucune chance, recadre Marwan. Les offres d'études et de formation sont ric-rac et peu attractives. Quant aux emplois, tu as déjà écouté les offres d'emploi que les employeurs font diffuser à midi à la radio ? D'abord tu as quoi ? une ou deux places par métier. Pas cinquante, pas dix, une ou deux. Autre chose, dans presque chaque annonce, expérience demandée ! combien ? tu te dis quoi, six mois, un an pour ceux qui ont eu de la chance. Eh ben, non ! En moyenne, c'est huit ans, dix ans demandés. Et ils la prennent où, cette expérience ? Voilà ! tu as six jeunes sur dix qui écoutent avec espoir les offres d'emploi, et voilà ce qu'ils entendent. Je me demande comment ça ne pète pas ici tous les six mois.

— Je ne crois pas que tu les encourages à s'en sortir en parlant ainsi, tente Hossi.

— Mais mon vieux, je ne parle pas, je rappelle simplement ce que nous entendons tous à la radio tous les jours, donc les jeunes aussi ! rectifie Marwan.

— C'est vrai, monsieur, ce que dit Marwan, c'est la réalité.

— Tu vois, Lulane, je te le redis, c'est trop souvent que vous dites : ça c'est pas pour nous, reprend Hossi. C'est comme si vous partiez battus, avec un raisonnement pareil.

— Mais c'est quoi la vie devant nous, monsieur ? Comment tu peux mater la vie, si t'es pas fonctionnaire venu de France ?

— C'est ça le pire, en effet, souligne Marwan. Non seulement c'est difficile et bouché, mais en plus c'est plus facile pour d'autres.

— On ne doit pas les encourager à le prendre personnellement contre eux, insiste Hossi.

— Sauf qu'à force de ne pas le prendre personnellement, c'est toujours eux qui sont bananés, pour parler comme eux, claque Marwan, la rage rentrée. On s'étonne que certains sortent leur sauvagerie ! À force de tourner en cage... Et ceux qui réussissent ailleurs ne doivent pas être utilisés comme alibi.

— C'est sûr qu'on est plus nombreux à devoir rester ici, an pyé djonn, comme dit ma mamie, t'as plus le droit de bouger, tu restes aux pieds de John, et pour dire, je n'ai jamais su c'est qui, ce John, rigole Lulane.

Ils sont trois. Ils sont précédés par le fumet du machoiran. Les connaisseurs en devinent aussitôt l'état de cuisson : juteux. La peau lisse comme du cuir dorée à point, dorée? Non, c'est un marron moiré, bien luisant et la chair est pulpeuse. Les deux hommes qui apportent le plat ovale où trône le machoiran entier avancent crête en l'air, fiers comme Artaban, presque aussi cambrés que des matadors espagnols et aussi aguicheurs que des matadors créoles. Le troisième suit, tenant la saucière comme un calice. Ils font trois fois le tour du cercle composé par les présents, puis déposent soigneusement le plat sur le large billot de parkouri qui se trouve au centre. Une femme, les cheveux retenus par une lachat en madras serrant très sobrement sa tête, suit avec un kwi, bol de calebasse rempli au tiers de rhum vieux dont elle asperge la terre en trois endroits après avoir consacré la boisson en élevant le kwi vers le ciel. Elle s'arrête, marmonne ce qui bourdonne comme un bénédicité et qui, en réalité, s'adresse aux gardiens des forces nuisibles, qu'elle doit penser plus accessibles, pour leur demander de retenir ces forces toute la nuit afin que se déroule sous les meilleurs auspices la cérémonie de libération de l'esprit de Judes Edvar que les trois chamanes vont célébrer dans quelques heures. De petites tranches sont prélevées dans les meilleures parties du poisson et disposées là où la femme portant lachat a fait les libations au rhum vieux. Après deux minutes de silence recueilli, l'animation repart de plus belle, allante et presque joyeuse sans être trop bruyante. Les conversations commencent *mezzo voce*, d'abord en voisinage, puis les interpellations à distance se croisent et, dans un mystérieux ballet de répliques, les dialogues se poursuivent sans confusion ni interférence.

Jouant de l'index, Hortensia a fait signe à Lulane de se rapprocher :

— Je vais te dire d'où ça vient cette expression « an pyé djonn ». C'est rare que les grandes personnes l'utilisent. Ta mamie est jeune ?

— Oui, on peut dire, elle va sur la fin de ses cinquante ans, vers soixante.

— Ah, je comprends mieux ! Parce que le John, d'après ce qu'on croit, c'est John Wayne. Pour les westerns où il menaçait les Indiens du haut de son cheval et les faisait rester sans bouger, les mains en l'air. Je n'sais pas s'il le faisait vraiment, moi j'ai plutôt vu des westerns avec Gary Cooper et Henry Fonda. De toute façon, ici, on fait ce qu'on veut avec les histoires des autres, on a toujours une sauce à nous pour les assaisonner.

— C'est toujours mieux que de se contenter d'adopter les histoires des autres, non ? s'en mêle Marwan en souriant. Comme ça, on en fait un truc à nous.

— C'est tricher ça quand même, non? demande Lulane, gouailleuse.

— Tricher? Eh ben bon. Les histoires circulent dans le temps et dans l'espace, ça s'est toujours passé de cette façon. Ça vaut pour nous, ça vaut pour les autres.

— En parlant de cheval et de cavaliers, tu sais c'est quoi, la cavalerie de Saint-George? demande Hortensia.

— Jamais entendu parler, avoue Lulane, l'œil brillant.

— Ah oui, ça c'est autre chose, appuie Marwan, et ça va te plaire!

— Mais c'est vrai qu'on n'entend plus les gens le dire, regrette Hortensia, avant tu apprenais plein de choses, même des expressions latines, rien qu'en écoutant ce qu'on disait chez toi ou chez la voisine ou sur la place des amandiers. En ce temps, non seulement on avait des Nègres gréco-latins, mais le petit peuple était cultivé, il te parlait d'Héraclès, de César, du tonneau de Diogène...

— Mais ils ne connaissaient pas de femmes célèbres, se moque Marwan.

— C'est vrai, consent Hortensia, à part Jeanne d'Arc... et la Vierge Marie.

— On va loin, avec ça!!!

— Eh! c'est quoi vos messes basses? s'enquiert Cosey en s'approchant, accompagné de quatre hommes du premier convoi arrivés par canots. Hortensia, c'est toi que j'entends causer, mais normalement les femmes ne disent pas la messe!

— À part la papesse Jeanne, réplique Hortensia.

— Eh ben voilà, une troisième femme, s'esclaffe Marwan. Mais ce ne sont que des bigotes. On a du mal à penser que ce soient vos ancêtres.

— Nos ancêtres, elles sont par ici, rétorque Hortensia. Nous, c'est Gertrude Pompei, Claire Copena, Suzanne Augustin et j'en passe…

— Bon, on peut savoir pour la cavalerie de Saint-George ? s'impatiente Lulane, tout en restant polie.

— Saint-George, c'était un play-boy hors classe à la cour du roi, un Nègre extraordinairement talentueux ma chère ; Saint-George le Nègre, pas le roi évidemment ! On parle de la France, pas de l'Afrique, commence ironiquement Marwan.

— La France est un pays et l'Afrique un continent, donc, le parallèle, c'est limite limite.

Cette interruption intempestive vient de Sula. Sans y prendre garde, ils avaient cessé de chuchoter et plusieurs personnes s'étaient progressivement agglutinées.

— Ça y est c'est parti, je ne saurai jamais ce qu'est la cavalerie de Saint-George, déplore Lulane.

— Mais si, mais si, tempère Marwan, allez, Hortensia, explique-lui.

— Moi, je ne sais pas toutes ces choses d'histoire que tu étales, là, je sais que lorsqu'un tracas est tellement énorme et tellement compliqué, que personne, même l'État ne peut pas avec, on dit : « Il faut appeler la cavalerie de Saint-George. » On dit ça aussi quand des profitants profitent d'être plus nombreux et plus forts pour profiter sur des plus faibles. Moi, c'est ça que je sais, c'est tout. Pour moi, Saint-George, c'est un super chef cavalier.

— C'est un peu ça, approuve Marwan, mais c'est aussi beaucoup mieux que ça.

Les apartés se sont défaits, peu à peu. Seules trois personnes s'affairent encore près du foyer, une bouilloire a commencé à siffler. À côté, une marmite gargouille. Des tasses, des timbales, des bols dépareillés, certains ébréchés, sont alignés sur un plateau. Une femme, Eva qui a supervisé la cuisine toute la soirée, lance :

— Qui veut de la tisane de pomme-cannelle pour digérer, qui veut une citronnelle pour le plaisir du palais ?

— On ne peut pas avoir les deux ? plaisante une voix.

— Si c'est pas tout le monde, ça se peut, répond Eva, conciliante.

— Moi, je vois que la nuit avance, avance et je n'saurai pas grand-chose sur la cavalerie de Saint-George, soupire Lulane avec amertume. Toi, monsieur Hossi, tu dois savoir ?

Pol-Alex Hossi qui semblait pensif, écoutant les échanges avec un léger sourire, sursaute :

— Ce que je sais, c'est que le chevalier de Saint-George était un habile bretteur et un musicien hors pair.

— Ah ouais ?! quelle musique ? s'enflamme Lulane.

— Ouais, ouais, quelle musique, reprennent en écho les deux garçons de son groupe.

— Aie ! vous serez déçus, prévient Marwan.

— Ah oui, il y a des chances, reconnaît Hossi en riant goulûment. On l'appelait le « Mozart noir ». Vous voyez le style ?

— Ah ben, ouais ! crache un garçon, Edy, qui est arrivé avec Lulane et les autres.

— Son autre talent vous plaira davantage, les console Hossi, c'était le meilleur escrimeur d'Europe. On dit qu'il maniait l'épée avec grâce et qu'il faisait mouche pratiquement à tous les coups. Il a été formé à Versailles.

— Woy woy, c'est quelle vie, ça ? Vous dites qu'il était noir à la cour du roi, s'étonne Edy. Un Nègre, à cette époque-là ?! À la Cour, en plus ! J'ai étudié tous les rois, j'ai même pris des coups de règle sur les doigts pour ça, quand c'était pas carrément une raclée, et j'ai jamais entendu ça, moi ! C'était quel roi encore ? Un Louis quelconque ? Y en avait plein…

— Et qu'est-ce que ça a à voir avec la cavalerie ? s'obstine Lulane, qui a décidément bien du mal à recevoir une réponse à sa question et retient sur le bout de sa langue ce qu'elle pense de ces discutailleurs.

— Quand je vous dis qu'on ne vous apprend rien d'utile à l'école ! éructe Cosey.

— Arrête d'exagérer, lui répond Hortensia.

— Comment, j'exagère ? À quoi ça lui a servi de connaître les rois de France s'il ne sait même pas qu'un Nègre comme lui pouvait entrer et sortir comme il voulait dans la cour du roi, s'entête Cosey.

— Et pas n'importe quand, vient en renfort Sula, c'était alors que l'esclavage battait son plein par ici.

— Eh ben, encore plus mal ! tu entends ça ?! Il devait être sacrément vaillant ! Et, eux les jeunes, ils n'ont pas besoin de savoir ça, hein, Hortensia ?

— Mais j'ai jamais dit ça, proteste Hortensia.

— Hein, Hossi, poursuit Cosey.

— Tu déformes tout, proteste faiblement Hossi.

— Comment, je déforme ! hurle presque Cosey.

— Ho ! respecte le mort, le tance Hortensia. On est là pour une veillée !

— Le mort, il serait pas mort si ce pays n'était pas en bililik ! Regarde, leurs opérations Anaconda et Harpie, des légionnaires en grande tenue paradent dans la forêt, ça c'est pour la télévision, et pendant ce temps, l'or fout'l'camp.

— Ne dis pas ça, y en a qui sont morts, parfois les garimpeiros les attaquent aussi, corrige Hortensia en le regardant sévèrement.

— Je suis d'accord, ils ont des familles, ce n'est pas sur eux qu'il faut se défouler, temporise Sula, prenant une distance inattendue. C'est l'État qui fait comme il peut, mais on voit bien qu'il ne peut pas grand-chose. Et il ne veut pas tellement plus. Mais nous, on en a qui sont au pouvoir ici aussi, même si c'est un moignon de pouvoir. Ils n'ont qu'à en demander plus. On ne saurait pas pour quoi faire d'ailleurs ! Quelles sont leurs idées, vous les connaissez, vous ?

Eva arrive avec un plateau de tasses et bols de tisane ; elle est suivie par Hervé le boucaneur-étoilé encore tout odorant de fumée, portant un deuxième plateau de tasses et bols. Pomme-cannelle sur le premier, citronnelle sur le second. Les tasses circulent. Cela fait récréation. Tandis que chacun se concentre à souffler sur son breuvage pour le refroidir, Cosey, la mine boudeuse, ronchonnant, refuse de laisser mourir la querelle :

— Bay ké pran, on peut donner, on peut prendre, regarde ce Parc amazonien, soi-disant pour protéger la nature, ça protège quoi ? On a abîmé la nature, nous, avant qu'ils arrivent pour jacasser comme des inspecteurs des travaux terminés? Qui c'est qu'ils empêchent de circuler dans le pays? Nous, c'est tout. Les garimpeiros vont et viennent comme si c'était leur atelier ou leur jardin. C'est pas moi, c'est eux-mêmes qui le disent. Ils viennent jusqu'à la télévision dire qu'ils n'arrivent à rien avec les garimpeiros.

Son monologue ne provoquant aucune réaction, il enchaîne :

— Si on réfléchit, l'El Dorado, c'est qui, c'est nous? Ce n'est pas pour l'or que leurs ancêtres sont venus par ici, qu'ils ont décimé et contaminé les Indiens, peut-être ? Et avec ça ils n'ont pas été foutus de trouver l'or. Tu pourrais dire ouais tous ces siècles de misère et de souffrance pour un mirage de richesse complètement tordu, et puis quand un Indien trouve l'or, c'est qui qui se précipite ? leurs compagnies ! Et quand ils ont bien tout pris, ils vont voir ailleurs, ils laissent passer un petit moment, le temps qu'on oublie, c'est ce qu'ils croient, et ils reviennent, tu ne sais pas du tout ce qu'ils ont fait de bien ou de mal, comment était leur vie, s'ils ont fait des efforts à part caqueter, et ils viennent te dire comment tu dois te comporter chez toi. Tout en profitant de ton travail et de ta science. Regarde, ils ont annexé les pistes dans la forêt. Qui c'est qui les a percées et entretenues pendant des années, ces pistes, c'est grâce à qui s'ils peuvent se balader, aller pères peinards dans leurs carbets, se déraidir dans les camps réservés? hein, grâce à qui? Les orpailleurs d'avant et les artisans de maintenant. Ça même! Eh ben ça ne les empêche pas de confisquer les pistes, ils te font payer des taxes, et si tu rouspètes, tu sais quoi? Tribunal! Condamnation assurée, le tribunal raisonne pareil qu'eux. T'as vu ce qui arrive à Lilo? Il a pris son temps, son argent, ses machines, il a bien entretenu une piste, c'est son arrière-grand-père qui avait ouvert cette piste. Résultat? Tribunal. Quand t'es pas fort, t'es faible. Ils n'ont pas été foutus de trouver un seul nouveau filon. Tu vois leur service bureau minier soi-disant international, tu poses ton doigt sur sa carte, tu vas partout, y a pas une seule marque si ce n'est pas sur un placer qui a déjà été travaillé, pas une seule, je te dis! Les orpailleurs, ils avaient déjà tout trouvé. Mais eux, avec leur costume kaki, ils débarquent et ils te disent : C'est ça, la loi. Et puis le week-end, quand ils sont de service, pour se détendre, ils débarquent chez toi, sur ton terrain que tu as acheté, et ils te disent quelles herbes tu peux couper, si tu peux te baigner dans le filet de crique qui court sur ton terrain. Et les fois où ils tombent sur un chasseur avec un malheureux maïpouri, regarde comment ils le malmènent, ils ne sont pas mêlés avec son âge, le monsieur peut être leur papa, roulez, la loi c'est eux, la brutalité aussi, et le manque de respect. Pendant ce temps, ceux qui s'installent en masse sur des collines, qui déboisent, défrichent, construisent des baraques ou des palaces et les louent, ça, ni eux ni leurs hélicoptères ne les voient pas. Ils ne sont pas fous. Ils ne savent pas s'ils ne vont pas prendre un coup de sabre ou une décharge de chevrotines. Ils préfèrent remplir leurs carnets de prosséverbals sur not» dos. C'est moins risqué !

— Voilà qui s'appelle de l'Histoire au pas de charge. Mais ce n'est pas tout faux ! Marwan rit à gorge déployée. À part Lilo, t'as oublié Gunther et Axel. Ces jeunes auraient pu exercer d'autres métiers mais ils ont choisi d'exploiter l'or et de le faire avec des méthodes et des moyens modernes. Y compris pour la revégétalisation. Ils ont introduit de nouvelles façons de faire, ils ont la trempe de chefs d'entreprise et de leaders, l'administration ne leur donne pas un mètre de marge ! Elle les harcèle, littéralement. Et elle ignore royalement ceux qui, comme Mahdi, ont des compétences établies, en l'occurrence en géologie, avec de l'expérience à l'étranger.

— Non, je les ai pas oubliés. Ce que l'administration leur fait, c'est un cauchemar. Dans les réunions ou sur le terrain, on les savonne. Mais les gros bonnets qui ont des copains où il faut, ils viennent avec des projets à longueur de temps, et tu vois, ils peuvent avoir des procès qui courent et qui traînent, ça passe, on leur donne d'autres permis. Moi, je comprends pas pourquoi les jeunes sont pas plus enragés ici, avec des sales coups comme ça tout le temps !

— On n'est pas enragés, on n'est pas enragés, on sait même pas tout ça ! proteste Edy.

— C'est sûr que c'est pas la télé qui vous raconte ces choses-là !

— C'est vrai ce que tu dis sur leur intrusion chez les gens sur des terrains privés, alors que des squats se montent pendant des mois et des années sur des zones sensibles; ils ne voient rien ni avec leurs satellites ni avec leurs drones. Mais si tu fais ta clôture ou un feu dans ta cour, tu peux compter sur eux pour rappliquer dare-dare. Les administrations, c'est l'armée coloniale du vingt et unième siècle. Du moins, certaines. Et c'est nous qu'elles visent. On est les seuls à ne pas dépendre d'elles pour l'état civil, assène Marwan.

— Sans compter ce qu'ils font au contraire de ce qu'ils disent, poursuit Cosey, se sentant encouragé. Ils sont comme les évêques : Faites ce que je dis, pas ce que je fais. C'est nous ou c'est eux qui ont inondé la forêt pour un barrage électrique que personne leur a demandé? C'est nous ou c'est eux qui voulaient faire une usine de pâte à papier, et une plantation de canne à sucre à Iracoubo, et un polder de bananes, et un champ de palmiers à huile? Ils étaient où, les grands défenseurs des papillons et des mille pattes? Si c'était pas nous, tout ça aurait été fait. À part le barrage qu'on n'a pas pu empêcher. Et encore, c'est nous, on les a tellement soûlés, ils ont été obligés de faire un plan de sauvetage des animaux avant l'inondation. Ils étaient où, les grands monseigneurs de la nature? Sans compter que les grenouilles multicolores les intéressent plus que nos jeunes.

— Pas faux non plus, approuve Marwan. Ces zozos-là, ce sont les supplétifs de l'armée coloniale dont je parlais.

— Bonjour la nuance! raille Sula.

— Tiens! Ça te va bien, lui réplique Marwan du tac au tac.

— Faut arrêter de rendre les gosses paranoïaques, susurre Hossi.

— Ah, mais mon cher, les faits sont là pourtant, et bien têtus, il faudra que tu finisses par en convenir ! Nos gosses ici sont massivement exclus ou massivement négligés. Et tu connais la maxime de l'humoriste : ce n'est pas parce que je suis paranoïaque que je ne suis pas persécuté. Ça ressemble à de la philosophie pour retraités, mais c'est bien vu ! Ce n'est pas parce que je suis moi-même doctrinaire qu'il n'y a pas de doctrine en face !

— Bon, moi je savais pas que j'étais venue à une grande conférence électorale. Je croyais que j'étais à une veillée, persiffle Hortensia en prenant des airs de dame du monde offusquée.

— Ma foi, si les conférences électorales étaient aussi clairvoyantes, nous n'en serions peut-être pas à toujours nous plaindre, philosophe Sula sur un ton dangereusement calme.

Hortensia se redresse brusquement, comme surprise que la solidarité de Sula à son égard ait été aussi brève.

— Il y a bien un peu de fantaisie dans ce que dit Cosey, mais pour l'essentiel, c'est une peinture réaliste, affirme Sula. Le problème, c'est qu'on ne sait plus comment se battre, se défendre, à supposer qu'on veuille le faire. Moi, je ne suis pas pour le patriotisme de sinobol, qui fond comme la glace pilée sous le sirop, mais on peut objectivement se demander si ce pays ne mérite pas quelques efforts. Ne serait-ce que par fidélité à nos ancêtres qui ont usé et inventé toutes sortes de façons et de moyens de résister et de survivre.

— Ça y est, c'est reparti sur l'esclavage, soupire Eva qui avait espéré faire diversion avec ses tisanes.

— Ce n'est pas reparti, chère Eva, lui répond doucement Sula, parce que ce n'est jamais parti. Ce n'est jamais parti de leurs têtes, ce n'est jamais parti de la nôtre. Et c'est tant mieux, parce que c'est là, partout dans le pays. Et ça ne va s'apaiser que lorsque nous aurons compris ce que c'était et ce que cela fait aujourd'hui encore. Et quelles dettes nous avons !

— Eh ben, tchip ! On a encore des dettes ? s'étrangle Eva.

— Pas celles auxquelles tu penses, chère Eva. Ces dettes-là, ce sont eux qui les ont. Mais nous, nous avons des dettes envers nos ancêtres. Surtout nous, les femmes.

— Et on doit quoi ? À part merci ? demande Eva, tout en redressant la tête et le dos, comme sur la défensive.

— À part merci, comme tu dis, répète Sula d'un ton songeur.

— On sait que les femmes ont marronné autant que les hommes, même si on ne connaît pas beaucoup de noms. D'ailleurs ça a pris beaucoup beaucoup de temps de connaître les noms des hommes. Quand j'ai commencé à chercher ces choses-là, ce n'était pas simple à trouver. Et quand tu sais un petit peu sur elles, ça te fait tout bizarre d'essayer de les imaginer.

C'est Hortensia qui est revenue dans la conversation, plus coopérante, comme si elle avait enfin digéré sa surprise quant aux solidarités éphémères de Sula, comme si elle avait compris que Sula n'est fidèle qu'à elle-même.

— C'est exactement ça, Hortensia, essayer de les imaginer. Comment tu fais quand on a confisqué ton corps. On le vend quand on veut, on le viole quand on veut. Comment fais-tu pour ne pas devenir folle ? Pareil pour tes enfants, on les vend quand on veut. Pareil pour ton homme, on le vend quand on veut, on le fouette sous tes yeux, sous les yeux de ses enfants. Comment tu ne deviens pas folle ? La seule possibilité que je voie, c'est de reprendre ton corps. Parfois, ton esprit le quitte et trouve refuge ailleurs, quand le maître viole, par exemple. Alors, ton esprit s'envole, il fend les nuages et les distances, survole les terres et les mers et retourne au pays de Guinée. Parfois, ton esprit transfigure ton corps en sanctuaire. Étincelant et glorieux. Alors, ton corps redevient chair, il retrouve souplesse et bouquet, il danse sans remuer l'air, tu sais que tes cuisses abritent un diamant comme dans ce poème de Maya Angelou. Et pendant les quelques minutes que tu passes dans les bras de ton homme, sous le corps de ton homme, tout contre ton homme, perchée sur ton homme, pendant ce bref moment où ton corps tout entier est océan houleux, grondant, rugissant, où l'eau limpide, salée, écumeuse vous submerge tous les deux et envahit les sens et les peurs, pendant ce si court temps de répit que vous arrivez à voler à l'enfer, tu imagines ton corps propre et parfumé, tu le fais délié et félin, et ton bassin ferme et ondoyant, tes bras et tes jambes agiles et habiles, tes cheveux touffus et agaçants, ta nuque gorgée de tendresse, tes larmes tièdes s'offrent à lui comme une terre imbibée d'amour et sensuelle. Ton corps est alors un cosmos bienveillant. Et tu y crois si fort que c'est ainsi que ton homme le sent et le ressent et le reçoit. Si elles n'avaient pas fait ça, elles auraient désappris à aimer.

Silence. Les hommes ont la tête inclinée, vers le sol ou vers l'infini. Les femmes enserrent leurs corps de leurs bras comme si elles voulaient retenir des souvenirs enfouis qui soudain les parcourent d'un irrésistible souffle chaud et froid, comme El Niño rampant sous le Pacifique.

Hortensia et Eva se sont retirées. Elles ont rejoint les équipes logistiques et ont commencé le rangement dans un bruit métallique et sourd de faitouts et couverts qui s'entrechoquent, de touks que l'on referme sur les hamacs, de draps que l'on secoue, de c'est à qui cette serviette, et cette moustiquaire, et ce saladier, et cette bouteille-thermos, et cette lampe de poche, aïe, les hommes sont négligents, la plupart des choses qui traînent leur appartiennent, encore quand ils sont capables de reconnaître leurs affaires !

— Et moi, je constate que la nuit a passé et que je n'ai toujours pas compris pourquoi, lorsqu'il y a un djopopo, on appelle la cavalerie d'un musicien escrimeur ! gémit Lulane.

— Oui, ma Lulane, c'est bien d'avoir de la suite dans les idées. Ils vont t'expliquer, les champions de l'Histoire occultée. Allez, allez, vous là, Pol-Alex ou Marwan, vous finissez la biographie du chevalier de Saint-George pour Lulane ! les secoue Sula. Elle a raison, on commence par lui parler d'intrépide cavalerie et tout ce qu'on lui dit sur le personnage, c'est que c'était un dandy manieur d'épée et un divertisseur mondain. Lulane a raison, ça ne colle pas.

— Vraiment, Sula, toi et le sens de la mesure… raille Marwan.

— C'est vrai que nous n'avons pas dit que le chevalier de Saint-George était à la tête de la Légion franche des Américains et du Midi, consent Pol-Alex Hossi. En fait, il s'agissait d'une compagnie exclusivement composée de soldats volontaires noirs qui venaient des Antilles et d'Afrique, et dont les prouesses éblouissaient l'époque. Ce régiment a fait des merveilles sous la Révolution française, et il me semble qu'on considère qu'ils ont changé le sort de la première République française lorsqu'ils ont vaincu le général Dumouriez qui avait trahi la France dans une période à cheval entre monarchie et Convention, quelque chose à voir avec l'Autriche, je ne suis plus très sûr. Saint-George aurait rétabli l'autorité française. Il faudrait sans doute revoir un peu les livres d'histoire pour préciser tout cela. Sula, tu te moques, mais la vie et l'œuvre musicales de Saint-George ont EFFECTIVEMENT été occultées, délibérément, parce qu'il était abolitionniste et que son prestige dérangeait. Des historiens ont trouvé des traces de consignes et de manipulation d'archives. Sans compter le racisme : des divas ont menacé de démissionner lorsque la reine a envisagé de le nommer à la tête de ce qui était l'équivalent de l'Opéra de Paris. Et il paraît que Mozart l'enviait. Mais, pardon, Lulane, pour ne pas m'égarer encore et pour répondre sur la cavalerie, la légion franche des Américains commandée par Saint-George accomplissait des exploits mémorables. Et voilà pourquoi, lorsqu'une mission est impossible, nous avons cette expression créole qui dit qu'il faut envoyer la légion de Saint-George ou la cavalerie de Saint-George. Le plus intéressant est de savoir comment l'expression est arrivée ici, et de voir comment elle s'est transmise. C'est un peu ce que disait Hortensia : on apprenait beaucoup de choses, rien qu'en entendant parler les grandes personnes.

— Eh ben, merci beaucoup, monsieur ! s'exclame Lulane, ravie que sa curiosité ait été enfin assouvie. Et c'est tout juste !

En effet, Hortensia et Eva surgissent à la tête du groupe qui avait été chargé de l'organisation matérielle et logistique.

— Allez, allez, il faut finir de tout ranger, vous avez dix minutes, les chamanes sont en route, ils seront là dans une demi-heure à peu près.

C'est alors le grand branle-bas. Ils ont tous conscience qu'ils ne se sont pas préparés à l'état mental propice à la cérémonie que dirigeront les trois chamanes, comme un trio œcuménique d'officiants. Ils comprennent qu'il leur faut faire vite pour se ménager une dizaine de minutes de conditionnement et de sérénité.

Les chamanes arrivent en psalmodiant, à pas lents, dandinant, charriant et répandant des ondes chargées de clémence et de bienveillance. Ils se dirigent vers la maison de Judes Edvar. Après en avoir fait trois fois le tour depuis le sud côté est puis revenant sur leurs pas côté ouest, ils s'immobilisent devant l'entrée et énoncent, en trois langues, ce qui doit être une oraison. Les langues ne se suivent pas, elles s'entremêlent, les prières se chevauchent et se ceinturent. Dans un ballet aussi savant que fluide, le Piiyai, l'Obiaman et le Dòkò Féy se succèdent, bougeant tous trois au même pas, comme dans une mobilité immobile et changeant pourtant de rang comme si leurs corps étaient aériens. Ayant versé au sol plusieurs gouttes de kasili, puis de bii et enfin de rhum vieux, chacun la boisson fermentée liée à ses propres rituels, ils se dirigent vers le foyer confectionné en début de soirée par Hortensia et Eva. Le Piiyai s'accroupit, prend la boîte d'allumettes et le pétrole, met le feu au foyer. L'Obiaman saisit le paquet de vêtements et l'élevant à bout de bras vers le ciel, en silence, les lèvres articulant des sons inaudibles, il s'accroupit à son tour et le dépose sur le feu tandis que tous trois récitent, en trois langues à nouveau entremêlées, des syllabes à vocation purificatrice. Le Dòkò Féy, après s'être incliné quatre fois, met le feu aux vêtements. Il s'empare aussitôt après du flacon contenant l'huile essentielle de menthe poivrée et en déverse sept gouttes sur les vêtements déjà en feu ; le Piiyai ayant cassé la pierre d'encens en lance les fragments dans le feu, tandis que l'Obiaman disperse l'assa fœtida par petites poignées. Une fois les vêtements totalement consumés, ils font à nouveau le tour du foyer, puis celui de la maison trois fois dans les sens inverses du début de la cérémonie. Sur un signe du Piiyai, après qu'il a lui-même secoué neuf fois son malaka, maracas d'initié, Hortensia fait monter puis descendre puis monter doucement d'abord, puis sur un rythme de plus en plus soutenu, un kalawassi, maracas féminin dont les graines délivrent une sonorité aiguë, et que personne n'avait encore remarqué au bout de sa main gauche. Quelques secondes et, déjà, le son émis est sec et hypnotisant. L'Obiaman invoque à nouveau les yakuwa. Le Dòkò Féy trace quelques signes sur le sol. Le silence, qui s'était épaissi, fléchit. Le Dòkò Féy donne l'ordre que tout le monde descende au fleuve pour des ablutions.

VI

Sang-nom

— Kerma, Kerma !

— Oh oh ! tu n'es pas dans les bois ici, arrête de brailler ! Pas besoin d'énerver encore ma voisine !

— J'ai besoin d'un lift.

— Attends je sors... tu n'sais pas respecter la vie privée !

— Besoin d'un lift, t'ai dit.

— Y a pas quc toi sur terre ! Tu arrives comme ça ! Je suis avec ma copine.

— Ça va pas êt' long.

— Long ou pas long, je te dis que je suis avec ma copine ; on n't'a pas appris à prévenir ?

— Faut absolument que tu nous déposes, ça va êt' vite fait bien fait.

— Nous ?

Kerma détache son regard de son interlocuteur et distingue alors, dans la pénombre, deux ombres. Deux jeunes hommes s'avancent. Kerma ne les connaît pas. Ils tchèquent, Kerma s'y soumet de mauvaise grâce. L'un d'entre eux porte un cabas, l'autre a des oreillettes reliées à un walkman à MP3 gris et noir aussi moche qu'une caricature de soucoupe volante ;

il claque des doigts au rythme de sa musique qu'il est seul à entendre.

— Bon, tu nous déposes? Quinze euros.

— Écoute, Tchapopay, je n'peux pas...

Mais il sait déjà qu'il va céder. C'est toujours comme ça avec Tchapopay. Un soûlant! avec son sobriquet ridicule. Personne ne sait qui l'en a affublé mais il en a fait un étendard. Il se vante que ce surnom lui vient de sa démarche, pareille à celle d'El Chapo, avec qui il partage aussi un QI de 138. Mon œil! Sa spécialité : les coups foireux! Personne n'est dupe. D'ailleurs, celui qui lui a collé ce surnom, Tchapopay, Chapeau en paille, n'a pas fait dans la dentelle. Il faut dire que Hébert Mimper, de son vrai nom, l'a habilement renversé.

— Allez! Quinze euros, en deux temps trois mouvements t'es revenu chez toi, ta copine n'aura même pas vu que t'es sorti.

— Je te dis, je n'peux pas, et je n'connais pas tes copains, je n'ai pas l'habitude d'avoir autant de passagers.

— T'as tort, avec cette fourgonnette, tu pourrais faire du transport en commun. Bon, on y va?

— Je te dis...

— Pliiiz! C'est juste pour déposer un paquet chez mon tonton.

— Y a quoi dans ton paquet?

— Eh ben bon! t'as pas confiance? Des vêtements... et un p'tit colis.

Kerma ouvre le coffre.

— Et eux, ils ont quoi dans leurs sacs ? J'ai entendu un bruit d'ferraille !

— Woyyyy, t'as la fièvre-chouval ou quoi ? Depuis quand t'es méfiant comme ça ?

— Je ne sais pas c'que tu fabriques là !

— On serait déjà revenus si tu faisais pas ton saint Thomas.

Hébert monte en passager avant, la place du mort, plaisante-t-il niaisement.

— Bonsoir l'ambiance ! lui claque Kerma.

— Fais pas ton susceptible, je sais que toi tu bois pas, mais t'as vu les cons à grosses caisses, ils roulent comme dans les jeux vidéo, quand ils sont pas imbibés toubolman. Ça te donne envie d'filer un coup d'main à la sécurité routière, « tous touchés tous responsables tous concernés ».

Kerma avance sans mot dire. Il n'a pas allumé ses codes, comme s'il voulait éviter que sa copine, à moins que ce ne soit sa voisine grincheuse, ne se rende compte qu'il s'en va. Il connaît par cœur le chemin qui mène à la grand-route. Dans l'obscurité il évite les ornières, larges et nombreuses, des nids-de-poule les appelle-t-on, nids-de-vache, raillent certains. Il rase les grandes branches de bois-diable qui dominent une végétation mal entretenue qui déborde et parfois s'incline dangereusement sur le bord de la route.

— Eh ! t'as vu ses yeux ??!! on aurait dit un maskilili.

Il a donné un brusque coup de volant. Il sue à grosses gouttes. Il l'a raté de peu, un chat noir surgi de nulle part qui l'a fixé une fraction de seconde d'un regard vert turquoise métallisé. Deux éclairs, deux feux fugaces et fulminants. Il en est transi, au point qu'il ne pense pas à s'étonner de la remarque d'Hébert qui, pas plus que quiconque, n'a jamais vu à quoi ressemblent les maskililis.

L'atmosphère est pesante et malodorante : les remugles, exsudés du marécage où les moucous-moucous se décomposent au pied d'un palmier maripa, sont entrés dans la voiture et ont l'air de faire une pause avant de sortir par les vitres, pourtant complètement baissées. Son petit diffuseur de parfum au kiwi synthétique accroché au-dessus du tableau de bord n'y peut rien. Cette espèce de terrain vague entre deux quartiers de la cité ressemble, dans son fouillis, à un bout de jardin abandonné au yanman après d'infructueuses tentatives de verger ou d'abattis en pleine ville. Dès le brusque serein, il devient ombres mouvantes propices aux histoires à personnages fantastiques.

Kerma bondit presque lorsque, des sièges arrière, provient un ordre :

— Mets-nous du son.

Encore hébété, il ne comprend pas. Hébert-Tchapopay tend alors la main gauche et enfonce un bouton playlist. Les notes légères de *Nos richesses*, arrangement jazzy d'un morceau traditionnel, s'élèvent des doigts magiques de Dominique Leblanc, que l'on imagine penché sur son piano, le visage impénétrable.

— Awa awa… crisse une gorge à l'arrière.

Hébert appuie sur la touche « avance ». Inutile d'être mélomane pour reconnaître dès les premières notes le souffle d'Armstrong. Hébert siffle de dégoût et d'un doigt brutal met fin à la trompette. C'est alors la voix sensuelle et tonique de Gisèle Ducreux qui emplit la cabine : *Goumbé malaboum goumbé malaboulé atè kou a dlo sa fanm ka koumandé*, « Sur terre ferme et sur l'eau ce sont les femmes qui font la loi ».

— Woyyyyyy ! y a rien d'ôtt ?

Hébert appuie encore sur la touche « avance ». Cette fois, c'est un kanmougwé, *Tiré yé manman tiré yé krya*, un bon cru de l'Oyapock, où le tambourin s'invite sous le ti-bwa et les tambours-yongwé mâle et femelle. De rage, Hébert-Tchapopay éteint.

— T'as rien de bon ! C'est quoi des sons comme ça, c'est le Tour du Littoral ? Toi tu le fais pas à vélo, tu le fais au tambour ? En plus t'as pas même la radio !

Ils roulent dix minutes en silence.

— Passe par Cabassou, somme Hébert.

— Pourquoi tu veux que je passe par Cabassou ? Tu n'as pas dit qu'on va à la cité Banisso ? Par la route du Tigre, c'est plus rapide.

— Oui, mais par Cabassou, c'est plus sûr. La route est moins éclairée, y a moins de contrôles.

— De toute façon, à cette heure-ci, les gendarmes sont peinards chez eux.

— Tu causes ! On leur colle des patrouilles.

— S'ils patrouillent, ils ne contrôlent pas, c'est l'un ou l'autre !

— Ouais, n'empêche l'un ou l'autre, c'est jamais contre les revendeurs ou les junkies, encore moins contre les escobars, c'est plus facile d'arrêter les honnêtes conducteurs, les bons pères de famille, comme disait ma prof.

— Tu as gardé des souvenirs de prof, toi ? C'est nouveau !

— Oh, c'est pas parss t'as fait ton lycée que moi j'suis illettré.

— On peut avoir de la musique ? du ragga, coupe la deuxième voix derrière.

— Le ragga ce n'est pas d'la musique, peste Kerma.

— Ah ! c'est quoi la musique ? tes machins sofestiké à la Niouorlinns ? ou quoi encore, les valses ?

— Bonne idée, le ragga, tente d'apaiser Hébert.

— Trouve du ragga si tu peux, je maintiens que ce n'est pas d'la musique.

— T'arrêtes de faire ton intélektyel ? crache Hébert. Tu vois, maintenant menm y a à la Dominique, tu sais le pays d'Ophélia, eh ben, ces jours-ci y a un Ragga Kréyol Festival. Avec des big boss ! Admiral T, Macka Diammond, t'as même Fanatic-Band ! Et pas dans une tite salle toute crasseuse, non blèdè, dans un stade ! Tu entends ? un stade ! Tu vois, si j'avais d'la tune, j'srais pas là à galérer pour mon tonton. Ceci dit, on peut l'avoir la tune…

— Y a Atunya et Cotton T aussi ? demande l'un des deux depuis l'arrière.

— Ouèp ! et même Paille Luciano, confirme Hébert en forçant un ton snob.

— Eh!!!! et Yaniss Oudua aussi? ajoute l'autre voix derrière.

— Toi, t'es vraiment un bitakwa! Yaniss Odua, c'est du reggae! pérore Hébert. (Puis, se tournant vers Kerma :) Tu vois! La preuve que le ragga c'est une musique à part! Faut pas mélanger coco et zabricot!

— Il ne faut pas confondre coco et abricot, corrige Kerma.

— Confondre ou mélanger, reprend Hébert, le ragga c'est du ragga, et c'est de la musique!

— Ouais blada, approuve bruyamment la première voix de l'arrière, celle du Woyyyyyy! Y a rien d'ôtt?

— Reggae ou ragga, se défend le passager rabroué, de toute façon, les filles viennent mettre la pagaille dans tout. Les Sara Lugo, ou Jah 9, elles prennent même des noms d'hommes.

— Bohhhh on tient encore la position, Nikko, Little Guerrier, Ras Benji, les bougs sont dans la place!

— Piiiiichhhh! d'abord tu emmêles tout, après ça, là, c'est le reggae du temps de mon grand-frère.

— Ah ouais! ah bon! et Bob Marley et Peter Tosh et Burning Spear, c'est du temps de ton grand-père?

Une pluie lafifine débarque sans nuage ni moiteur. Un Arlequin vert, rose et noir s'est plaqué contre le pare-brise, juste au moment où Kerma actionne l'essuie-glace. Il étouffe un cri de rage, furieux d'avoir écrasé le papillon. Il jure dans son nez et le fond de sa glotte. Franchement, cette équipée ne lui dit rien de bon. Hébert-Tchapopay, inopportunément, ne voit rien de mieux à faire que de convoquer une superstition, et de l'énerver en insistant :

— Qui tue un Arlequin bousille son destin qui tue un Arlequin ne fait plus festin, chante Hébert dans un rire gras.

— Machapia ! malotru ! malopyé ! malandrin ! fulmine Kerma.

— Henren ! hi hi hi ! To tchoutout, ton cul est cuit ! ricane Hébert.

Kerma décide de l'ignorer. Il se plonge dans ses pensées. Quelle idée a-t-il eue de les suivre. Sans prévenir Ellen, sa copine. Elle est peut-être restée à l'attendre. Elle est peut-être, à cette heure, rentrée chez elle. Elle aime bien sortir, pour danser ou simplement voir du monde, alors que lui, côté plaisirs de la ville, il est plutôt casanier. Ce qu'il aime le plus, après les voyages de groupe sur le Plateau des Guyanes, Brésil compris jusqu'à Salvador de Bahia, ce sont les randonnées en solitaire sur les sentiers. Son parcours préféré, c'est celui de la boucle monts Lafumée, à Saül, sous les arbres majestueux, amarante, wacapou, et les autres moins imposants, mahot cigare, canari macaque, maria-congo, et au bout sa cascade d'eau fraîche. Son bonheur alors, c'est de croiser en chemin un ibijau à longue queue ou un géocoucou véloce. Vu la distance, il ne peut pas s'y rendre fréquemment, bien qu'il ait remarqué que c'est plus court en passant par la piste de Belizon ; il faut néanmoins du temps, Saül se situe au beau milieu du pays. Entre deux, il parcourt le sentier forestier de la Mirande à Matoury, celui qui contourne le lac du

Rorota sur le mont Mahury entre Bourda et Montjoly ou, en dernier recours celui de Grant qui longe la plage de Montabo à Cayenne.

La circulation en sens inverse est intense. Souvent des Touloulous au volant. Il se demande comment on peut conduire masquée, les fentes pour les yeux sont souvent mal ajustées, du moins de son point de vue et de son expérience. Ces femmes se rendent au dancing où elles règnent. Les hommes sont déjà sur place, pour la plupart. Il aurait été mieux chez lui. Il a bien besoin de ces quinze euros, mais il aurait pu aussi bien s'en passer. Surtout en si déplaisante compagnie. Sa maman s'entend bien avec Ellen, c'est une chance. Elles ont des goûts communs. Hors de question pour l'une et l'autre de rater une exposition de José Legrand. Elles le tiennent pour un très grand peintre. Et sans doute l'est-il ! Il a apprécié lui aussi les quelques toiles qu'il a vues de lui. Sa maman est plutôt entichée. Non seulement elle va voir toutes ses expos, mais en plus elle va flâner dans certaines administrations où un tableau de lui trône dans le hall. Elle prend un ticket à la machine, attend en contemplant l'œuvre jusqu'à juste avant son tour, puis s'éclipse lorsqu'on appelle deux numéros avant le sien. Et ça l'amuse de raconter cet enfantillage. Ce n'est pas tout : elle s'est déjà rendue deux fois à l'atelier du peintre. Elle le décrit comme un troglodyte attachant, agréable et souriant, mais qu'il vaut mieux prendre dans ses bons jours. Un sourire flotte sur le visage de Kerma. Lui, il aime en plus la peinture de Thierry Tian Sio Po. Comme ça, en passant, pas avec la même passion qu'Ellen et sa mère. Elles sont pires encore sur le théâtre. Maniaques. Elles croyaient avoir trouvé leur bonheur en faisant des kilomètres deux fois par mois pour aller voir jouer des pièces classiques et modernes. En en revenant, elles étaient chaque fois soit critiques, soit déçues, soit énervées. Le coup de grâce est venu avec une représentation de *Bérénice*. Elles papotaient avant : « C'est Racine, c'est une valeur sûre. En plus, ce sont les services culturels qui ont fait venir cette troupe qui, excusez du peu, va circuler dans les écoles. » Elles y sont allées, bien excitées. À leur retour, c'est à la hache qu'elles ont exécuté la troupe : « Mauvais amateurs, fumistes, branquignols, escrocs… et c'est avec de l'argent public que ces panzous voyagent pour jouer comme des pieds en nous prenant pour des nègbitasyon ! Copinage ! Une honte ! Avec l'argent public, tu te rends compte ! » Depuis, elles ont beaucoup réduit leurs sorties, elles ont monté un club qui se réunit chez sa mère, elles sont parfois huit, ou six, plus souvent quatre, une amie de sa maman et une collègue d'Ellen. Leurs goûts vont dans tous les sens. Il les soupçonne de faire les intéressantes avec leurs grandes discussions sur les pièces de Tennessee Williams ou de Shakespeare, car il voit bien que leurs préférences vont aux pièces caribéennes : elles ont une collection de femmes dramaturges, Maryse Condé, Simone Schwarz-Bart, Gerty Dambury, Mimi Barthelemy, Ina Césaire, Marie Vieux-Chauvet… Elles en déclament à tour de rôle des passages entiers. Ce qui ne les empêche pas d'avoir un parti pris local. Pas plus tard que la semaine dernière, alors que le pays vibrait à la cadence du carnaval qui, à mesure que la fin s'approche, devient de plus en plus bouillant, elles débattaient à coups de citations sur le théâtre d'Élie Stephenson. En particulier sur la pièce *Ô mayouri*. La collègue d'Ellen jugeait que la pièce avait mal vieilli, qu'elle ne parlait plus à personne. Une autre a estimé qu'à cette pesée, on peut dire que les grands romans haïtiens aussi ont mal vieilli, on ne lirait plus ni Roumain, ni Alexis, ni Phelps, alors que ça reste un réel bonheur de lecture. Une troisième a protesté, disant que ce n'est pas la pièce qui a vieilli, c'est la société qui est en bililik en n'offrant plus aucun modèle, aucun repère, aucune connaissance de rien, aucune envie de rien. Sa mère avait clos la dispute en quelques mots : En tout cas, personne n'a jamais su jouer cette pièce comme la troupe des jeunes de Mirza menée par Fernand Radamonthe. Cette sentence les avait toutes mises d'accord. L'anniversaire de…

— Prends sur ta gauche.

— Quoi ? sursauta-t-il.

— Tourne à gauche, et gare-toi à cinquante mètres, c'est là chez mon tonton pour le paquet, explique Hébert.

Il a éteint ses phares, et laisse tourner le moteur. Hébert est descendu pour reparaître au bout de quelques brèves minutes. La portière passager avant à peine claquée, Kerma avait redémarré et demandé où il devait les déposer car, d'évidence, il ne comptait pas les ramener chez lui.

— Attends, dit Hébert, on va faire un tour dans la cité derrière, prends par cette bretelle.

— Il faut tourner après le chinois, indiqua une des voix de l'arrière.

— Tu nous guides, hein, ordonna Hébert à la voix.

— Hé, on va où encore ? demande Kerma.

— Vite fait vite fait... alors il est jusqu'où le magasin chinois ?

— Là où y a le réverbère, on tourne à droite.

— Tu m'avais parlé d'une seule course !

— C'est pas une course.

— Ah bon, c'est quoi, un road trip ?

— Là juste là, à droite.

— Non, je connais une meilleure, plus loin, dans le fond, près d'une espèce de place où y a une statue d'un monsieur tout estèbèkwè, avec plein de mauvaises herbes dans ses pieds.

— Là là là, tu peux t'arrêter.

Il tressaille lorsque les portes avant et arrière se referment brutalement, secouant la voiture. Ce sont vraiment des bèt danbwa, ces deux-là ! Kerma n'en peut plus. Il a remonté les vitres. Il a envie de leur fendre la tête. Ou plutôt celle d'Hébert qui l'a fourré dans ce benyenyen-bain-de-punaises. Il se répète : Je n'le sens pas, je n'le sens pas... Il entend juste claquer la portière du coffre et les pas précipités qui s'éloignent. Et s'il les larguait là ? Qu'ils se débrouillent pour rentrer, chez eux chez le Diable ou chez les Martiens. Le temps de batailler entre l'éducation stricte que lui a inculquée sa maman, entre autres qu'on ne trahit jamais la confiance, et cette impulsion qui ressemble autant à une intuition qu'à une exaspération, il entend les hurlements. Le sol martelé. Les cris aigus. Les jurons.

— Démarre, démaaaaaaaarrrrrrre !

Les portières qui cognent, ses pneus qui crissent, ses mains qui tremblent, son cœur devenu fou, ses tempes qui dégoulinent, ses aisselles, moites. Et eux qui hurlent. Trois voix, hystériques et des mots qui se frottent comme des silex et butent contre les vitres et les parois.

— T'es fou t'es fou t'es fou !

— Kès tu foutais avec un fusil ?!

— Je comptais pas tirer.

— Quand on veut pas tirer on prend pas un fusil, ou bien on prend un faux en plastique !

— Tu l'as blessé ?

— Sais pas, il est tombé. Il avait kèk chose dans sa main.

— Kèk chose kèk chose, c'est quoi kèk chose ?

Kerma est mutique. Il ne voit rien. Il ne sait plus si la route est éclairée ou s'il conduit au jugé. Il ne sait pas où il va. Il conduit, c'est tout. Son esprit flotte. Sa langue est sèche et dure comme une lame de bois wapa. Soudain afflue une salive âcre. Il explose d'un coup :

— Et je dis quoi à ma mère ??!!

VII

Elles

Certains posent la main sur la bouche, que l'on devine grande ouverte, les yeux hallucinés. Personne ne veut y croire.

Le jour s'est levé sans bien comprendre quand avait fini la nuit. C'est ainsi. Du mardi gras au mercredi des cendres, le passage est fluide et vaporeux. Un prêtre, qui pourtant jouissait plutôt d'une bonne cote morale, s'était hasardé à reprocher aux gens d'être si ingénieux dans l'organisation du carnaval et si endurants dans les réjouissances. Ignorait-il le long contentieux déjà initié par l'Église, et qu'elle avait perdu ? Des ouailles l'avaient rhabillé pour la longue saison des pluies. Les répliques les plus cinglantes et les plus pertinentes avaient été publiquement proférées par des personnes par ailleurs très critiques, avec des arguments solides, sur l'engouement démesuré que suscite le carnaval. Elles lui ont fait savoir, avec raison, que ce n'était pas son affaire. Ce prêtre n'a jamais retrouvé l'estime de la plupart des personnes qui, offusquées, s'en étaient détournées.

La journée, qui ne sera qu'une demi-journée, frémit de cette singulière excitation si caractéristique des fins de bal lorsque traînent encore les dernières notes du dernier boléro qui précède et annonce le medley endiablé. L'air semble doux, embué par des ondées très accommodantes qui rafraîchissent sans importuner. C'est dans la fièvre du dernier jour que se font les préparatifs pour l'après-midi. Les premières diablesses sortent dès quatorze heures, quand le soleil s'acharne encore. Les bruits qui traversent la ville, placide, qui sait qu'elle ne retrouvera le calme qu'en toute fin de soirée, alternent entre cris et chuchotements.

Ceux qui savent ne s'y résignent pas. La fureur le dispute à l'accablement. Le désespoir à la colère. La tristesse à la stupeur. C'est trop. C'est sans logique. C'est aveugle. Ça court les rues depuis le matin, ça bondit l'après-midi, moins vite que les diablesses, ça rôde encore la nuit tombée, moins alerte que les derniers feux, ça rampe, ça vole, ça retombe, lestée par l'incrédulité. Ce qu'on en sait : des jeunes, un voisin qui a crié, une fourgonnette qui a manqué percuter un pilier électrique avant de s'engager dans une fuite folle. On n'est même pas sûrs qu'il n'y ait qu'une seule victime.

La ville résonne des casseroles, pots de chambre et tous modèles d'ustensiles métalliques que les diablesses font retentir contre le macadam des rues dans un charivari crissant. Les chants et les danses se tiennent par la main, par la queue, par la barbichette. Les diablesses sont en noir et blanc. Elles portent le deuil de Vaval, dieu du carnaval qui fera ses adieux à minuit, mais dans l'esprit de ceux qui savent, c'est comme un deuil de l'innocence, de ce qui résistait encore, de ce qui pouvait encore être sauvé, compris, expliqué.

L'émoi est immense. Autant que la chose est absurde. On n'est sûrs que d'un fait : Pol-Alex Hossi est mort. Tué chez lui. C'est idiot et écœurant, ça vient s'ajouter à ces meurtres qui s'égrènent de semaine en semaine, en échappant à tout entendement, à toute explication, à toute figuration. Steeve, vingt-deux ans, courageux et généreux, qui défend une dame âgée agressée devant un distributeur de billets de banque. Tué à bout portant par des jeunes qui doivent avoir son âge, le regardent tomber mort, et s'en vont sans affolement. Boris, adolescent solaire, assassiné sur la place des Palmistes pour un différend puéril.

Hervé, trente ans, qui faisait sécher son linge en laverie, tué pour une chaîne en or et une montre. Kielens, vingt-deux ans, froidement visé au thorax. Et Maurice, cet homme d'affaires abattu chez lui en plein jour. Et ces personnes traumatisées par ces cambriolages qui dégénèrent en viols et défécations. Et Mario, vingt et un ans, déjà méchamment brinquebalé par la vie scélérate, tué par un commerçant pour une bouteille de bière non payée. Et tous ces autres, que des familles pleurent encore. Et ces filles et ces garçons qui grandissent en ayant connu trop tôt et de trop près ce qu'il y a de plus opaque dans la mort. Et David, quarante ans, syndicaliste pugnace, leader politique perspicace, analyste visionnaire, militant associatif, compagnon serviable et fiable, grand frère railleur, cette intelligence acérée, cette culture historique, cette ironie caustique, cette remarquable sociabilité, cette exigence butée, ce rire de colosse magnanime, David, lutin étincelant dans sa cité, lâchement assassiné par un pleutre. Et Patrice, Patrice, quarante-cinq ans, une vie d'engagement politique, de dévouement associatif, ses passions sportives. Patrice qui refusait de s'habituer à voir la jeunesse s'écrouler ou se perdre, Patrice qui cherchait l'origine des maux, non pour excuser mais pour corriger. Patrice qui s'échinait à redessiner des avenirs possibles, Patrice aussi joyeux que rigoureux, aussi tolérant qu'exigeant, aussi travailleur que joueur, Patrice serviable, Patrice chauvin, Patrice fêtard, Patrice vantard, Patrice loyal, Patrice…

Tout le monde, ce jeudi, a la gueule de bois. Ceux qui savaient déjà et refusent toujours d'y croire. Ceux qui découvrent, et du même coup comprennent qu'ils se sont bien amusés tandis que le corps de Hossi refroidissait. Ceux qui ne veulent pas désespérer de ce pays mais sont à court d'arguments dans le champ de la raison.

Parce que Pol-Alex Hossi s'était, avec une telle constance, dévoué à la jeunesse, en particulier la jeunesse en déshérence, il était perçu, très au-delà de sa profession d'éducateur, comme un personnage public. Un bienfaiteur. Par ses œuvres et sans pompes. Les témoignages de personnalités affluent. Des jeunes se regroupent, essaient de saisir ce qu'est vraiment la mort, une mort comme celle-ci qui les étourdit et les déroute, ils restent ensemble pour se donner du courage. Le micro-trottoir recueille à la pelle des mots d'étonnement, d'affliction, d'exaspération. Et comme toujours à la lisière d'une telle émotion collective, des injonctions sur la légitime défense, sur les milices pour se protéger, sur le permis de chasse qui n'est imposé qu'aux citoyens honnêtes par une administration impuissante à contrôler les trafics d'armes.

— Nous, ce qui marche, c'est les tristes records : chômage, criminalité, et impôts sur la fortune.

— C'est comme ça, personne ne fait attention à nos bons records, alors que nos jeunes sont hyper forts, en athlétisme évidemment, en foot aussi, mais surtout là où on ne nous attend pas, exemple en natation, en judo, en escrime ! Et même en chant, le chant lyrique de Di Falco, et l'autre chant, c'était dans… « The Voice », c'est ça ?

— Et même en Miss !

— Dans les records, tu peux ajouter les élus insignifiants !

— Ouaille, ici tous les causements, ça chalvire toujours sur les élus.

— Sans blague, tu calcules les records des jeunes, sans oublier qu'ils n'ont pas de super endroits pour s'entraîner, genre piscines à gogo, stades aménagés, gymnases modernes, et les entraîneurs sont la plupart bénévoles.

— C'est ça menm ! C'est comme l'Académie Tanbou d'Agarande, c'est que des passionnés qui donnent leur temps, et souvent leur argent.

— En attendant, on est vaillants dans tous les domaines, tu rigolais sur les Miss mais…

— Je rigolais pas !

— … mais on a déjà eu une Miss France, pas une, deux, je crois ! On a eu aussi une Miss Mamie de France, Gisèle Ducreux. Depuis qu'on se présente quelque part, il y a toujours une année où on gagne.

— Pour le moment, notre record, c'est l'insécurité et la patience.

— Patience finie, nou bon ké sa !

Le mot d'ordre est simple. Et sans mémoire. Le mode opératoire s'impose en évidence : il suffit d'obstruer trois ronds-points pour rendre la ville inaccessible. Une dizaine de véhicules et d'engins suffisent à la manœuvre : cinq camions, trois bus, deux tracteurs, et la ville est encerclée. Personne n'y entre, personne n'en sort. Ces véhicules lourds sont complaisamment fournis par quelques chefs d'entreprise, qui placeront en pole position leurs revendications corporatistes, et parfois très particulières. Ici il y a proportionnellement plus de ronds-points que partout ailleurs, souvenir du temps d'une administration de l'équipement qui octroyait une prime à ses chefs et ingénieurs pour chaque rond-point aménagé. Ils en ont construit y compris là où il n'y a que deux directions. La mode s'est poursuivie, bien après que l'on eut découvert les atouts supérieurs des échangeurs. Il y a donc un rond-point à chaque nationale. Il n'y a que deux routes nationales. Bloquer l'entrée et la sortie de la ville est donc un exercice facile.

Le mot d'ordre est simple : c'est une épreuve de force, et la force, c'est nous. C'est vrai dans les faits. C'est vrai chez les acteurs. Car il va s'avérer que, parmi ces hommes qui vont ordonnancer les blocages de ronds-points, il y a bien des hommes de la force publique.

La première opération a d'ailleurs été une démonstration de force. Ils ont donné un choc à des gens qui ne savaient pas où ils étaient. On leur avait dit : La Conférence va se tenir en France et c'est la France qui préside. Tous les délégués étaient en confiance. Et eux, avant de bloquer les ronds-points, ils ont donné un coup de semonce. À l'international, croyant parler au gouvernement. Pour le coup, on peut dire que c'était un marteau pour écraser une mouche. Parce que conclusion…

L'irritation est à son comble. Cette insécurité protéiforme est un fléau. Elle frappe n'importe qui n'importe où. Elle frappe à la sortie des bals et du cinéma. Elle frappe au centre-ville et aux périphéries. Elle frappe pour des broutilles ou des rumeurs. Elle frappe comme si les mots s'étaient étranglés et que toute conscience d'espèce avait déserté. Elle frappe aveuglément, des costauds pris de court, des distraits pris d'épouvante, des vigilants pris par traîtrise, des prudents pris par surprise, des petites vieilles et même des dames pas vieilles du tout qui vont à la messe au petit jour, auxquelles des bandits sans foi ni loi, sans pitié ni quartier, arrachent la chaîne, le sac à main, le bracelet parfois en toc. Ces petites vieilles qui restent pétrifiées d'effroi, parfois incapables d'atteindre l'église. Les mamies qui le peuvent n'osent plus, tout autonomes et alertes qu'elles soient, rester seules chez elles, ou alors ce sont leurs fils qui ne veulent plus qu'elles restent seules, aussi indépendant que soit leur esprit, aussi fringants et gaillards que soient leurs corps. L'insécurité est partout. La revendication est donc légitime et simpliste : on veut du bleu ! Du bleu le jour, du bleu la nuit, du bleu en ville, du bleu en patrouille, du bleu en veux-tu, du bleu en voilà, on veut des hommes en uniforme.

— C'est vraiment la facilité, ça ! On sait bien qu'ils ont déjà augmenté le nombre de policiers. Ça n'a rien changé, et pour cause ! Soit on les met sur le carnaval, soit ils restent en ville et sur les routes pour faire la circulation.

— En final de compte, c'est nous qu'ils contrôlent et ils nous abîment avec des amendes.

— Ça s'appelle tailler un bâton pour se faire battre ! Vous voulez du bleu, voilà du bleu !

— Vous exagérez, c'est juste que jusqu'à maintenant, ils ont envoyé des gendarmes mobiles, pour quelques mois, qui n'ont pas le temps de connaître ni le pays, ni les gens ni les mœurs, et qui repartent vite. Donc pendant qu'ils sont là, ils font ce qu'ils savent faire : suivre leurs collègues.

— On les comprend ! Ils ne vont pas venir mourir ici pour vous et vos grosses bagnoles ! Avant d'arriver, ils savent que ces bandits-criminels n'ont aucun respect pour la vie, ils tirent. Alors eux, les gendarmes, les gardes mobiles, les policiers, ils vont venir, d'après vous, gonfler les chiffres des morts ? L'anse Mao !

— Tout ça est bien joli, mais ce qu'on voit, c'est qu'ils font comme s'ils s'occupent de nous et, nous, on crève toujours.

— Le problème, c'est que ce ne sont pas des brigades spécialisées contre la criminalité, encore moins contre cette criminalité très spéciale qu'on a ici, avec trafic d'armes, trafic de drogues, violences gratuites, tout ça mélangé dans un seul manger-cochon.

Le mot d'ordre est sans mémoire. Il y eut des précédents. Les flambées, sans être cycliques, sont épisodiques. En dehors des batailles strictement politiques sous-tendues par un choix idéologique ou un projet collectif, les mobilisations sociales sont, depuis trois décennies, récupérées par des forces socioprofessionnelles. Qui sont mieux organisées. Leurs revendications sont plus identifiables. Elles détiennent, avec les engins lourds, le monopole de la capacité de blocage. Et chaque fois, leurs revendications sont simples et claires : annulation de leurs dettes, suppression de leurs charges sociales, dotations en trésorerie, exonérations fiscales et moratoires divers. Aussitôt que leurs demandes sont satisfaites, elles reprennent leurs camions, leurs bus, leurs tractopelles et se retirent. C'est toujours le début de l'essoufflement, et parfois de la débandade.

L'heure n'est pas encore aux désillusions. Elle en serait plutôt aux illusions :

— C'est la première fois, c'est sans précédent, c'est tout le pays qui se lève, tout le pays qui parle d'une seule voix.

— C'est vrai, pour la première fois...

— Oh oh, on se calme un peu ! Il y avait des Amérindiens parmi les indépendantistes des années soixante-dix, et des Bushinengue dans le mouvement de 79-80 !

— Des des des... non, monsieur, y en avait un par-ci, un par-là, deux ou trois peut-être, tandis que là, c'est massif !

— Voilà ! c'est ça qui fait la différence, c'est massif !

La manifestation est ample, chaleureuse, à la fois chatoyante, vive et sereine, elle transpire l'espoir, elle illustre joliment une maturité de comportement dans l'espace public. C'est une marée humaine qui avance comme une houle rythmée par l'Amazone. Elle ondule, s'élargit, s'étale, glisse dans des recoins, jaillit sur des marges, revient au centre, s'agglutine, se dilate, s'arrondit, s'étire dans un frémissement d'abord surpris, puis perplexe, puis hésitant, puis satisfait, enfin glorieux et triomphant. Cette masse compacte d'individualités qui se côtoient et se soutiennent, cette marche à la fois joviale et consciencieuse ponctuent les journées vécues sous le soleil ardent, les soirées chantées, tous ces morceaux de nuit passés ensemble sur les barrages et alentour dans une vitalité impatiente et créative, dans une ambiance de cahiers de doléances, dans un ballet interculturel de langues, de rites, de rires et de revendications croisées, en convivialité et sous le serein, dans l'unité de causes qui se méconnaissaient et soudain s'assemblent à l'aube. Avant l'intention d'un destin commun, c'est l'intuition d'un sort lié.

C'est ce qu'annonçait cette vague de barrages comme il n'y en eut jamais en tant de lieux et si peu de temps. Deux jours, pas plus, il ne fallut que deux jours pour que partout, dans toutes les zones anthropisées, surgisse un barrage, parfois plusieurs. Sur ce territoire tellement enclavé et si peu aménagé, un barrage suffisait pour rendre impossible toute circulation. D'autres barrages étaient érigés pour la symbolique. Tout le long du littoral, sur la longue route de l'est et descendant vers Camopi, et tout à l'ouest jusques aux confins de Maripasoula, plus au sud encore que la Waki, une floraison d'initiatives s'agrafent les unes aux autres pour donner corps à l'unité territoriale que personne ne s'avisait plus guère de penser en tant que telle.

La plus formidable puissance de ce mouvement tient sans doute à ceci : d'avoir pulvérisé, peut-être à l'insu de ses propres habitants et probablement à l'ébahissement de ceux qui les gouvernent, les représentations inconscientes et partagées d'un territoire scindé, conditionné à la séparation physique et aux différences instrumentalisées, compartimenté en autant d'enclaves que de catégories ethnoculturelles ou d'origines géographiques. Un territoire où soudain les barrières se sont écroulées et où se sont dissous les artifices qui neutralisaient toute projection vers le futur.

Après plusieurs escales, dont une longue devant le commissariat de police, on comprendra plusieurs jours plus tard pourquoi, le long et large cortège arrive sur la place des Palmistes. C'est une météo ordinaire pour la saison, le petit été de mars. Le soleil n'est pas à son zénith, mais il ne va guère tarder. Avant les prises de parole, un genre de DJ joue les ambianceurs. Il reprend les slogans, assez pauvres et parfois énigmatiques, scandés durant la marche :

— Nous sommes…

— Dé-ter-mi-nés !

— Ceci n'est pas…

— Un exercice !

Les slogans glissent en chansons. Le mot d'ordre revient :

— Nou bon ké sa ! Ça suffit, on en a assez !

— Nou gon ké sa ! Ça suffit, ça déborde !

D'éminents ethnolinguistes et créolistes à la retraite, dont les faits d'armes, non négligeables, sont trop lointains pour inspirer les nouveaux leaders, sont sortis de leurs tanières. Dès les premiers jours. Ils ont crié à l'hérésie. Non, non, quand on en a assez, on ne dit pas : « Nou bon ké sa », mais : « Nou gon ké sa ! » Ils avaient déjà été heurtés d'entendre la première expression, incorrecte, lors du premier fait d'armes des meneurs. C'était il y a dix jours. Vêtus de noir de pied en cap, cap compris grâce à des cagoules, ils étaient une vingtaine à faire irruption dans le hall puis l'auditorium où se tenait la conférence internationale de suivi de la Convention de Carthagène, présidée cette année-là par la France, et donc par une ministre française. Outre la ministre, une dizaine de délégations ministérielles de la vaste région Caraïbes-Guyanes-Amérique centrale, territoires insulaires ou terres continentales à façade maritime, avaient fait le déplacement. Et c'est en pleine séance plénière que ces estimables protecteurs de la nature encravatés ont vu déferler, précédés par un brouhaha de policiers débordés, une vingtaine d'hommes véhéments se mouvant avec aisance, dont seuls les yeux étaient visibles, et qui ont réclamé des mesures sérieuses après avoir clamé leur ras-le-bol de la délinquance, de l'insécurité, de l'impunité, des crimes, des morts, des squats. Concluant, péremptoires : « Nou bon ké sa ! » La ministre francophone n'a pas compris, moins encore les délégués anglophones, les hispanophones, les néerlandophones et les lusophones de l'assistance. Il restait d'ailleurs aux créolophones à découvrir, grâce aux ethnolinguistes, que la formule était hérétique. Les participants à la Convention ont plutôt fait bonne figure, eu égard à l'imprévisibilité de l'événement et à son illisibilité. On a su après que certains en ont été tellement traumatisés, y compris d'ailleurs le président de la collectivité qui hébergeait la conférence et dont les paroles se sont étranglées dans sa gorge mouillée, que plusieurs délégués ont raccourci leur séjour. Ils ont cru à une intrusion terroriste. On ne peut accuser leur imagination : la ressemblance vestimentaire rendait la vraisemblance recevable. Dans un tel moment de choc, on conçoit qu'il leur ait totalement échappé que pas un des hommes, qui pourtant faisaient de larges gestes à mains nues, n'était armé. Et que leur taille était apparente, nue de toute ceinture ornementale ou explosive. Et que l'un d'entre eux, se voulant rassurant, a inopinément claironné : « Nous ne sommes pas des méchants. » Le fait est que le choc fut. Et sur-le-champ, la conférence eut un retentissement que la qualité de ses travaux, eût-elle été multipliée par quarante-douze, ne lui aurait pas assuré. La Guyane avait été choisie pour être une fois de plus l'écrin d'un grandiloquent raout international coiffé du prestige de la France, une vitrine pour la démonstration de sa puissance et de son étendue, loin de ses frontières hexagonales, sur les restes plus qu'honorables de son empire. Cette terre, jamais à court d'un improbable jeu de jambes, s'avéra une fois encore un décor trompeur. La conférence tourna court. Les projets d'ajouter de nouveaux noms à la liste des espèces marines protégées s'effectuèrent peut-être, mais sans l'éclat prévu et pronostiqué dans des éditoriaux en cocorico par les fonctionnaires qui, comme d'habitude, n'avaient pas jugé utile ni de consulter ni d'informer le gentilé sur place. Par cette bruyante incursion, les encagoulés ont démontré que le défaut d'espace de dialogue n'empêche pas forcément la prise de parole. Comme souvent, l'image du fait submerge le fait. Cette prise de parole était à mille lieues du sujet, et pourtant en son plein cœur : derrière le décor lisse et luxuriant, il y a des personnes qui vivent et dont le quotidien vire parfois au désastre. La vitalité spécifique de ce pays est dans son extraordinaire aptitude à l'imprévu, qui déjoue les scenarii les plus rodés. La charge symbolique de cette irruption est considérable. Personne ne s'est prévalu cependant de cette dimension, ni les intrus, ni les acteurs, ni les commentateurs, ni les philologues ressuscités.

— J'ai toujours entendu ma grand-mère dire : Gadé mo koumansé bon ké sa !

— Moi, je dois dire que j'ai déjà entendu : Mo gon ké sa ! Mais ma grand-mère doit être plus vieille que la tienne. C'est sûrement une expression ancienne.

— Mon avis, c'est que c'est une déformation.

— Pas sûr ! D'après moi, gon est réservé à l'exaspération plus la surprise, alors que bon, c'est seulement pour l'exaspération.

— Wobap, tu as fait des études de créologie !

— En attendant, ce machin-là a commencé à tourner en savant débat philosophique, et le mouvement est en train de dériver.

— Bien vu ! Il faut trancher, parce que cette histoire de bon et de gon va driver et on ne sait pas où elle va atterrir.

— Et tu peux compter sur les spécialistes experts pointus de la langue pour ne pas lâcher le morceau et sur la télé pour les interviewer tous les jours, ça va être top pour faire diversion.

— Si c'est pour moi, mon avis, on lâche sur ça, c'est pas important, et on remet des efforts sur les objectifs.

Pendant ce temps, la manifestation à son point d'arrivée s'accroche pour ne pas décrocher. Un peu de musique, un peu de slogans, un peu de mots d'ordre. Une forte dynamique gestuelle, un pas en avant, un pas en arrière, des poings serrés au bout de bras levés, des applaudissements impromptus, une sorte d'euphorie d'occuper ainsi massivement si complètement si assurément l'espace devant l'ancien palais du gouverneur, celui qui arbore la plus majestueuse cocarde bleu-blanc-rouge, avec des drapeaux déployés, des fanions vert-jaune-rouge en pagaille, comme il n'y en eut jamais autant. Des orateurs montent enfin sur le podium. Ils sont décevants. Au moins reviennent-ils au cœur des motifs de la mobilisation : refus de l'insécurité, des mesures vite vite vite, Nou gon ké sa. Et cette fois, on veut du solide et du vrai. Ça fait quinze ans qu'on attend un commissariat. Le terrain a déjà changé trois fois. Tous les présidents l'ont confirmé, d'abord Chirac, ensuite Sarkozy, Hollande maintenant, alors que son mandat est presque fini. Donc cette fois, on veut du solide, on ne rentre pas à la maison avant. La foule appuie et applaudit. La foule est belle, chaleureuse, bruissante et fervente. Elle ne trouve pas matière à s'exalter mais elle se tient digne. L'ambiance est ainsi à la fois inassouvie et un peu surfaite. Jusqu'à ce que monte sur scène l'un des meneurs, crâne recouvert mais visage découvert, c'est le leader des meneurs, à la fois homme de force et artiste. Il entame une chanson, de sa composition, cela ne fait pas de doute puisque dans l'une des strophes il se désigne par son petit nom. Le chant est tonique, à mi-chemin entre le slam et la mélodie traditionnelle. Il dégage une énergie toute vibrante qui paraît aussi fragile que résolue. C'est une parenthèse de grâce. Un frisson traverse la foule avant de se muer en clameur. Il est ovationné. Il n'a pas triché, il a donné le plein d'émotion.

La dislocation s'étire, avec un léger goût d'insuffisance. Par petits groupes, la marée humaine reflue vers les entrées de la ville, là où les gens ont garé les voitures, les barrages ayant été filtrants pour les besoins de cette démonstration de popularité et de volonté collective. Au moins le mouvement est-il béni : une messe sera célébrée dans la soirée en l'honneur de ses meneurs. C'est le territoire des paradoxes et des syncrétismes. Les meneurs circulent en bus réservé. Qui l'affrète ? Des questions rampent, des réponses cavalent, dont on ignore si ce sont des hypothèses ou des informations.

Tout cela ressemble encore à une fête. Sans l'invité principal : le gouvernement. Il règne une impression de flottement, comme si, conformément au mantra de tous les gouvernements, celui-ci voulait se réclamer de la loi et de l'ordre, s'apprêtait à faire droit à cette nécessité et s'en retenait *in extremis*, comme convaincu par quelqu'un au dernier moment que ce ne serait pas la réponse idoine. Cette impression de flottement perdure une bonne semaine.

Des barrages sont érigés partout où deux routes ou deux rues se croisent, pour peu qu'ils condamnent quelque accès signifiant. Les commerçants sont invités à se montrer solidaires, étant eux-mêmes exposés à cette insécurité violente, et de toute façon les clients ont d'autres soucis que se livrer aux habituels rounds de consommation. Les barrages sont tenus nuit et jour. Une discipline ferme et huilée prévaut, comme celle qu'on trouve toujours dans ces expériences collectives à l'image de Nuit debout, Occupy Wall Street, la révolution de Jasmin, le Hirak ou Los Indignados, où s'improvise et s'impose une citoyenneté active et entreprenante. Sans modèle ni référence, des jeunes filles surtout et quelques garçons ont pris en mains l'organisation des tours de présence ; les adultes se chargent de la logistique ; des repas solidaires sont livrés les premiers jours, puis des réchauds, grils et barbecues sont installés pour la cuisine sur place ; des drapeaux vert-jaune-rouge flottent partout, ils trônent sur les engins, sur le tableau de bord des voitures qui circulent encore, sur les mobylettes, sur les sacs de barricades, dans les cheveux des filles, en débord du sac à dos des garçons. Une jeune femme de la vallée du Maroni, Gwendoline, charismatique et impériale, s'est drapée dans la bannière devenue l'étendard du mouvement. Des élus sanglés de leur écharpe tricolore bleu-blanc-rouge avancent derrière un drapeau vert-jaune-rouge étendu devant eux.

Ce n'est pas la moindre des discordances. Ce drapeau a été conçu et adopté au cours des épisodes combatifs de la fin des années soixante, décennie de luttes syndicales et politiques rudes et rudement réprimées. Le principal syndicat ouvrier, l'Union des travailleurs guyanais, est alors conduit de main de maître par un secrétaire général issu du monde ouvrier, pétri de culture ouvrière européenne et des luttes collectives et rurales sud-américaines. La conjoncture économique, clairement tournée vers des travaux d'infrastructures et de constructions, lui permet d'être bien pourvu en troupes et en moyens du fait de l'intense activité portuaire à l'import et à l'export pour le bois et les crevettes, des chantiers du Centre spatial, bâtiments et rampes de lancement, des nouvelles centrales électriques, de la base militaire pour la Légion étrangère, des casernes de gendarmerie, des constructions d'écoles, collèges, lycées, des villas pour les cadres et ingénieurs, des logements pour les autres personnels du Centre spatial, des lotissements réservés aux fonctionnaires... Fort de cette fébrilité, le syndicat ouvrier, qui amassait les adhésions, pouvait se montrer particulièrement offensif. Dans cette effervescence bâtisseuse, les grèves se suivent pour réclamer un tarif salarial à deux francs de l'heure, de meilleures conditions de sécurité, des aménagements horaires pour les repas, l'instauration de cantines, le paiement des heures supplémentaires, le respect des congés... La stratégie syndicale s'étant avérée hospitalière aux travailleurs étrangers de la Caraïbe et d'Amérique du Sud attirés à coups de tapageuses campagnes publicitaires et de facilités migratoires, puis instrumentalisés pour maintenir la pression sur le niveau des salaires, elle réussit à établir une solidarité au sein de toute la classe ouvrière. C'est dans les élans de cette décennie de lutte, des enseignements tirés sur les limites du syndicalisme réformiste, d'une analyse moderne et clairvoyante des contradictions générées par les revendications salariales et matérielles confrontées à la logique consumériste d'une économie aliénante, que la direction du syndicat, renforcée par une élite engagée de retour au pays, a soumis à son Congrès de 1971 le mot d'ordre d'Indépendance, avec pour emblème le drapeau aux triangles jaune et vert et à l'étoile rouge. La symbolique des couleurs est identique à celles qui prévalent dans la Caraïbe et en Afrique : le jaune pour la ressource minière, le vert pour la forêt, le rouge pour la victoire, la fraternité et le sang versé par toutes les entreprises coloniales. C'est du moins ainsi que sont présentées les choses lors de l'audacieux Congrès qui vote le mot d'ordre et l'emblème. À peine trois ans plus tard, l'indépendance comme finalité politique et le drapeau vert-jaune-rouge sont adoptés et portés par trois forces militantes, aucune autre à ce jour ne les a endossés : le Moguyde, Mouvement guyanais de décolonisation; la Jeune Garde; et Kaouka Silence.

C'est ainsi, en soixante-dix ans de bouillonnement intellectuel et partisan, le mouvement le plus intégrationniste, voire assimilationniste, qui parvient à mobiliser le pays tout entier et à généraliser la référence au drapeau indépendantiste. Le plus cocasse se love peut-être dans le fait que cette adoption collective et exubérante survient trois ans à peine après que la décision du président de la collectivité départementale de hisser ce même drapeau sur le balcon de l'hôtel départemental eut provoqué scandale et quolibets. Croche-pattes de l'histoire des luttes, ou pied de nez aux idéologues, l'épreuve est à la fois amère et drôle.

Sur les barrages, les débats font rage, dans une ardeur impatiente et pointilleuse. Le souvenir de

Pol-Alex Hossi hante les plus impliqués. C'est vraiment trop sauvage, ça. Ces jeunes, ce sont des bêtes féroces, des fauves sanguinaires, des barbares cruels. Ils sont sans limites, ils n'ont même pas besoin d'être junkies... Ça devient une habitude, c'est presque toujours eux, Hossi, Patrice, Steeve, Hervé, David...

— C'est des comme ça qu'ils appellent sauvageons là-bas, des sans foi ni loi.

— Oh oh, n'exagère pas, tu ne soupèses pas les conditions des gens et puis tu répètes bêtement.

— Comment, conditions, quelles conditions ? Tu fais comme la gauche maintenant ?

— Sauf que c'est la gauche menm qui les a traités de sauvageons.

— Ouais, mais la gauche là-bas là, elle ne sait plus où elle habite.

— De toute façon, elle est foutue chaque fois qu'elle arrive au pouvoir. Non, mais tu as vu ce qui s'est passé quand Mitterrand a été élu ?

— Qu'est-ce qui s'est passé ?

— Moi, je sais ! Il pleuvait et les gens ont commencé à chanter : Mitterrand, du soleil ! Mitterrand, du soleil ! Comme c'était leur Dieu, ils croyaient...

— Je parle de choses sérieuses, toi tu réponds des sornettes !

— Comment, des sornettes ? Ah, tu veux dire quand il a dit qu'on ne lance pas des fusées sur fond de bidonvilles ? Bidon ! Il n'a rien fait contre ça.

— Mais non, je te parle pas de son bavardage, je te parle de son élection, je te dis ! Tu te souviens ce qui s'est passé le lendemain ?

— Lendemain ain ain ain? Écoute, moi tu m'fatigues, je n'sais même pas si j'étais né.

— Eh ben, je vais vous dire : Bob Marley est mort le lendemain.

— Ah ouais ! d'accord… mais quel rapport?

— Tu es élu et Bob Marley il meurt le lendemain ! Tu ne vois pas que tu ne peux pas avoir une malédiction plus chienne que ça ! La gauche, elle était foutue depuis le jour J de sa victoire.

— Tchip ! c'est tout ce que vous trouvez à raconter. Pendant qu'ici on tue les gens comme on tire sur des lapins en plastique à un stand de kermesse.

Hossi, Patrice, Hervé, David… Les prénoms reviennent comme une incantation. Comme par crainte de leur être infidèles. Crapuleux de les assassiner comme ça. Les condamnations du dernier meurtre et des précédents reprennent, tonitruantes. Un concert d'anathèmes qui résonne avec la stupeur encore vive causée par la mort de Pol-Alex Hossi. Y en a marre, y en a marre, y en a marre ! Tu sors de chez toi, sans savoir si tu vas revenir. Tu restes chez toi, tu n'es pas à l'abri. Et tout le monde s'en fout ! Le préfet, la police, la justice, à part venir nous raconter deux darloz tous les deux jours à la télé, pendant ce temps, les malfaisants, les sans-manman, les frankenstein sont les rois de la place.

Un son unique se fait discordant : l'épouse, la veuve, la maman des enfants devenus orphelins. Fidèle aux combats de son époux, elle refuse, lorsqu'elle est interrogée, de valider le discours globalisant fustigeant les jeunes, sans nuances et sans circonstances.

Le temps s'écoule plus lentement que les jours ordinaires. Une journée sur un barrage est d'abord plus longue qu'une journée de routine. Alors, on peut tout passer en revue. Oui, il faut des mesures sérieuses et immédiates contre l'insécurité, mais c'est l'occasion de régler tout ce qui va mal ou marche à l'envers. L'éducation, une calamité. La santé, un danger. La Poste, une plaie. Les autres services publics, une cata. L'emploi, plus rare qu'un 30 février. Quant aux logements, pas pour ta gueule si t'es pas fonctionnaire avec déménagement payé par l'État. Tu veux un crédit ? Si c'est pour acheter une grosse bagnole, c'est OK illico. Tu veux monter une petite affaire artisanale, créer ton emploi parce que tu aimes ça ou que tu ne veux pas rester sans rien faire ? Mon coco, tu vas voir ta banque, celle-là qui te donne tout de suite tout ce que tu veux pour la grosse bagnole, eh ben, pour ta petite affaire, elle te demande des garanties qui valent cinq ou six fois le prêt merdique que tu lui demandes ; si tu l'écoutes, tu hypothèques la maison de ta manman, l'abattis de ta grand-mère, les bijoux de ta marraine.

— On peut passer aux choses sérieuses, excusez-moi ? Comment on s'organise pour le rassemblement de demain ?

— Parce que c'est pas sérieux la vie d'après, hein ? Surtout si elle reprend pareil qu'avant les barrages, c'est pas sérieux de voir comment elle est à l'envers ?

— J'ai pas dit ça, woy ! Alors, on cale les tours de garde, qui va au rassemblement, qui reste tenir le barrage ? Pas les mêmes chaque fois, hein !

La journée rétrécit, la nuit se précipite. Les tours tournent bien, les équipes constituées fonctionnent sans couac, en présence, en collecte des revendications, en vérification des informations, en entretien, en cuisine, etc. On voit arriver, sur certains barrages, des hommes que l'on a connus à la ramasse, qu'on a vus dégringoler, devenir marginaux, radoteurs, infatigables marcheurs sous le soleil, imprécateurs occasionnels. Ils sont de nouveau verticaux, leur verbe sonne clair, leur regard a retrouvé le défi d'avant leur chute. Leur passion pour les raisonnements et les démonstrations joue à s'exercer devant un public dont ils n'auraient pas rêvé, et celles et ceux qui les connaissent dans leur vie de dérade font mine de ne pas s'en souvenir. Les débats, sauf lorsqu'ils s'échauffent, durent en moyenne une heure et demie. Ce sont les plus fructueux. Ils sont souvent animés par des jeunes femmes, parfois étudiantes, certaines jeunes cadres, certaines entrepreneures, d'autres artistes, parfois chômeuses, avec ou sans enfants, soucieuses de l'avenir pour leurs enfants ou sans autre raison que le refus de livrer cet avenir au hasard ou à l'emprise d'autrui. Les garçons ne sont pas moins contributifs, mais ils ne se battent pas pour tenir la bride. C'est une génération qui ne craint pas que les femmes dirigent les choses. L'air de rien, il se compile ainsi sur les barrages de la bonne matière fouillée et décortiquée qui pourra remplir les lignes et les pages des cahiers de doléances. La pratique devient générale : juste avant la traversée de minuit, quelle que soit la vivacité des discussions, ce sont les expressions culturelles qui prennent le relais. Quelqu'un entonne une chanson, cela commence souvent ainsi, ou un poème, on déclame Damas, Patient, Stephenson, Octavie, on chante Combette, Jorland, Sinaï, Maxxy Dready, Clara Nugent, on fait dialoguer yongwé et sanpula, on dessine, on peint, on coud, on compose, on écrit…

Les discussions ne s'éteignent jamais tout à fait. Des apartés se poursuivent, parfois sous forme de satisfecit ou d'éblouissements émus, plus souvent sous forme de commentaires catégoriques :

— « Un peuple sans culture est un zèbre sans zébrure et un zèbre sans rayures, c'est un âne. »

— Et t'as pris ça où ? Y a pas de zèbre ici.

— C'est un poète congolais. Tu vois, ici, on oublie tout, personne ne sait plus c'est quoi un roungou ni un ti-Kongo, alors qu'il n'y a pas si longtemps, c'étaient des mots courants et affectueux. C'est mon grand-tonton qui m'a dit ça hier.

— Respect pour ton grand-tonton, mais ton grand poète là, j'espère qu'il a écrit autre chose, parce que moi, son zèbre, je ne le trouve pas brillant.

— Monsieur aurait préféré une citation plus chic ! du genre Marx ou Mallarmé ?

— Oh là ! Un Damas, ça fait bien l'affaire, genre *J'ai l'impression d'être ridicule* ; ou un bon dolo, par exemple *Sa to pa konèt gran pasé to*, Ignorer qui tu es te perd. Voilà voilà, mon cher, on a ce qu'il faut ici.

Une voix de femme chantonne sourdement d'abord, puis montant dans des aigus de plus en plus aigus, elle entraîne d'autres voix, et avant que le chœur soit complet, un tanbou-koupé puis un tanbou-dévidé commencent à cogner, en aigu, en grave, ils accompagnent, en sourdine, suivent, précèdent, conduisent, escortent :

Mo la mo sans poto,
Mo poto ranversé,
Mo zépé tonbé ;
Mo la mo san soutyen
Je n'ai plus d'appui
Mon pilier s'est renversé
Mon épée est tombée
Je suis là, sans soutien

C'est le ton d'un grajé de désespoir. Qui connaissait bien Hossi sait que sous sa réserve, c'était un passionné de grajé. Au bout de ce premier chant, elle enchaîne, sur un ton plus mélancolique, un grajé valse :

À panga panga
Laissez-moi reposer
À panga panga
Laissez-moi vous aimer

Avant de ramener un peu de joie avec un débòt :

Mouché Nogent pa voyé dilo
Voyé dilo pa mouyé mo pyé
Voyé dilo pa mouyé mo kanmza
Voyé dilo pa mouyé mo lachat

Monsieur Nogent si tu jettes de l'eau
Fais attention à ne pas mouiller mes pieds
Mon madras de taille
Mon mouchoir de tête

L'affluence est énorme. Le rassemblement fait le plein depuis la première heure. L'enthousiasme est intact et l'impatience commence à percer. La foule est semblable à celle de la semaine précédente : à l'image de tout le pays. Et de la chanson de Nicole Dolan : « Tout kouleur mélanjé, tout disan yan kontré », Toutes les couleurs se sont mêlées, tous les sangs se sont rencontrés. Les consignes sont peu signifiantes, mais du moins sont-elles spectaculaires. L'ordre fuse du haut-parleur : deux pas en avant. Et soudain la masse, compacte, avance de deux pas. Le spectacle est impressionnant. Et il impressionne. Deux pas en arrière. Et le peuple, ici rassemblé et uni, exécute. On se prend à rêver... et si au lieu de slogan, il y avait une vision, si au lieu de mots d'ordre, il y avait un projet, si au lieu de harangueurs, il y avait un leader... En face, malgré l'inquiétude immédiate, le soulagement rétrospectif doit être profond !

Sans que l'on comprenne d'où c'est parti, un mouvement, des gaz, un reflux, une dispersion, du contact, des corps à corps... Pourtant, à l'arrivée, l'un des meneurs s'était fendu d'un étrange message à l'adresse des forces de police alignées :

— Vous n'avez rien à craindre, tant que nous sommes là.

À la suite de l'incident un peu confus où personne n'a vraiment compris d'où c'est parti ni pour quel motif, on apprend qu'un gradé a été hospitalisé, et que deux membres de la direction des meneurs se sont rendus à son chevet à l'hôpital. On a mieux compris la longue escale qu'avait dû faire la manifestation devant le commissariat de police. Ainsi que certains propos très nuancés sur les forces de sécurité, contrastant avec les critiques et les exigences formulées par ceux qu'on appelle la base. Les rumeurs sur la composition du groupe des meneurs encagoulés reviennent, mais elles ne s'attardent jamais vraiment. Comme si, tacitement, les gens se disaient que la beauté et la force du mouvement valent bien quelque ambivalence.

Ce que l'on ne comprend toujours pas, c'est la politique du gouvernement. Après une période d'atermoiements, il a fini par envoyer une délégation de hauts fonctionnaires, personnalités au demeurant parfaitement respectables, dont certaines ont une incontestable connaissance, sinon de ce pays dans ses humeurs souterraines et ses aspirations profondes, du moins dans son fonctionnement superficiel, celui qui se donne à voir lorsqu'on y a vécu ou exercé une fonction officielle, ou simplement accompli consciencieusement une mission. Mais le bagage le plus précieux consiste à savoir que le fonctionnement superficiel qui se donne à voir n'est que superficiel, un palier, une étape pour l'échange de politesses avant les choses sérieuses. Leur pedigree et leur bonne volonté ne suffiront pas. D'abord on a appris qu'un conseiller du président de la République était arrivé de son côté et qu'il procédait à des consultations. Avec des personnes choisies. Dont il se murmure, concernant certaines, qu'elles tiennent en mains quelques-uns des meneurs, qu'elles financent une partie de la logistique, qu'elles interviennent sur le contenu des revendications, qu'elles ont les moyens de durcir ou d'arrêter le mouvement. Ces informations-rumeurs sont accueillies avec contrariété, avec agacement, avec circonspection, avec l'air de tout-le-monde-sait-ça, jamais avec indifférence. Ce conseiller n'est pas un inconnu. Il est réputé, à tort total ou à raison partielle, pour son goût prononcé pour les négociations et arrangements discrets, très discrets, pour ses partitions réglées au trente-sixième dessous. Pas du genre mélodie en sous-sol avec Gabin et Delon, plutôt du genre les accords les plus solides sont ceux qu'on noue loin du tapage et que la lumière n'éclaire qu'après qu'ils ont été bien consolidés. La nouvelle de sa présence provoque des crispations, certains considérant qu'il faut redoubler de prudence et d'exigence dans les conditions de négociations. La délégation de haut fonctionnaires sera également desservie par l'esprit railleur qui règne depuis que s'est installée l'impression que les autorités ne comprennent rien à ce qui se passe. Il est certain que le mouvement est inédit. Étendu et polymorphe, il change des flambées cycliques. La direction en est clairement identifiée, ses propos sont connus, ils ne sont pas exhaustifs et il ressort de toute cette ébullition une polyphonie à la fois audible et intelligible. Une créativité en rut, une célérité saisissante, une réactivité féconde. Les plaisanteries impitoyables, qui s'aiguisent en circulant, transforment les membres de la délégation, et l'un d'entre eux en particulier, en guignols. L'opération est désordonnée mais incroyablement efficace. Les gens ont trop ri, impossible de rien prendre au sérieux, ni les déclarations de la délégation, ni l'adoubement officiel, ni l'exercice en soi. Cette étape de négociation n'aboutit à rien, les membres de la délégation attendant en vain, à la préfecture, l'arrivée de l'autre partie.

Lorsqu'on réalise ce qui se passe, ils ont déjà parcouru deux tiers de la route. Autant le dénouement aura des airs folkloriques, autant les prémices sont subtiles. Ils se dirigent vers le Centre spatial. Le contentieux avec cette structure est insoluble. Qu'il change substantiellement de forme d'une génération à l'autre n'y change rien. Les rapports ont l'air apaisé, mais si les manifestants se dirigent, et dans ces conditions, vers la base spatiale, ce n'est pas seulement parce qu'il s'agit d'un lieu névralgique : on dit couramment ici que le pays tout entier peut flamber, l'État ne s'émeut guère tant que le Centre spatial est sauf. C'est parce que la charge symbolique et émotionnelle demeure lourde, sous des apparences très paisibles, que dans les situations vécues comme délicates ou extrêmes, le Centre spatial est perçu comme le lieu où l'on touche le pouvoir au cœur lorsqu'il ne veut rien entendre. Le contentieux est nourri par la mémoire des conditions d'implantation du Centre. L'installation a commencé par celle de la Légion étrangère, située à l'entrée de la ville pour « protéger » la future base. L'annonce même de l'arrivée de la Légion avait déclenché des manifestations de protestation qui furent durement réprimées et suivies de la mort accidentelle, toujours suspecte, dans le crash d'un avion en 1962, du député opposant d'alors, Justin Catayée. L'événement qui suivit immédiatement cet épisode fut l'expropriation de tous les habitants de Malmanoury, bourg agricole prospère. Aussitôt après fut entreprise la construction d'une ville nouvelle à Kourou sous une conception ségréguée avec la zone des ingénieurs, celle des cadres « métros » selon la nomenclature des contrats d'alors, les quelques cadres locaux étant logés ailleurs, celle des techniciens, etc. Enfin, ou presque, ce fut la poursuite des expropriations jusqu'à réserver plus de mille kilomètres carrés au territoire du Centre spatial. L'activité commença modérément avant d'atteindre son rythme de croisière avec un lancement mensuel. Puis advint le partenariat avec les Russes sur le lanceur Soyouz. Le Centre diversifia ainsi son parc, alternant les lancements d'Ariane, de Vega et de Soyouz. Personne n'accepte de croire aux discours de dénégation et à l'inocuité des gaz disséminés dans l'atmosphère à chacun de ces lancements. Faute d'études systématiques et d'expertises indépendantes et régulières, le quidam ordinaire, et il est nombreux, tient l'activité spatiale pour responsable de ce qui ressemble, empiriquement, à une prévalence de pathologies respiratoires et cancéreuses. Un autre événement douloureux est également rattaché au Centre spatial : l'opinion commune considère que si le député des années quatre-vingt, une très forte personnalité fière et exigeante, Élie Castor, a fait l'objet d'un traitement judicaire qui ressemblait à de l'humiliation et de l'acharnement, et qui a conduit à sa mort en prison, quoi qu'il eût commis comme délit, c'est parce qu'il avait contraint l'État à valider un plan de développement pour sa commune Sinnamary et la région des savanes : Sinnamary 2000, adossé à un programme dénommé Phèdre, incluant une contribution financière du Centre spatial. Deux chansons de Lexio's *Le Taureau de Sinnamary*, pour le député, et *Malmanoury* pour le bourg exproprié, appartiennent à la fois au patrimoine et à la mémoire collective récente et vive. Et entretenue. La période de non-dit qui règne ne signifie nullement qu'il n'y a rien à en dire. Peu importe que l'opacité du programme Ariane 6, les incertitudes, les démêlés et la concurrence de Space X sur les vols habités aient quelque peu érodé le prestige du Centre. Ils n'ont pas nécessairement réduit les préventions. Ni d'ailleurs l'attitude crispée des pouvoirs publics.

La colonne avance, sous un soleil de plomb. On ne saurait dire si c'est une inspiration soudaine ou si c'est un plan, impréparé pour garantir une absolue impossibilité de fuites. L'idée est judicieuse, sa réalisation va s'avérer calamiteuse. Tout le monde semble pris de court, les assiégés, les personnalités qui y participent en se ridiculisant par des improvisations mal inspirées et des comportements effarants, *idem* pour le gouvernement, voire la direction du Centre.

Des élus ont fait des pieds et des mains pour être admis dans ce mouvement qui, dès ses premiers jours, a éructé sa défiance à l'encontre de toute la classe politique, s'est égosillé pour discréditer les élus nationaux comme incompétents et les élus locaux comme impuissants. Ces élus qui ont réussi à se faire admettre font du zèle. Ils suivent toutes directives et toutes initiatives des meneurs avec diligence, peu regardants lorsqu'il y a des frottements au sommet. Le groupe est arrivé aux abords de l'accès au Centre. Les informations sont étonnantes et imprécises. Ils auraient réussi à entrer. Mais où exactement, cela paraît très déroutant. Les élus zélés postent des messages ampoulés, pompeux, ronflants, à la limite du serment du Jeu de paume ; ils menacent, sans que qui que ce soit leur ait octroyé un mandat pour le faire, de ne pas quitter les lieux avant, avant, au moins avant demain, et à condition que… et avant qu'ils comprennent ce qui leur arrive, ils quittent les lieux, avant demain et avant tout ça.

L'impression de flottement est de plus en plus prégnante. Le préfet est dépassé, cela s'est vu dès le début, à ses réactions et ses initiatives. Tout cela commence à ressembler, de part et d'autre, à un machin à la dérive. Pourtant le gouvernement dispose d'un atout colossal. Il l'ignore, comme d'habitude. Une jeune femme, Rosine Maigalt, brillantissime fonctionnaire, autant à l'aise dans la société, c'est la sienne, que dans son administration : elle est rigoureuse et très professionnelle. En plus, elle n'a pas de conflit de loyautés, car c'est l'intérêt de part et d'autre de trouver un terrain de conciliation, et surtout d'apporter des réponses durables aux incontestables problèmes qui tiennent les gens mobilisés depuis des semaines, malgré les conséquences qu'en subiront leurs revenus. Que fait le gouvernement d'un tel atout ? De l'extérieur, on a plutôt l'impression qu'il n'en fait rien de rien ! À regarder de près, il se trouve de-ci de-là de telles pépites dans les corps d'État. Elles finissent presque toujours par avoir des problèmes avec leur hiérarchie ou avec un préfet.

Il y a de l'électricité dans l'air. Tout s'amplifie. La tension monte. Tout devient exaspérant, voire insupportable. Une épidémie de dengue, de paludisme et de zyka s'est déclarée dans différentes parties du territoire, après les fortes pluies du mois dernier. L'Institut Pasteur a dû publier plusieurs alertes et recommandations. Plusieurs cas ont été déclarés au centre pénitentiaire. Des mesures de libération conditionnelles ont été recommandées. Un juge a autorisé la libération d'une jeune détenue enceinte, étant donné que sa grossesse ne peut y être suivie comme l'ont indiqué les médecins très sollicités par ailleurs. Eh bien le procureur a fait appel ! Et la cour d'appel l'a suivi.

— Et tu sais pourquoi elle était incarcérée ?

— Elle aurait fait passer à son copain détenu un téléphone portable et une dose de shit !

— C'est pas bien, mais ce n'est pas un crime !

— N'empêche ! Voilà la principale occupation du procureur : empêcher la sortie d'une femme enceinte, quand les médecins disent qu'ils ne pourront pas suivre sa grossesse en prison. Et si elle attrape la dengue ou le palu, rien à foutre du bébé. N'avait qu'à pas se faire prendre.

— Tu vois, c'est ça le problème ici. On ne comprend pas ces gens qui ont des pouvoirs ; pour qui ils se prennent, pourquoi ils font ça, on ne comprend rien à leurs logiques.

— Sans compter qu'ils sont peinards. Tu penses bien que si la famille de cette fille décidait de porter plainte pour mise en danger du bébé, c'est qui qui va juger ? Vu qu'il y a un seul tribunal ici, cours toujours.

— C'est comme pour le problème des mules. À l'aéroport, ils font des contrôles au faciès : tous les jeunes bushinengue sont suspects, tu es jeune, bushinengue, tu pars en France, pas d'chap, c'est pour convoyer de la drogue. Contrôle !

— Pour ça, faut reconnaître que, malheureusement, c'est surtout eux que les dealers recrutent.

— C'est sûr. Mais on serait très contents de les voir plus efficaces contre les dealers justement ! Et tu crois qu'ils vont se demander ce qu'ils peuvent faire pour qu'il y ait moins de jeunes à se laisser tenter ? Pas le temps. La justice, ça juge. Le reste, démerdez-vous.

Le Premier ministre annonce l'arrivée de deux ministres, Outre-Mer et Intérieur. Il en fait l'annonce solennelle, sur le perron de Matignon. Il croit devoir mettre en garde : les ministres viendront si les conditions… Pourtant, le temps intermédiaire où il était possible d'hésiter entre la force et le dialogue est passé depuis au moins trois semaines.

Les deux ministres, faisant fi du décalage horaire, se rendent disponibles dès leur arrivée pour des rencontres avec une délégation des meneurs. Les incidents se suivent en cascade. Sur la participation ou non d'élus. Et lesquels. Sur un tour d'images ou la présence de la presse tout le long. Et jusque sur la composition de la délégation d'État !!! Les manifestants, en bas, sur la place, constituent l'arme fatale. Certaines exigences semblent immatures, capricieuses, irréfléchies. Elles sont toutes proférées sous la menace de faire réagir la foule qui patiente en bas, et dont on perçoit, c'est palpable dans l'air, qu'elle est à deux doigts de l'explosion. Ces préalables vont durer plus d'une heure. On sent bien qu'on est sur une ligne de crête. La chute est aussi probable que l'équilibre. La jeune Maigalt est aussi active que discrète. Qui observe bien l'aperçoit en haut, en bas, sur le balcon, dans la rue, souple, impassible, un mot, un signe, elle passe des élus à la foule, monte, descend. Sa présence et ses gestes dégagent une sorte de halo à la fois rassurant et sécurisant, et qui agit d'autant plus bénéfiquement qu'il se fraie un chemin pour se répandre et opérer sous les vociférations recuites et épuisées des deux meneurs les plus vindicatifs.

C'est que le temps est arrivé pour la rupture, celle que dicte toujours le point de divergence stratégique entre ceux qui ont la force de dissuasion – les propriétaires d'engins lourds – et la multitude qui détient la force de frappe et se préoccupe du quotidien. C'est le moment où la tension créée par la multitude justement permet de faire basculer le rapport de force. C'est le moment où l'État commence à céder et cédera sur tout ce qui est identifiable, familier à ses codes et repères, compréhensible aux fonctionnaires et conseillers. Évidemment, les revendications qui le sont le plus sont celles qui concernent les annulations de dettes, la suppression de charges sociales, les dotations en trésorerie, les exonérations fiscales et moratoires divers. Le bloc immuable d'implorations des opérateurs économiques, des forces vives de l'économie, des acteurs de l'économie, des piliers de l'économie, des saints de l'économie. Quelques insatiables bouffeurs de subventions parmi eux. Bénéficiaires et rentiers d'une bien troublante complaisance. Les fonctionnaires entendent toute l'année les acteurs de l'économie, les reçoivent parfois, instruisent leurs dossiers, n'y apportent presque jamais aucune solution, mais finissent par s'habituer aux besoins. Qui deviennent des demandes. Puis des réclamations lorsque les circonstances, comme celles-ci, le permettent. Les fonctionnaires qui assistent aux négociations, au double sens physique et opérationnel, conçoivent donc ces requêtes, elles ont une consonance déjà entendue. Ce sera, une fois de plus, pénalité pour les entreprises vertueuses, tant pis pour celles qui ont payé leurs charges et fait des efforts, et bonus pour celles qui accumulent dépenses somptuaires, voyages et autres légèretés.

Les ministres feront-ils la différence ? Ces deux-là sont jeunes et dynamiques. Sincèrement désireux de faire utile et bien. Ils ont des codes plus larges. Les besoins collectifs. Les services publics. Ils s'interrogent vite sur les collectivités, leurs difficultés, leurs besoins. D'un feuillet sur la lutte contre l'insécurité, le cahier de doléances est devenu obèse. S'y sont greffées toutes les revendications catégorielles possibles et inimaginables, noyant irrémédiablement les demandes relatives aux droits, au bien-être individuel, aux besoins collectifs, à ces choses fondamentales qui ont le défaut de paraître floues. Les discussions se sont accélérées d'un coup. Comme si tout le monde était soulagé qu'on n'en soit pas venu aux mains. Alors que la lassitude commence à gagner les centaines de personnes restées de garde sur la place, les deux meneurs les plus virulents surgissent au balcon, mégaphone à la main, et haranguent la foule : « La ministre a quelque chose à vous dire, quelque chose de très important ! Je lui passe le mégaphone, je lui passe le mégaphone. » Aussitôt dit aussitôt fait, la ministre reçoit le mégaphone et commence d'une voix douce qui ira en s'affermissant, pour rappeler qu'elle vient comme eux des outre-mers, qu'elle est, cela va de soi, particulièrement sensible à la qualité du traitement que l'on réserve aux ressortissants des outremers, qu'elle présente des excuses au nom du gouvernement pour les incompréhensions et les indifférences. Elle est chaleureusement applaudie. Elle vient de sauver la situation et le gouvernement, de la façon à la fois la plus malencontreuse et la plus courageuse. Le gouvernement ne lui exprimera aucune gratitude particulière. Les grincheux et fâcheux habituels, obsédés d'une repentance que personne n'envisage de leur demander faute de reconnaître quelque valeur à leur parole, se jettent comme des charognards sur ces quelques mots. Ils croasseront quelques jours, rien d'effrayant.

La dislocation s'étire. Des groupes tiennent au chaud l'émotion que viennent de leur procurer les propos de la ministre. D'autres essaient avec beaucoup d'efforts de dégager ce qui s'est dit, y compris par bribes, y compris par sms, y compris par tweets, y compris par rumeurs, y compris par breaking news, ce qui s'est dit, au présent de l'indicatif ou au conditionnel, ce qui a circulé sur la conduite et l'aboutissement des discussions. D'autres enfin sont perplexes. Ils tentent de récapituler. Ils ont compris que les négociations sont terminées. Ils font des efforts pour se remémorer les acquis annoncés. Ils réalisent qu'aucune déclaration formelle ne les en a informés. Les nouvelles remontent en provenance des barrages. Les forces économiques, les opérateurs économiques, les acteurs économiques, bref les propriétaires d'engins lourds reprennent leurs camions, leurs bus, leurs tractopelles et se retirent. Ils avaient déjà libéré le port depuis la veille, pendant les combats les affaires continuent. Voilà. Il n'y a pas essoufflement, mais il y aura débandade. Oui, le mot d'ordre était sans mémoire. À deux ronds-points, on filme des femmes et des hommes occupés à des tentatives pathétiques pour remplacer les engins lourds par des sacs de sable, des mobylettes, des réchauds, des chaises, des fauteuils, des barres de fer, des poubelles…

On se précipite pour suivre le journal télévisé. Les principaux acquis de l'Accord signé l'après-midi concernent… des dotations pour les collectivités, des exonérations fiscales pour des entreprises, des plans de soutien de certaines filières, des promesses de lycées et de logements, des infrastructures, et notamment une ligne électrique à haute tension avec une capacité de fourniture équivalente à la totale consommation de la capitale, ou si ça doit prendre trop de temps de tirer la ligne, en option, une route de cent kilomètres et des groupes électrogènes, où ça ? où ça ? à l'intérieur du territoire, à l'ouest, avec exigence d'un financement par l'État si EDF n'est pas en mesure d'assurer la livraison rapide de cette production électrique. Qu'est-ce que ça vient faire là ? Cette route ne mènerait à aucun village, aucune école, aucun hôpital... Cette route... on ne veut pas l'admettre ! Non ! Mais alors, ce qui se disait, qu'on savait sans vouloir y croire, qu'on croyait sans en convenir, tout cela... comment est-ce possible ? Il y a bien eu plusieurs fois ces questions, ces remarques, ces alertes, cette gêne parfois dans certains débats sur qui finance le bus et les moyens dont disposent les meneurs. Ce n'est pas possible. On les connaît trop bien. C'est pas des pourris. Il y avait déjà cette histoire que parmi eux il y avait des policiers ou d'anciens policiers, et puis des vigiles, et puis des bodybuilders, et puis, normal, il fallait des costauds ! C'est pour ça qu'on se sentait en confiance. Et d'ailleurs, ce sont nos hommes. Ils étaient beaux, ils sont beaux. Ils étaient impressionnants tout vêtus de noir et en cagoules. C'est quoi ça, toujours il faut des miasmes pour pourrir ce qui est beau, et ce mouvement était si beau, nous nous sommes retrouvés ensemble et dé-ter-mi-nés d'un bout à l'autre du territoire, nous avons passé toutes ces nuits à nous connaître, à discuter, et… et cette route habillée en programme de développement, qu'est-ce qu'elle vient foutre là, non, elle mène, elle mène, est-ce possible, elle mène… à la Montagne d'or !!!! Mais on n'a pas discuté du projet minier ! Et on n'a pas débattu, on n'est pas tous d'accord, on n'a pas dit si on veut que des compagnies tirent quinze tonnes d'or du ventre de la terre, même si c'est tellement loin qu'on ne verra pas les dégâts, mais justement c'est loin, qu'est-ce que ça vient faire là, dans nos doléances, en plus, il paraît que dans l'Accord ils ont inscrit qu'il faut suspendre l'examen au cas par cas des projets miniers. C'est la porte ouverte à à à à y compris à des autorisations aveugles, ça va bien arranger des sociétés en délicatesse avec la justice. Non ! ce n'est pas possible. Ce n'est pas possible ! La délégation amérindienne avait demandé dès le début qu'on inscrive dans l'Accord le rejet de ce projet minier. Ils n'étaient pas seuls sur cette position. Personne n'a dit non, personne n'a dit oui. Qu'est-ce qu'elle fout là, cette route ?!

Les meneurs ont donné l'ordre de lever les barrages. C'est officiel et c'est public. Les femmes se regardent. Elles sont belles de colère, éblouissantes de rage, elles sont fascinantes de volonté, elles irradient de fureur. Ils ont donné l'ordre de lever les barrages ??!! Tout d'un coup, elles ont l'air de se demander qui les a faits chefs. Elles font comme leurs aînées. Ces femmes à la fois mère-et-père de famille qui sont devenues gaullistes lorsque la sécurité sociale a soulagé leurs angoisses. Ces femmes qui ont tissé à la main et à la voix le destin des grands hommes lorsque ceux-ci, Catayée, Héder, Castor, prenaient fait et cause pour les humbles. Ces femmes qui ont élargi le chemin à coups de coude lorsqu'une femme, enfin, se hissait à hauteur de charge et pas seulement en digne épouse de. Elles sont remontées et se remontent elles-mêmes. Qui les a faits chefs ? Et d'ailleurs, elles n'ont pas aimé qu'ils fassent la ministre venir présenter ses excuses au balcon. Elles ont su peu après que la ministre avait dit la même chose spontanément dans les discussions, sans doute à un moment noué. Ils auraient bien pu se contenter de dire qu'elle l'avait dit. Et certainement, quelqu'un avait filmé, il y a toujours quelqu'un, partout, avec un téléphone qui se prend pour Spike Lee. Ce n'était pas nécessaire de la faire répéter. Elles en ont été gênées, c'était comme une mortification. Elles sont remontées. Elles ont alors décidé de passer la nuit sur les barrages. Elles n'ont pu en maintenir que deux. Elles veillent. Elles passent tout en revue. Depuis le début, elles n'étaient pas d'accord quand certains porte-parole faisaient des fixations sur les étrangers. C'est vrai, c'est vrai, les agressions, souvent ce sont des jeunes étrangers largués par tout le monde, à commencer par leurs parents, mais ce n'est jamais bien de généraliser, et puis maintenant les jeunes du pays sont de plus en plus nombreux dans la galère et la dérive, et le dévoiement et la déviance, eux aussi trempent dans ces histoires d'armes et de cambriolages et d'agressions. C'est vrai aussi que les réseaux de dealers sont tenus par des bandits du pays d'à côté, et que la Justice est impuissante, dès qu'elle t'a dit, la bouche pincée : « Oui, c'est un criminel, nous le savons, il a tué mais le pays voisin n'extrade pas », elle a fini avec toi, elle ne se pose même pas la question de qu'est-ce qu'elle peut faire d'original pour aboutir avec le pays voisin, résultat : les p'tites frappes, les p'tits écumeurs, les p'tits marioles, les p'tits branleurs à bijoux clinquants comme les grands truands, tous les hors-la-loi font la fête sur le dos de la Justice. Ils paradent armés à visage découvert sur les réseaux sociaux, même pas peur. Malgré tout ça, ce n'est pas une raison pour qu'on se trompe et qu'on déteste nos voisins, ils vont toujours être nos voisins, c'est fini la dérive des continents.

Leurs paroles et leurs avis se croisent, des plus élaborés aux plus sommaires, avec des soupirs et des tchips. Elles ressassent. C'est quoi, cet Accord ? Éducation, des miettes. Hôpital, des miettes. Formation professionnelle, des miettes. Logements, zéro. Culture, absente. Sécurité, heu heu heu. Et une route de cent kilomètres… c'est quoi, ça ? c'est un sketch ? Elles se regardent, se jaugent, elles sont nombreuses, avec la sombre impression d'être passées d'escadrons d'amazones à bataillons de dupes. Des discordances surgissent, comme on s'agrippe à une bouée, des craquèlements apparaissent :

— La confiance, ce n'est pas seulement quand on comprend tout. Ils vont sûrement nous expliquer.

— Expliquer quoi ? C'est pas assez clair ?

— Justement, c'est pas clair ! C'est pour ça qu'il faut leurs explications !

— Je suis d'accord, ils vont sûrement nous dire ce qui s'est passé. Il a dû y avoir un imprévu. On doit se mettre à leur place…

— Et puis quoi encore ! Non, mais c'est quoi, ça ? Tu vois des cochons qui pataugent dans la boue, t'es obligée d'aller mettre un orteil pour prendre la température de la boue ?

— Moi, je crois qu'on doit tirer les choses au clair, c'est trop facile de condamner.

— La responsabilité appelle la prudence.

— Quant à toi, tu crois qu'il suffit d'un sujet d'un verbe et d'un complément pour que ta phrase ait un sens ?

— Je sens que ça se gâte !

— Tchalam mo ka tchouboum, sauve qui peut !

Certaines s'éloignent et font les cent pas, comme si elles réfléchissaient à l'après. D'autres s'organisent pour tenir le barrage cette nuit, alors que des brigades passent pour répéter la consigne : Nous avons gagné, il faut lever les barrages. Trois femmes se tiennent aux épaules, secouées par les larmes. Deux autres pestent :

— Enfin enfin, dieu des fourmis, on n'est pas maudits ?! On dirait que des chiens galeux ont pissé sur nous.

— Maudits ou pas, une fois de plus on s'est battus et les résultats, c'est des postes de fonctionnaires qui ne vont pas servir aux jeunes d'ici, des marchés pour des entreprises qui ne vont pas s'emmerder à former et recruter des jeunes, des subventions pour engraisser la collectivité, c'était bien la peine de critiquer et de rejeter les élus.

— Vas comprendre, y avait de tout sur les barrages : des profs, des avocats, des médecins, des experts, toutes sortes de grands socrates. Pourquoi on se fait toujours bananer ?

— C'est pas ça qui va ramener Hossi, ni Hervé, ni Patrice, ni Steeve, ni Mario, ni Boris, ni David... Et qui, après ?

VIII

Ellen

Et c'est déjà, ou c'est enfin, le temps venu pour les plaidoiries de la défense. Lui porte sa robe avec moins d'ostentation. Comme si elle était plus lourde que celle de ses confrères. Comme si elle était lestée dans sa doublure ou ses coutures, dans le revers des manches ou les épaulettes, et jusque dans l'ourlet, du poids des erreurs judiciaires même mineures, des inclémences même distraites, des satisfactions surfaites, des indifférences déguisées en concentration, des déconvenues mal apprivoisées. Il a entre deux âges, un peu plus proche du premier. Les prévenus sont quatre, un avocat pour chacun. Ses confrères ont déjà parlé. Deux hommes, las ou préoccupés par ailleurs. On les croirait d'astreinte de mauvaise grâce, l'un d'entre eux a l'air aussi déjeté que ces gardiens de condominium qui font leur ronde comme on exécute une corvée. Une consœur. Plus jeune. Affichant depuis le début de l'audience une mine désabusée. Ne bronchant pas d'une octave lorsque le public grommelle pour lui demander d'élever le ton. Elle consent parfois à se retourner de trois quarts, comme pour s'assurer qu'il ne se passe rien de plus grave qu'une timide demande collective de pouvoir suivre ce qui se dit dans ce procès et, constat établi, elle reprend sans varier son ton inaudible. On ne saurait, il est vrai, lui imputer la très mauvaise sonorisation de la salle. La présidente ne s'est pas formalisée, lors de la toute première matinée, du mauvais fonctionnement des micros et par conséquent du fait que les gens dans la salle n'entendaient rien. Est-on sûr qu'ils comprendraient s'ils entendaient ? Il a fallu une interjection proférée d'une voix claire mais isolée, bientôt relayée par des bruits de gorge solidaires, pour qu'elle se décide à lever la séance et faire intervenir un technicien, qui n'a pas réglé grand-chose. Vérification faite, ce n'était pas un technicien, mais un homme se trouvant dans la salle qui a aimablement proposé ses services. Ces perturbations ont duré deux jours, jusqu'à ce que le public, résigné, se contente de tendre l'oreille. Tout le restant de la semaine. Deux séances par jour. Néanmoins, chacun a fait des efforts : la présidente, l'avocat général, les avocats, les témoins, pour monter un peu dans les aigus, même l'huissier. Elle seule s'en exonère. Ce sont les jurés qui comptent, et ils sont à portée de sa voix. Elle a plaidé en quelques mots, comme si on en savait déjà bien assez sur le comportement irréfléchi et l'acte brutal commis par son client, sur sa personnalité, quant aux circonstances… Sans doute est-ce plus gratifiant d'assurer la défense d'une victime.

La salle n'invite à aucune solennité. C'est un ancien auditorium qui a résonné de toutes les querelles, vraies ou simulées, où furent dépouillés des scrutins larges ou serrés, enregistrées des délibérations sur tous les sujets de friction, et qui, allez savoir, rend peut-être blasé.

L'avocat s'est donc levé, un peu voûté dans sa robe à poids. Il commence par demander posément à son prévenu d'approcher et de décliner à nouveau ses nom, prénom, âge, niveau d'études, activité professionnelle et salaire. Kerma Nofis vingt-quatre ans bachelier factotum mille cent trente-six euros, s'exécute. L'avocat s'exprime avec clarté. Loyal à son client, il exerce depuis les premiers jours une vigilance sans faille. Il ne fait pas que le service minimum. Ce jeune homme n'est pas juste un client. C'est d'abord le fils de cette femme qui, chaque fois qu'elle se présente à son cabinet, bataille contre elle-même, contre ses tremblements et son regard éperdu, se forçant à relever la tête pour le regarder en face, comme si sa résistance contre l'accablement commençait là, dans ce cabinet où elle sait que c'est peut-être le seul lieu où elle n'est pas jugée pour la faute de son fils, où ce fils n'est pas que ça, ce malheur, ce désastre qui dévaste, cette catastrophe inattendue, cette chose advenue comme un croche-pattes du diable sur le boulevard de la déveine. Invariablement elle lui demande s'il sait comment va la veuve. Il fait toujours mine, en début d'entretien, de farfouiller dans un carton d'archives, pour lui laisser le temps de redresser le regard. Il lui dira juste ce qu'il sait par le dossier d'instruction : la famille ne vit plus ici et sera présente pour le procès.

L'avocat sait sa tâche délicate. Il sait que l'impression que produisent le comportement et les propos d'un accusé peut plomber tout argument atténuant, ou simplement explicatif. Or, son client s'est montré combatif. Il n'a pas respecté les règles du jeu. Sans doute parce qu'il sait qu'il joue sa liberté et, folie, il semble croire qu'il joue aussi son honneur. Alors, il a pris les choses très au sérieux sans en connaître les codes. Il a répondu en insistant sur ce qu'il avait dit ou fait ou pas fait ou refusé de faire, il a demandé à un avocat de la partie civile, qui à l'évidence cherchait à le charger, s'il pouvait lui poser une question. Il a renouvelé sa maladresse auprès du parquet général. A-t-il cru que la réaction de l'avocat était un mouvement d'humeur ? Trop jeune sans doute pour percevoir que, dans cette pièce, il y a ceux dont le royaume est la scène, avec une partition, et d'autres, assignés à demeurer en coulisses et qui ne sont tolérés sur la scène que pour donner de l'écho à la partition. Il eut l'air éberlué par la diatribe de l'homme du parquet général qui le traita d'arrogant : « Où vous croyez-vous à poser des questions ? » Et comme enhardi par le frémissement approbateur de l'auditoire, l'homme-à-l'hermine perché sur une double marche, un peu enclavé sur son trône niché en retrait derrière un pilier à droite en front de salle, s'était fait insistant : « Vous vous croyez tout permis ? Ici, vous n'avez pas à poser de questions ! » Son avocat s'était alors levé et, se plaçant légèrement en retrait, sur sa gauche, l'avait interrogé en détachant ses mots sans modulation : « Vous êtes arrogant dans vos réponses et dans votre attitude, vous êtes insolent… ou vous êtes combatif ? » Kerma avait alors répondu, sur un timbre plus sourd : « Je suis combatif. »

Sa maman n'est toujours pas venue, et dans cet océan d'hostilité, cette voix, cette robe-là lui signifient qu'il est encore dans la communauté des hommes.

Non, manifestement ce jeune homme ne connaît ni les codes ni les règles ni les présupposés. Il ne sait rien, ni en bien ni en mal. Il s'est contracté lorsque le visage d'une jurée s'est crispé, ignorant que c'était vraisemblablement pour encaisser l'assaut d'une émotion, qui peut aussi bien lui être favorable que néfaste. Il sait encore moins qu'une cour d'assises est un endroit où l'on admet, non les modestes, non les humbles, mais les humiliés. Lorsque l'on a la très mauvaise fortune de se trouver là, en position de mis en cause, ou pire, de prévenu, on a devoir de s'abaisser, de répéter ses remords à l'envi et d'y macérer, fussent-ils insincères. On doit se montrer docile et servile. Ici, à la barre, on casse sa colonne vertébrale. On accepte d'être broyé, c'est la preuve tangible de la contrition dans une société sans rédemption. Sinon, la collectivité est déboussolée. Ceux qui la représentent ne savent toujours pas comment parler aux victimes, leur dire que l'on sait la perte irréparable pour elles, même si, même lorsque les auteurs se confondent en regrets et excuses. Ils ne savent toujours pas dire aux victimes que la vengeance n'a pas droit de cité en cour de justice, que la sanction ne doit pas être une punition mais une peine, qu'elle doit être juste, sans empathie ni antipathie, sans mansuétude ni animosité. Osera-t-on Victor Hugo? « Se venger est de l'individu, punir est de Dieu. »

Non, les professionnels de la justice ne savent pas faire la part des choses, ils ne maîtrisent pas le langage qui peut se frayer jusqu'à l'entendement des victimes, ils ne savent pas davantage assumer que leurs plus attentives et généreuses mesures de réparation resteront dérisoires. Ils ne savent ni dire ni faire. Alors, dans cet endroit où tout est si obstinément en ordre, ils rendent au moins la chose claire : on ne peut concevoir chez le prévenu ni dignité ni orgueil.

Il est très probable que ce jeune prévenu n'ait pas lu *L'Étranger* de Camus et ne sache pas comme il est fréquent que dans un procès d'assises en particulier, là où les choses sont graves, tout le monde parle du mis en cause sans qu'on s'intéresse à ce qu'il aurait à dire sur lui-même.

L'avocat recule de quelques pas, ce qui le contraindra à pousser sa voix pour se faire entendre de la présidente, du jury et du parquet général, mais aussi du public. Ses premiers mots sont pour la famille, sans s'y adresser directement. Il dit la difficulté, voire l'impossibilité pour la famille et pour l'auditoire manifestement composé de parents, alliés, amis, voisins et connaissances et tous ceux que nous n'avons pu citer comme il se dit dans la formule d'obsèques, la réelle et profonde difficulté d'admettre des nuances dans les responsabilités, de recevoir des arguments de non-intentionnalité, et plus encore de concevoir cette combativité dans les réponses. Et ce disant, il interpelle directement son client, sans acrimonie ni complaisance. Comprend-il bien que personne ne puisse comprendre ?

La veuve a déposé la veille. Digne. Très digne. Jeune femme tout en retenue, d'une sobre élégance, précise dans ses réponses. Dans ses demandes aussi : elle veut savoir ce qui s'est passé, pourquoi leur domicile, qui a fait quoi exactement dans cette bande de quatre, et sur quels motifs. Elle est sans colère, sans rancœur, une souffrance sous-marine perce dans sa voix et troue ses mots, rien ni personne ne ramènera son époux, sa meilleure fidélité est de ne pas se laisser aveugler par l'esprit de vengeance, de ne pas enterrer les engagements et l'œuvre de son homme qui a voué son temps actif, mais aussi son temps libre et ses loisirs et ses plus permanents désirs à des p'tits gars comme ceux-là, justement. Les quatre enfants ont manifestement baigné dans ces chimères. Ils en sont imprégnés. Ils se démènent comme ils peuvent avec les bienfaits insaisissables, illusoires de tels principes. Le benjamin, un garçon indécis, répète six fois, lors d'un court témoignage de trois minutes, qu'il pardonne. Il pardonne à chacun, il les nomme tous mais répète plusieurs fois le nom de celui qui, en première hypothèse, détenait l'arme et a tiré. Il lui pardonne, sans arrêt, comme s'il se débarrassait ainsi de cette peine qu'il n'a jamais réussi à amadouer, de cette absence paternelle qui lui donne l'impression de perdre pied chaque fois qu'il fait seul ce qu'ils faisaient ensemble : du foot, du basket, du ping-pong, ou chaque fois qu'il se souvient de ce qu'il n'a plus l'occasion de faire depuis qu'ils sont partis, qu'ils ont tourné le dos à cette terre trempée de leur malheur et de leur détresse : danser le grajé toute la nuit et finir suant sur un kasé-kô effréné, suivre le vidé de carnaval le jour de la grande parade. Il croit ainsi, par sa clémence, ou sa bienveillance, ou sa compassion, ou sa miséricorde, congédier ce chagrin qui fait des acrobaties sur son cœur et son humeur et s'enfuit dès qu'il essaie de le prendre à la gorge. La sœur aînée va conclure. Elle avance avec assurance. Comme une cheffe de tribu. Elle a des certitudes. Elle tourne le regard vers le box. C'est à eux qu'elle a des choses à dire. Comme si, quoi que requière le parquet général et quoi que décide le jury, il ne s'agissait là que d'une parenthèse dans sa vie. Elle reprendra bientôt l'avion, elle est venue avec sa famille pour une semaine. Juste le temps du procès. C'est bien que tout ait tenu dans les cinq jours. Elle leur dit, son ton est détaché et ses mots se détachent, elle leur dit qu'on a toujours le choix dans la vie. Elle est plus jeune qu'eux, tout juste majeure, mais ils se sont mis en situation qu'elle puisse leur faire la leçon. Aucune aigreur. Juste une lassitude, comme celle des Vieux de la chanson de Jacques Brel, lassitude et déconvenue incongrues à son âge. On a toujours le choix. J'aurais pu me laisser aller après la mort de mon père. M'apitoyer sur moi-même. J'ai décidé de réagir. On a toujours le choix… C'est tout ce que j'ai à vous dire. Chacun a toujours le choix dans la vie. C'est bref et péremptoire. La vraie vie prouve le contraire tous les jours. Et pourtant, cela résonne si juste à cet instant et dans ce lieu ! À peu de chose près, ils se ressemblent, ceux du box des accusés, et ces jeunes orphelins. Jean serré pour la jeune fille, lâche sur les garçons, baskets de marque discrète. Seul le prévenu Nofis est de vêture plus classique.

L'avocat prend le temps de quelques mots frugaux pour saluer les propos tenus la veille par la veuve, sa fille et son fils. Il n'ose encenser leur état d'esprit, qui est-il pour en avoir un avis, et pire, s'autoriser à l'énoncer. Un frère aussi s'était présenté à la barre. Il avait décrit un saint. Personne n'a osé lui dire qu'il n'est nul besoin d'être irréprochable pour mériter de vivre.

Une cour d'assises, ce n'est pas le lieu de la confrontation du bien et du mal. Ce n'est pas un laboratoire du manichéisme. Il faut cependant être lucide, surtout au terme de ces cinq jours difficiles pour chacun. La victime avait tellement de qualités. Et cette histoire est tellement stupide et absurde. Trop lourd fardeau pour tout le monde. En dépit des excès de langage, des offuscations surjouées, des offenses artificiellement enflées, chacun est affecté, certains sont affligés. Il n'y a pas matière à débordement de créativité pour élaborer une stratégie de défense particulièrement sophistiquée. Cependant, il s'est aiguisé ici, toute la semaine, une confrontation qui a creusé une ligne antagonique entre la trajectoire, les actes, le sort de ces quatre jeunes, si dissemblables dans ce que l'on perçoit de leur lucidité, leurs regrets, leurs potentiels, une ligne antagonique entre eux et tous les autres : les avocats de la partie civile, la partie civile, le ministère public, le public en audience et l'opinion publique informée par une journaliste consciencieuse qui assistait à la totalité des débats. Peut-être aussi le jury. C'est tout l'enjeu de la plaidoirie. Donner aux jurés du matériau pour modérer l'influence de la présidente lors du délibéré. Préjugé ? peut-être. Précaution, sans doute. Un procès d'assises est toujours peu ou prou un frottement entre l'institution et quelqu'un que souvent on désigne comme l'individu, le prévenu, le mis en cause, l'auteur présumé, que certains osent désigner avant jugement comme le criminel ou l'assassin, et qui, en tout état de cause, a délibérément ou accidentellement, et plus souvent dans cet entre-deux inconfortable de la non-intention, provisoirement rompu le contrat social. Dans cette confrontation ou ce frottement, l'institution part souveraine, sinon gagnante.

L'avocat paraît, quelques instants, irrésolu. Va-t-il tenter l'analyse sociologique et dénoncer une société qui n'offre aucune perspective à la jeunesse sans entregent ni moyens, celle qui n'a pas le privilège de pouvoir s'en aller, celle qui reste assignée à l'ennui et au sur-place, prise en étaux entre la morosité passive et la débrouille indispensable ou simplement gratifiante ? Va-t-il interroger les politiques publiques et leurs échecs sur la circulation des armes et les multiples trafics de drogues ? Jusqu'où va-t-il s'enhardir ? Il semble soupeser les risques. Il n'a, lui, récusé aucun juré tiré au sort, mais il a examiné avec attention les profils de ceux qui ont été retenus. Personne qui ait une expérience directe de ces galères qui font non seulement le quotidien mais également l'horizon de ces jeunes, entre lesquels la seule différence réside dans la marge étroite qui zigzague à portée de leur volonté : certains font du trafic leur principale source de revenus, d'autres en font une activité marginale, un complément épisodique de salaire. Dans cette affaire, il n'y a pas de preuves. C'est récit contre récit. Sous l'urgence du sauve-qui-peut, chacun n'ayant, on s'en doute, qu'une angoisse : garer et parer sa peau. Ce sera un moment d'intime conviction. Et le doute doit profiter à l'accusé, c'est à la fois un principe, une valeur, une règle. Il va leur rappeler que ce prévenu-là n'a fait que conduire le véhicule. Certes, il a une responsabilité et il en convient. Il a été mal avisé de dire oui ce soir-là à cet acolyte occasionnel qui lui a proposé quinze euros pour un transport rapide aux fins de déposer chez son oncle un sac contenant divers objets et quelques grammes de cannabis. Assurément, c'est du recel. Bien sûr, il a contribué à cette expédition funeste et il en éprouve tourments, regrets et remords. Sa gêne lorsqu'il a exprimé et présenté tous ses regrets à la famille n'était pas feinte. Nous en avons tous été témoins. Et s'il n'en a pas rajouté, c'est parce que son repentir est sincère, et donc pudique, ce n'est pas un calcul pour inspirer commisération. Mais qui peut imaginer que ceux qui étaient déterminés à sortir ce soir-là pour « se faire de la tune », selon leurs propres termes, n'auraient pas bricolé une autre astuce, s'il avait refusé de les emmener, s'ils ne l'avaient pas trouvé chez lui, s'il avait été souffrant et alité ? Oui, il est responsable puisqu'il les a conduits, et je le répète, il en convient. Mais ce n'est pas de la complicité active. C'est de la débrouille. De la petite combine.

Du carambouillage. Un médiocre business. C'est répréhensible, mais ce n'est pas l'adhésion à une expédition meurtrière, ni en connaissance de cause ni en risque probable. Les « services » qu'il rend au volant de sa fourgonnette sont délictueux pour la plupart. Il n'a pas d'excuse absolue à s'y adonner, même s'il est de notoriété publique que des fonctionnaires titulaires exécutent, souvent sur leurs horaires ouvrables, de petits boulots pour boucler leurs fins de mois. Cesare Beccaria l'a compris et écrit : « Il n'est pas possible de réduire l'activité tumultueuse des humains à un ordre géométrique exempt d'irrégularité et de confusion. » C'est notre devoir d'avoir des discours vertueux envers une jeunesse autant exposée aux tentations. Mais la vertu doit s'exposer à l'épreuve de vérité, par l'exemple. Or, lequel d'entre nous pourrait prétendre vivre honnêtement avec son salaire, mille cent trente-six euros, soit le quart et pour certains d'entre nous le huitième de notre revenu mensuel. Cela ne prive ni de la faculté ni de la responsabilité de juger. Cela ne nous disqualifie pas pour dire le droit et faire justice, mais cela place chacun d'entre nous comme Camus, homme parmi les hommes. Et il ne s'agit pas de changer ou d'édulcorer les codes moraux. Mais qui n'est pas heurté par le pouvoir attractif de la surrémunération de quarante pour cent dans la fonction publique et ses effets inflationnistes sur les loyers, les produits de première nécessité, les services, sur les prix au marché aux légumes et au marché au poisson…, car cette affaire ne se déroule pas sur la lune, le contexte éclaire toujours, et s'il n'est pas question de nier ni d'amoindrir la part prise par Kerma Nofis dans cette équipée fatale, il ne s'agit pas non plus ici de juger moralement ses petits trafics honteux et critiquables. Il s'agit de dire si oui ou non il a, par son intention et en toute connaissance de cause, contribué au crime perpétré ce soir-là. Mesdames et messieurs les jurés, Kerma Nofis a déjà effectué plus de quatre ans de détention préventive. Aussi, je vous demande, non de l'acquitter, il admet sa faute sans équivoque, mais de le punir pour sa faute et pour rien d'autre, en prononçant une peine équivalente à la détention effectuée…

L'avocat apparaît comme suspendu. Comme s'il livrait une rude discussion intérieure. Il se demande quel effet a pu faire le charabia des experts sur les jurés. Il pense à ces réponses évasives déguisées en préceptes, ces argumentations alambiquées vendues comme évidences scientifiques. Il faut convenir que les questions d'avocats étaient parfois désopilantes, celles du parquet quelque peu tendancieuses et suggestives, comme si personne ne cherchait à rien savoir, qu'il fallait simplement passer le temps, ou ne pas sauter la séquence, ou faire savant. Il pense à cette saillie de Camus : « Quand l'expert discute en cour d'assises, il semble qu'un prêtre ait parlé, et le jury, élevé dans la religion de la science, opine. » Ce jury n'opine pas. Il a bien retenu la consigne d'impassibilité. Les visages de ces hommes et de ces femmes sont restés de marbre toute la semaine. Comment deviner les effets du charabia… Pour quoi, pour qui juge-t-on ? Pour connaître la vérité, pour autant qu'elle soit accessible ? Pour consoler ? Pour être bien vu ? Pour calmer sa propre conscience ?

N'y a-t-il pas plus urgent et plus utile à faire que suivre le courant ? À quoi sert un prétoire si l'on n'y dit pas les injustices et leurs causes, si les faits ne sont que des faits, indifféremment des personnes, de leur caractère, leur mentalité, et sans que comptent les circonstances ? Nous ne sommes pas aux temps du pouce de César, baissé ou levé. Nous ne sommes plus aux temps de ces stand up avant la lettre où les prisonniers, poussés sur scène, remettaient leur sort, leur vie, entre les mains d'un public qui décidait, selon que la prestation lui avait plu ou déplu, de la libération ou de l'exécution. C'était où encore ? À Cambaluc ? À Babylone ? Dans la Tour de Londres ? À Tenochtitlan ? Au sous-sol du Châtelet ? Ou plus loin encore à travers le temps et l'espace ? C'était l'opinion publique en action. La foule. C'était la justice aléatoire. C'était… Nous ne sommes plus aux temps de…

Des perles de sueur vacillent sur ses tempes. Sa robe est décidément trop épaisse aujourd'hui. Il se tient raide comme un i mais son esprit est arc-bouté, prêt à donner à son verbe l'élan qui emportera dans une rafale de clairvoyance et de témérité les hésitations frileuses et les conformismes tenaces.

Mais non, il se ravise. Il ne prononce aucune de ces phrases. Au contraire, il semble adhérer à l'opinion générale et répandue et facile qu'ils doivent tous payer parce qu'une vie est une vie et que celle-ci était d'autant plus précieuse que Pol-Alex Hossi s'est dévoué auprès de la jeunesse perdue ou sur le point de se perdre, qu'il l'a fait des années durant avec opiniâtreté, comme on écope avec un kwi en se disant qu'il faut faire ce que l'on peut. C'est toujours l'histoire des milliers de méduses échouées sur le rivage. On ne parviendra pas à toutes les remettre à l'eau mais pour celles qui seront sauvées, quelle différence ! À quoi tient un drame ? Hossi assassiné par ceux-là mêmes auxquels il a consacré la part la plus belle et la plus féconde de son énergie.

Oui, manifestement, l'avocat s'est ravisé. Il suit le courant. Il appuie sur les regrets et la sincérité de Kerma Nofils, mais il insiste : Mon client sait que, s'il ne les avait pas conduits, ils ne seraient pas arrivés sur les lieux... Et comme aspiré dans une tornade soulevée par le choc entre le chaud de sa loyauté à ce jeune homme pris dans la spirale tragique de la débrouille au quotidien, et le froid que suppose sa fonction d'auxiliaire de justice, il ouvre alors un sombre corridor qui ne peut déboucher que sur une issue. Ainsi, la suite s'enchaîne implacablement : sans chauffeur pas de déplacement, donc pas d'infraction, pas de tentative de vol qui tourne mal et donc pas de meurtre y compris sans intention de donner la mort. Et voilà comment l'avocat défait inexorablement ce qu'il avait commencé de tisser. Comme s'il s'était avisé tout à coup qu'il était plus urgent d'étaler sa propre sensibilité – on n'est pas des monstres, tout avocat pénaliste qu'on soit ! – que de situer la juste part prise par le jeune Nofils dans ce drame. Comme s'il lui fallait d'abord s'inclure, lui, dans la communauté blâmante et condamnante. Peut-être pour mieux la convaincre d'une nécessaire clémence. Mais dès lors, la communauté condamnante n'écoute plus. Et advienne que pourra durant ces jeunes années qui continueront de se décomposer en prison.

Le général de quelque chose, en écarlate-hermine, parle. Il parle. Il parle. Il est sévère, et il a raison. Car une vie manque à l'appel. Il est dur et injuste. Ce qui n'est pas nécessaire. La justice s'impose si elle vaut mieux que ceux qu'elle juge. Si elle est au-dessus des passions, sans sauter en dehors. Elle doit l'être et, mieux encore, le paraître. Beccaria s'est aussi adressé à lui, pour le coup en reprenant Montesquieu : « Tout châtiment qui ne découle pas d'une nécessité absolue est tyrannique. » Mais il n'en a cure. Il parle, il parle. Il distribue les années de prison comme un professeur en mal d'autorité des jours de consigne. Qui n'a suivi ni l'affaire ni les débats pourrait croire qu'on juge en cet instant le gangster d'*À bout de souffle*. Pas le film déconcertant de Godard, avec Seberg et Belmondo. Non, l'étourdissant swing de Claude Nougaro sur mélodie de *Blue Rondo à la Turk*. À l'oreille nue et tendue, le général écarlate n'a pas le doigté de Brubeck, il ne tient pas le rythme de Joe Morello à la batterie, il n'atteint pas la performance de Paul Desmond au saxo alto, il ne ponctue pas ses réquisitions comme la contrebasse d'Eugene Wright scande les notes du piano de Dave Brubeck. Mais on jurerait, à ses mots qui depuis ses bajoues cahotent et martèlent, qu'il trépigne de convaincre combien il est urgent et vital de condamner lourdement ce jeune homme que ses petits trafics et son ardeur à se défendre rendent arrogant. Et antipathique. Oui, on dirait bien que se joue ici le sort du bandit d'*À bout de souffle,* celui de Nougaro, sans la virtuosité oratoire et lyrique de l'homme de la ville rose. Homme parmi les hommes.

La séance est suspendue.

Mesdames, messieurs, la cour se retire, veuillez vous lever.

Mesdames, messieurs, la cour, veuillez vous lever.

La séance reprend. Il s'est écoulé trois heures. Les jurés entrent, en file indienne, les mines plus lugubres que lasses.

Kerma Nofis réprime un haut-le-cœur et se recroqueville sur sa chaise. Il saura enfin si, en dépit de ce qu'il sait vrai, de ce qu'il pense et regrette, de ce qu'il a dit, de ce qu'il a tu, il saura enfin si les autres, ces femmes, ces hommes qui ont écouté toute la semaine durant sans dire mot, parfois avec l'air de s'ennuyer ou d'être en pensée à mille lieues de cette histoire triste et absurde, parfois tellement présents qu'ils semblaient sur le point de jaillir de leur fauteuil, il saura enfin s'ils ont entendu son désarroi et ses remords, si lui a su les faire entendre. Au collège, il a appris les tragédies, celles de Racine et de Corneille, mais lorsqu'elles rendaient tristes, elles laissaient l'impression que l'on pouvait en guérir. Cette tragédie ici, elle est sans guérison et sans pardon. Ils sont six femmes et deux hommes. Il pense à sa cousine Nyessa, elle aurait dit : Elles sont six femmes et deux hommes, en prétendant que le féminin l'emporte sur le masculin. Il se souvient d'avoir entendu au premier jour l'avocat d'un autre accusé récuser trois jurés. Sans un débris d'explication. Il a trouvé le procédé brutal et dégradant. Il se persuade que c'est dans leur intérêt, y compris le sien, mais a-t-on le droit de dire à d'honnêtes citoyens qui se sont levés tôt pour répondre à cette convocation : Rentrez chez vous ! Devant tout le monde. Sans une miette d'explication. Comme ça, chacun peut imaginer ou inventer une mauvaise raison. Personne n'a ronchonné. Aucun n'a réclamé, mais c'est quoi, les raisons ? Les récusés, deux femmes et un homme, ont rebroussé chemin sans demander leur reste. Parmi eux, une vieille dame sur béquille, alerte pourtant car elle avait eu le temps d'arriver jusqu'à la barre, tout près du micro, elle était sur le point de dépasser le banc d'où l'avocat a craché « ré-cusée » ! sans même la toiser. Cette vieille dame lui a rappelé sa grand-mère. Son malaise s'est transformé en un filet de honte. Quant à l'homme renvoyé sans plus de ménagement, son nom révèle qu'il est de grande famille, comme on dit ici non de ceux qui ont un patrimoine mais de ces gens qui, sur au moins trois générations, se sont distingués par leur comportement, leur réussite professionnelle, leurs actions sociales, leur rayonnement culturel, leur dévouement. Certains pour leur verbe haut. Celui-ci est un notable peut-être. Il a juste eu le temps de faire, à fière allure, trois belles enjambées, trois, pas une de plus, comme s'il avait été repéré sur la liste bien avant que son corps bien droit et bien enveloppé ne le conduise plus loin que les bancs du public. Mais peut-être n'y a-t-il là aucun mystère, juste l'étonnement dû à sa méconnaissance du mode d'emploi… Il saura, d'abord si les jurés… Il les regarde, l'une après l'autre, l'un après l'autre, ils entrent en file indienne, gagnant leurs sièges, l'air abattu comme les bourgeois de Calais. Depuis le début de ce procès, tout ce qui lui vient à l'esprit se présente à l'envers. Il bataille contre les battements de son cœur. « Mon cœur mon cœur, ne t'emballe pas… » Il pense à Ti-Momo. Il lui vient cette expression bête : « La situation est critique et… », il a comme une brûlure à la vessie, il secoue la tête, mon cœur mon cœur, ne t'emballe pas… Il hésite avant de jeter, à la dérobée, un coup d'œil circulaire. Vers le public. Il sait que le risque de déception est immense pour lui… Il ose malgré tout. Et si, sous une impulsion plus forte que sa gêne et sa honte, elle était venue, elle qu'il aime tant et qui l'aime tant, sa maman, qui ne l'a jamais serré dans ses bras, ne lui a jamais dit un mot doux, jamais un compliment ni un geste de tendresse, mais trahissait ses frayeurs d'amour en lui donnant une légère claque sur la nuque, elle qui le veillait la nuit entière, les nuits de convulsions lors de ses crises de paludisme, le bordait sans défaillir jusqu'au petit jour, elle dont la tête cédait d'épuisement en cognant brusquement sa poitrine lorsque enfin paraissait l'aube, comme si la lumière du jour, encore incertaine, signalait : danger dissipé.

Il jette un coup d'œil en demi-cercle. Le public est bien plus nombreux que les autres jours. Il y a deux fois plus de personnes debout qu'assises. L'épaisseur du silence est étonnante pour une salle bruyante dont le parquet ciré a crissé à chaque pas et tintinnabulé sous les talons ferrés, dont les portes n'ont cessé de grincer toute la semaine chaque fois que quelqu'un entrait ou sortait.

Il l'aperçoit soudain. Les aperçoit. Dora, souriant davantage de sa fossette que des yeux. Il lui sait gré de cet effort. Juste derrière elle, Kwakoe. Il se tient droit, raide comme la Justice pense-t-il, une formule de sa tante, réminiscence inopportune. Kwakoe exige de sa colonne vertébrale toute la droiture et la rigidité d'une colonne de marbre. Le regard de Kerma revient sur Dora. Elle serre bien fort la main droite d'Ellen, sa copine. Celle-ci, toute ramassée, a la tête baissée. Elle aurait comme senti son regard. Un regard lourd, chargé peut-être de peur. Elle relève la tête... une fraction de seconde trop tard. Il vient de détourner la sienne. Elle n'a pu lui transmettre un flux d'espoir, ou de confiance, mais en a-t-elle seulement?

La juge-présidente commence, d'un ton morne, la lecture du verdict...

Remerciements

À Thierry Billard,
pour son enthousiasme déraisonnable.

Table

Pour en savoir plus
sur les Éditions Plon
(catalogue, auteurs, vidéos, actualités...),
vous pouvez consulter
www.plon.fr
www.lisez.com

lisez!

et nous suivre sur les réseaux sociaux

Editions Plon

@EditionsPlon

@editionsplon

MIXTE
Papier issu de
sources responsables
FSC® C003309

L'Éditeur de cet ouvrage s'engage
pour la préservation de l'environnement
et utilise du papier issu de forêts gérées
de manière responsable.

Cet ouvrage a été achevé d'imprimer sur Roto-Page
par l'Imprimerie Floch à Mayenne en octobre 2020.
Dépôt légal : septembre 2020 – N° d'impression : 96915
Imprimé en France